NO PAÍS DOS HOMENS

HISHAM MATAR

No país dos homens

Tradução
Rubens Figueiredo

COMPANHIA DAS LETRAS

Publicado originalmente na Inglaterra

Título original
In the country of men

Capa
Raul Loureiro

Foto de capa
David Seymour / Magnum Photos

Glossário
Paulo Daniel Farah

Preparação
Carlos Alberto Bárbaro

Revisão
Arlete Sousa
Ana Maria Barbosa

Dados Internacionais de Catalogação na Publicação (CIP)
(Câmara Brasileira do Livro, SP, Brasil)

Matar, Hisham, 1970-
No país dos homens / Hisham Matar ; tradução Rubens Figueiredo. — São Paulo : Companhia das Letras, 2007.

Título original: In the country of men.
ISBN 978-85-359-0994-4

1. Ficção norte-americana I. Título.

07-1000 CDD-813

Índice para catálogo sistemático:
1. Ficção : Literatura norte-americana 813

[2007]

EDITORA SCHWARCZ LTDA.
Rua Bandeira Paulista, 702, cj. 32
04532-002 — São Paulo — SP
Telefone: (11) 3707-3500
Fax: (11) 3707-3501
www.companhiadasletras.com.br

NO PAÍS DOS HOMENS

1.

Estou lembrando agora o último verão antes de me mandarem embora. Foi em 1979 e o sol estava em toda parte. Trípoli estendia-se luminosa e imóvel sob o sol. Todas as pessoas, animais e formigas andavam numa desesperada busca por sombra, aquelas ocasionais manchas de clemência cinzentas entalhadas na brancura geral. Mas a clemência verdadeira só chegava à noite, uma brisa esfriada pelo deserto desabitado, umedecida pelo mar rumorejante, uma visitante indecisa que percorria em silêncio as ruas vazias, insegura quanto aos limites em que era permitido vagar naquele reino da estrela absoluta. E ela subia agora, essa estrela, fiel como sempre, banindo a brisa abençoada. Era quase de manhã.

A janela do quarto dela estava toda aberta, a árvore de noz-de-cola lá fora não fazia barulho, com seu verde ainda tímido à primeira luz do dia. Ela só pegou no sono depois que o céu ficou cinzento com a aurora. E mesmo então eu me sentia tão agitado que não conseguia sair do seu lado, imaginando se ela, como um desses bonecos de marionete que se fingem de morto, se levantaria com um pulo outra vez, acenderia um cigarro e, como tinha feito há alguns minutos, continuaria a me implorar para não contar, não contar.

Baba nunca soube da doença de mamãe; ela só adoecia quando ele estava fora, a negócios. Era como se, quando o mundo estava sem Baba, ela e eu fôssemos apenas lembranças idiotas, páginas vazias que tinham de ser preenchidas com as recordações de como os dois vieram a casar.

Sentei-me e fiquei olhando o rosto lindo de mamãe, o seu peito a subir e descer com a respiração, incapaz de sair do seu lado, continuando a ouvir as coisas que ela havia acabado de me contar e que boiavam e se repetiam na minha cabeça.

Por fim deixei-a e fui para a cama.

Quando acordou, veio juntar-se a mim. Senti seu peso afundar ao meu lado, depois os seus dedos no meu cabelo. O barulho das unhas no meu couro cabeludo me fez lembrar de uma vez em que tive azar. Eu tinha jogado uma tâmara dentro da boca antes de parti-la, e só descobri que estava infestada de formigas quando os corpinhos iguais a conchas estalaram entre os meus dentes. Fiquei ali calado, fingindo que dormia, ouvindo a sua respiração perturbada pelas lágrimas.

Durante o café-da-manhã tentei falar o mínimo possível. O meu silêncio deixou-a nervosa. Ela falou sobre o que poderíamos almoçar. Perguntou se eu queria um pouco de geléia ou mel. Respondi que não, mas ela foi até a geladeira e trouxe um pouco, assim mesmo. Mais tarde, como era costume nas manhãs desde que ela ficou doente, me levou para um passeio, para me arrancar do meu silêncio, para eu voltar ao normal.

Enquanto esperava o motor do carro esquentar, ela ligou o rádio, girou o botão de sintonia das estações e só parou quando ouviu a linda voz de Abd al-Basit Abd al-Sammad. Fiquei contente, porque, como todos sabem, quando o Corão está sendo lido, devemos nos abster de falar, para ouvi-lo com humildade.

Pouco antes de entrarmos na rua Gergarish, a rua que acompanha a orla do mar, o mendigo, Bahloul, surgiu do nada. Mamãe pisou no freio e disse *ya satir**. Ele veio andando até o lado dela, devagar, as mãos sujas apertadas contra a barriga, os lábios trêmulos.

"Oi, Bahloul", disse mamãe, enquanto vasculhava a bolsa.

"Eu vi você, eu vi você", disse ele, e embora essas fossem as palavras que Bahloul balbuciasse com mais freqüência, dessa vez pensei em como ele era idiota e desejei que simplesmente desaparecesse. Observei-o pelo espelho lateral, parado no meio da rua, agarrando contra o peito o dinheiro que mamãe lhe dera, como um homem que acabou de capturar uma borboleta.

Ela me levou ao centro da cidade, até o vendedor de gergelim, no mercado da praça dos Mártires, a praça que dava para o mar, a praça onde se erguia orgulhosa uma estátua de Sétimo Severo, o imperador romano nascido muitos e muitos anos atrás, em Leptis. Ela me comprou todos os palitos de gergelim que eu quis, embrulhados um a um em papel encerado branco, torcido nas duas pontas. Recusei-me a deixar que ela os guardasse na bolsa. Em manhãs como aquela eu sempre me mostrava teimoso.

"Mas tenho de fazer outras compras", disse ela. "Desse jeito você vai acabar deixando cair."

"Não", respondi, franzindo as sobrancelhas. "Vou esperar você do lado de fora", e saí aborrecido, sem ter receio de perdê-la ou de me perder dela na cidade grande.

"Escute", chamou-me, atraindo a atenção das pessoas. "Espere por mim perto do Sétimo Severo."

Havia de um lado um grande café que se espalhava até a calçada. Homens, alguns rostos eu reconhecia de outras vezes, esta-

* Ver glossário na página 257.

vam jogando dominó e baralho. Ficavam de olho em mamãe. Pensei se não seria melhor que seu vestido fosse mais folgado.

À medida que me afastava de mamãe sentia o meu poder sobre ela esmorecer. Comecei a ficar triste e a lamentar que em manhãs como aquela ela sempre se mostrasse generosa e tímida, como se tivesse saído de casa nua. Quis correr para ela, segurar sua mão, aferrar-me ao seu vestido enquanto fazia as compras e lidava com o mundo, um mundo cheio de homens e da cobiça dos homens. Forcei-me a não olhar para trás e em vez disso concentrei-me nas lojas instaladas entre vãos encimados por arcos, situadas dos dois lados da calçada coberta. Xales de seda preta ondulavam suavemente no alto de uma loja, colunas de chapéus vermelhos empilhados erguiam-se até a altura de um homem, diante de outra. O teto era feito de tiras de pano escuro. As brancas lâminas de luz que penetravam pelos vãos ocasionais iluminavam a poeira flutuante e brilhavam imóveis e lindas nos arcos e no chão, mas se mexiam rápidas, como fagulhas, na cabeça e no corpo dos passantes, tornando as sombras muito mais escuras do que eram.

Lá fora, a praça estava inundada de sol. O chão era quase branco de tão brilhante, o que fazia com que os sapatos escuros e as pessoas que o percorriam tomassem o aspecto de coisas que pairavam acima do mundo. Eu preferia ter deixado com ela os palitos de gergelim. Pequenas agulhas agora pinicavam meus braços. Dei uma bronca em mim mesmo por ser teimoso e por deixar que ela comprasse para mim tantos palitos de gergelim. Eu os via em meus braços e não sentia o menor apetite.

Recostei-me no frio pedestal de mármore da estátua de Sétimo Severo. O imperador romano erguia-se acima de mim, seu cinturão tacheado em prata fazia uma curva abaixo da barriga, o braço apontado para o mar, "Clamando à Líbia que olhasse na direção de Roma", era assim que Ustath Rashid descrevia a pose. Ustath Rashid dava aula de história da arte na universidade El Fateh e era pai do meu melhor amigo, Karim. Lembrei-me do nosso Guia, de pé, em um de seus uniformes militares semelhantes àquele, acenando com o braço enquanto os tanques desfilavam à sua frente no Dia da Revolução.

Voltei-me para o mar, o brilhante mar azul-turquesa além da praça. Parecia um monstro gigante e azul que se erguia nos confins do mundo. "Grrr", grunhi, depois tive receio de que alguém tivesse escutado. Bati com o calcanhar no pedestal várias vezes. Olhei para o chão, o calor e o brilho me davam vontade de dormir de olhos abertos. Só que aí, sem buscar por isso, mas acertando bem o alvo, avistei Baba.

Estava parado na beira da calçada numa rua em frente à praça, olhando o trânsito dos dois lados da rua, curvando-se para a frente como se fosse cair. Antes de dar o primeiro passo na rua, fez um movimento com a mão, e depois estalou os dedos duas vezes. Era um gesto que eu conhecia. Às vezes ele acenava para mim daquele jeito, como se dissesse: "Vamos lá, vamos lá", depois estalava os dedos: "Ei, acorde". Atrás dele surgiu Nasser, o secretário de Baba, carregando uma máquina de escrever debaixo do braço, esforçando-se para segurá-la. Baba já estava atravessando a rua, caminhava na minha direção. Por um momento achei que ele talvez estivesse trazendo Nasser para perto da estátua de Sétimo Severo a fim de ensinar-lhe tudo o que me havia ensinado sobre o imperador romano, Leptis Magna e Roma. Pois Baba via Nasser como um irmão mais novo, como ele mesmo muitas vezes dizia.

"Baba?", sussurrei.

Duas lentes escuras curvavam-se como a corcova de uma tartaruga por cima dos seus olhos. O céu, o sol e o mar eram pintados por Deus em cores que podíamos identificar e dizer o mar é turquesa, o sol é cor de banana, o céu é azul. Óculos escuros são terríveis, eu pensava, porque modificam tudo isso e mantêm à distância quem os usa. Naquele momento recordei como, apenas alguns dias antes, ele se despedira de nós com um beijo.

"Que Deus o traga de volta a salvo", disse-lhe mamãe, "e permita que sua viagem seja lucrativa."

Beijei sua mão do jeito que ele me ensinara. Baba curvou-se e sussurrou no meu ouvido:

"Cuide da sua mãe, agora você é o homem da casa", e sorriu para mim do jeito que as pessoas fazem quando acham que fizeram um elogio. Mas olhe só, olhe ele aí. Andando onde eu podia tocá-lo, aqui, onde deveríamos estar juntos. Meu coração acelerou. Ele estava chegando mais perto. Será que queria vir ao meu encontro?, pensei. Era impossível enxergar seus olhos.

Observei-o andar daquele modo bem conhecido — a cabeça apontava um pouco para cima, os sapatos de couro lustrosos abriam caminho à frente, passo a passo —, na esperança de que chamasse o meu nome, acenasse com a mão, estalasse os dedos. Juro que se tivesse feito isso eu afundaria em seus braços. Quando ele ficou bem ali, tão perto que se eu esticasse o braço poderia tocá-lo, prendi a respiração e meus ouvidos encheramse de silêncio. Observei sua fisionomia solene — uma fisionomia que eu admirava e temia —, senti o aroma pronunciado de sua água de colônia, senti o ar inchar em torno dele enquanto passava por mim. Era seguido bem de perto por Nasser, que carregava debaixo do braço uma máquina de escrever preta e reluzente. Eu gostaria de ser ele, caminhando atrás de Baba que nem uma sombra. Entraram num dos prédios que davam para a praça. Era um prédio branco, de venezianas verdes. Verde era a cor da revolução, mas raramente se viam venezianas pintadas de verde.

"Não mandei você me esperar ao lado da estátua?", ouvi a voz de mamãe a meu lado. Olhei para trás e vi que eu tinha me afastado bastante de Sétimo Severo.

* * *

Eu me senti mal, aflito, por ter agido de maneira errada. Baba não estava numa viagem de negócios, e sim ali, em Trípoli, onde devíamos estar juntos. Eu poderia ter esticado a mão e puxado Baba, desviando-o da direção para onde se encaminhava; por que não agi?

Sentei-me no carro enquanto mamãe arrumava as compras. Eu ainda segurava os palitos de gergelim. Olhei para o alto do prédio onde Baba e Nasser tinham entrado. Uma janela no último andar estremeceu e depois se abriu. Baba apareceu nela. Contemplou a praça, já não estava de óculos escuros, e inclinou-se com as mãos apoiadas no parapeito, como um líder à espera de que os aplausos e as louvações cessassem. Pendurou uma toalhinha vermelha na corda de secar e sumiu lá dentro.

A caminho de casa fiquei mais calado do que antes, e dessa vez não havia nisso o menor esforço. Assim que deixamos para trás a praça dos Mártires, mamãe começou a esticar o pescoço na direção do espelho retrovisor. Ao parar no sinal seguinte, sussurrou uma prece para si mesma. Um carro parou ao nosso lado, tão perto que eu poderia ter tocado na bochecha do motorista. Quatro homens vestidos em safáris pretos ficaram olhando para nós. De início não os reconheci, depois lembrei. Lembrei tão de repente que senti o coração dar um pulo. Eram os mesmos homens do Comitê Revolucionário que uma semana antes tinham vindo e levado Ustath Rashid.

Mamãe olhava para a frente, as costas a alguns centímetros do encosto do banco, os punhos seguravam com força o volante. Soltou uma das mãos, levou-a até o meu joelho e sussurrou em tom severo: "Olhe para a frente".

Quando a luz do sinal ficou verde, o carro ao nosso lado não se mexeu. Todos sabem que não se deve ultrapassar um carro do Comitê Revolucionário. Se isso for necessário, é preciso fazê-lo de forma discreta, sem demonstrar o menor prazer. Alguns carros, ignorando quem estava ao nosso lado, começaram a tocar a buzina. Mamãe avançou lentamente, olhando mais para o espelho retrovisor do que para a rua à sua frente. Em seguida, falou: "Estão nos seguindo. Não olhe para trás".

Olhei fixo para os meus joelhos nus e repeti a mesma prece várias vezes. Sentia o suor acumular-se entre a palma das mãos e o papel encerado do embrulho dos palitos de gergelim. Só quando já estávamos quase em casa, mamãe disse: "Tudo bem, já foram embora." E depois resmungou consigo: "Não têm nada melhor para fazer do que nos dar uma escolta, aqueles ratos imundos".

Meu coração sossegou e minhas costas ficaram mais eretas. A prece abandonou os meus lábios.

Como tinha me dito o xeique Mustafá, o imã de nossa mesquita local, o inocente não tinha motivos para temer; só o culpado vive com medo.

Não a ajudei a trazer as compras para dentro de casa como costumava fazer. Fui direto para o meu quarto, larguei os palitos de gergelim em cima da cama e sacudi os braços para reativar a circulação. Apanhei meu livro ilustrado sobre Leptis Magna. Dez dias antes eu havia visitado a cidade antiga pela primeira e, viu-se depois, última vez. Imagens da cidade deserta e em ruínas à beira-mar ainda perduravam com nitidez na minha mente. Eu tinha vontade de voltar para lá.

Só saí do quarto quando fui obrigado: depois que ela fez o almoço, pôs a mesa e chamou o meu nome.

Ela partiu o pão e me deu um pedaço; eu, percebendo que

ela não tinha posto salada no seu prato, passei-lhe a saladeira. No meio da refeição, mamãe se levantou e ligou o rádio. Deixou-o sintonizado num homem que falava sobre a agricultura no deserto. Levantei-me, e disse: "Que Deus abençoe suas mãos", e fui para o meu quarto. "Vou tirar um cochilo", disse ela às minhas costas. O meu silêncio levava mamãe a falar coisas que não precisava dizer, sempre tirava um cochilo de tarde, todos faziam isso, todos menos eu. Eu jamais conseguia cochilar.

Esperei no meu quarto até que ela terminasse de lavar a louça e guardasse a comida, até eu ter certeza de que ela tinha ido dormir, depois saí do quarto.

Estava andando pela casa em busca de alguma coisa para fazer quando o telefone tocou. Corri para atender antes que ela acordasse. Era Baba. Ao ouvir sua voz, meu coração disparou. Pensei que havia telefonado depressa, depois de me ver na rua, para explicar por que não havia me cumprimentado.

"Onde está?", perguntei.

"No exterior. Deixe-me falar com a sua mãe."

"Em que lugar?"

"No exterior", repetiu, como se fosse óbvio onde isso ficava. "Amanhã estarei em casa."

"Estou com saudade", falei.

"Eu também. Chame sua mãe."

"Ela está dormindo. Quer que eu a acorde?"

"Apenas avise a ela que estarei em casa amanhã, na hora do almoço."

Eu não queria que a conversa terminasse, por isso falei:

"Nós fomos seguidos hoje pelo mesmo carro branco que levou Ustath Rashid. Ficamos emparelhados no semáforo e eu vi a cara deles. Fiquei tão perto que podia tocar a bochecha do motorista e não tive medo. Nem um pouco. Nem um pouquinho, não tive."

"Vejo você amanhã", disse ele e desligou.

Fiquei parado um tempo junto ao telefone e ouvi o denso silêncio que parecia descer sobre a nossa casa durante aquelas horas da tarde, um silêncio margeado pelo zumbido da geladeira na cozinha e pelos estalidos do relógio no corredor.

Fui ver mamãe dormir. Sentei ao seu lado, verificando primeiro se o seu peito estava subindo e descendo com a respiração. Lembrei as palavras que ela me dissera na noite anterior: "Somos duas metades da mesma alma, duas páginas abertas do mesmo livro", palavras que pareciam um presente que eu não queria ganhar.

2.

Fui acordado no meio da noite pelo barulho de um vidro espatifando. Havia uma lâmpada acesa na cozinha. Mamãe estava de joelhos, falando sozinha e catando pedaços de vidro no chão. Estava descalça. Quando me viu, cobriu a boca com a parte de dentro do punho, a mão fechada e cheia de cacos de vidro, e riu com aquele riso nervoso que ficava em algum ponto entre a gargalhada e o choro. Corri para pegar os seus chinelos, depois joguei-os para ela, mas mamãe balançou a cabeça e cambaleou na direção da lata de lixo e esvaziou a mão. Começou a varrer o chão. Quando a vassoura tocou nos chinelos, fez uma pausa e calçou-os.

Pude ver a sua garrafa de remédio, vazio até a metade, em cima da mesa do café-da-manhã. Não tinha nenhum copo perto dele, só um cigarro aceso num cinzeiro abarrotado de guimbas e de palitos de fósforos de cabeças pretas. O copo devia ter se estilhaçado. Mamãe estava doente outra vez. Senti minhas faces arderem de raiva: onde estava Baba? Deveria estar ali porque, quando estava em casa, tudo ficava normal, ela nunca ficava doente e eu nunca era acordado daquele jeito para encontrar com tudo mudado.

Ela sentou, levantou de novo, pegou outro copo e encheu-o de remédio. A cozinha estava impregnada do cheiro do remédio. O cheiro deixava a minha cabeça pesada. Mamãe virou-se para mim. Eu ainda estava parado na porta da cozinha. Ela riu novamente, soltou um "Que foi?" e desviou os olhos.

"O que você tem? Por que fica aí olhando para mim desse jeito? Não tem nada melhor para fazer?"

Balançou a cabeça para si mesma. "Não sei por que fica me olhando desse jeito. Não fiz nada."

Depois, com uma seriedade exagerada, falou: "Vá embora, vá para a cama, já é tarde".

Voltei para a cama, porém não consegui dormir. Ouvi mamãe ir para o banheiro. Ficou lá durante um bom tempo. Não ouvi nenhum barulho de água corrente. Meu coração começou a disparar. Então, de repente, ela saiu e foi para o quarto. Andei até a porta e aí hesitei.

"Oi, habibi", disse ela. "Qual é o problema, não consegue dormir?"

Balancei a cabeça para responder que não, contente de fazer o jogo dela, fingir que um sonho ruim tinha interrompido o meu sono. Deu uns tapinhas na cama e deitei ao seu lado. Na hora em que o sono começava a se enroscar em volta de mim, mamãe começou a contar. Sua boca no meu ouvido, o cheiro do remédio bem vivo no quarto.

As únicas coisas que importavam estavam no passado. E o que mais importava no passado era como ela e Baba vieram a se casar, aquele "dia negro", como ela o chamava. Mamãe nunca iniciava a história pelo princípio; como Xerazade, ela não se movimentava em linha reta, mas saltava de um episódio para outro, deixando para trás perguntas sem resposta, perguntas que eu temia formular com medo de interromper sua narração. Eu tinha de me conter e tentar recordar todas as partes da história na esperança de que um dia eu as conseguisse encaixar todas numa narrativa que fosse direta, clara e simples. Pois embora eu temesse aquelas noites em que ficávamos sozinhos e ela ficava doente, eu jamais queria que ela parasse de falar. A sua história era também a minha, uma história que nos unia, nos transformava num só. "Duas metades da mesma alma, duas páginas abertas do mesmo livro", como ela dizia.

Certa vez, mamãe começou dizendo: "Você é o meu príncipe. Um dia você será um homem e vai me levar embora no seu cavalo branco". Colocava a palma das mãos nas minhas bochechas, seus olhos transbordantes de lágrimas. "E eu quase não... Você é o meu milagre. As pílulas, todos os outros meios que usei para tentar resistir. Não sabia que você ia ficar tão bonito, encher o meu coração...". Era por isso que eu, tantas vezes, ficava deitado no escuro do meu quarto sonhando que ia salvá-la.

Quando mamãe soube que seu pai tinha encontrado um noivo para ela, engoliu um "punhado de pílulas mágicas".

"Era assim que as chamavam", disse ela, "porque deixavam a mulher sem nenhuma utilidade. Pois quem ia querer permanecer casado com uma mulher que não podia ter filhos? Em poucos meses, pensei, no máximo um ano, vou estar livre para voltar a estudar. Era um plano perfeito, era o que eu pensava, pelo menos.

"Eles apressaram o casamento como se eu fosse uma meretriz, como se eu estivesse grávida e tivesse de casar antes que a gravidez se revelasse. Parte do castigo era não me deixar ver sequer uma fotografia do meu futuro marido. Mas a criada veio escondida me contar que tinha visto o noivo. 'Feio', disse ela, franzindo o rosto, 'Nariz, nariz grande', depois cuspiu no chão. Fiquei tão assustada. Corri para o banheiro dez vezes ou mais. Meu pai e meus irmãos, o Alto Conselho — que estava reunido do lado de fora do quarto —, ficavam cada vez mais nervosos, viam nos meus intestinos fracos a prova do meu crime. Não sabiam como era ficar esperando naquele quarto, onde o completo estranho que era agora o meu marido iria entrar sozinho e, sem nenhum preâmbulo, tirar minha roupa e fazer coisas sórdidas e revoltantes.

"Era um quarto lúgubre, sem nada, a não ser uma cama imensa e um lenço quadrado e branco, passado a ferro, em cima de um travesseiro. Eu não tinha a mínima idéia do motivo de aquele lenço estar ali.

"Eu ficava andando de um lado para outro dentro do quarto, nas minhas roupas de casamento, imaginando que tipo de rosto teria o meu carrasco. Porque era assim que eu via a situação: eles tinham lavrado a sentença, e ele, o estranho munido de um contrato de casamento assinado pelo meu pai, ia executar o meu castigo. Quando me tocasse, o que eu tinha certeza de que ia fazer, não adiantaria nada eu gritar. Eu era um direito dele, a sua esposa perante Deus. Eu tinha só catorze anos, mas sabia o que um homem tinha de fazer com a sua esposa. A prima Khadija, uma tremenda tagarela que ficou muda que nem uma parede depois da noite de núpcias, mais tarde, quando eu e ela estávamos sozinhas, contou-me como o seu marido perdeu a paciência com ela e, com os dedos, perfurou o seu véu e a sangrou. Era obrigação de todo homem provar que sua esposa era virgem."

Eu não entendia o que mamãe queria dizer, mas temia que quando a hora chegasse eu não tivesse aquilo que é necessário para "perfurar" uma mulher.

"A traição era uma mão que apertava o meu pescoço", prosseguiu. "Aquelas horas pareciam uma eternidade. Minha barriga estava em alvoroço. Meus dedos estavam frios como cubos de gelo e minhas mãos se atracavam uma com a outra."

"Numa de minhas fugas ao banheiro, enquanto tirava minha roupa de casamento pela cabeça e corria feito uma doida, vi meu pai meter uma pistola no bolso. 'De um jeito ou de outro, sangue vai ser derramado', foram as palavras que ele disse para a sua avó. Ela me contou isso mais tarde, quase rindo, com alívio, tonta e ridícula de alegria. 'Deus nos livre, mas se acontecesse de você não ser virtuosa e honesta, o seu pai estava pronto para tirar a sua vida', disse ela.

"O noivo misterioso, seu pai, tinha vinte e três anos; para a menina de catorze anos que eu era parecia um velho. Quando por fim entrou, desmaiei. Quando acordei, ele não estava mais lá. Seu avô estava do meu lado, sorrindo, sua avó estava ao lado dele, segurando contra o peito o lenço agora manchado de sangue e chorava de felicidade.

"Fiquei doente durante vários dias. As pílulas idiotas não funcionaram. Tomei pílulas demais e vomitei tudo. Nove meses depois, tive você."

O remédio modificava os olhos dela e a deixava sem equilíbrio. Às vezes, mesmo antes de ver mamãe, eu já sabia que ela estava doente. Eu entrava em casa e percebia certa quietude, alguma coisa diferente. Eu sabia sem saber como, igualzinho àquela vez em que eu estava jogando futebol com os garotos e uma das violentas boladas de Osama acertou a parte de trás da minha cabeça e perdi os sentidos. Lembro que pouco antes de acontecer vi o rosto de Karim tentando me avisar, depois ouvi aquele silêncio esquisito que encheu meus ouvidos. Naquele caso era a mesma sensação. Eu podia estar lendo no meu quarto ou brincando na rua e aquela aflição silenciosa podia me visitar. Eu a chamava mesmo que não precisasse dela. E quando via seus olhos perdidos no rosto e ouvia sua voz, aquele riso nervoso e estranho, eu tinha certeza de que mamãe estava doente de novo. Às vezes eu ficava em pânico e depois a encontrava bem, mergulhada num livro de Nizar al-Qabbani, seu poeta predileto. Isso me deixava mais perturbado.

Quando ficava doente, ela falava sem parar, mas depois mal conseguia lembrar o que havia me contado. Era como se sua doença pusesse nela o espírito de uma outra mulher.

De manhã, depois que eu tinha adormecido, exausto de ouvir suas loucuras e de tomar conta dela — com medo que se queimasse ou deixasse o gás aberto na cozinha ou, Deus me livre, saísse de casa e fosse embora e trouxesse a vergonha e o falatório sobre nós —, mamãe vinha e sentava ao meu lado, penteava meu cabelo com os dedos, pedia desculpas, às vezes até chorava um pouco. Então eu ficava incomodado com o seu hálito, impregnado de remédio, mas não podia franzir o rosto nem virar a cara porque eu queria que ela acreditasse que eu estava dormindo profundamente.

Ficava chocada quando eu repetia o que tinha me dito na noite anterior.

"Quem foi que lhe contou isso?", perguntava.

"Você", eu respondia com um grito; um grito porque eu não conseguia deixar de gritar. Então ela olhava para o outro lado e dizia:

"Você não devia ter ouvido isso."

Às vezes ela falava sobre Xerazade. *As mil e uma noites* era a história predileta da mãe dela e, embora minha avó não soubesse ler, tinha memorizado o livro inteiro, palavra por palavra, e o recitava regularmente para os filhos. Quando me contaram isso pela primeira vez, sonhei com minha avó, a quem raramente eu via, tentando engolir o livro inteiro. Nada deixava mamãe mais irritada do que a história de Xerazade. Sempre pensei em Xerazade como uma mulher corajosa que conquistou sua liberdade inventando contos e muitas vezes, em momentos de grande temor, eu evocava o seu exemplo.

"Você devia arranjar outro modelo para imitar", minha mãe começou a dizer certa vez. "Xerazade era uma covarde que aceitou a escravidão para escapar da morte. Sabe como é o capítulo final?, 'O casamento do rei Xariar e Xerazade'? Quando ela, por fim, depois de ter vivido com ele durante Deus sabe quanto tempo, depois de ter dormido com ele, e nada se diz a respeito disso, é claro, e depois de lhe dar não um, não dois, mas três filhos, depois de tudo isso ela ainda conseguiu tomar coragem, a *valente* Xerazade, para afinal lhe fazer a pergunta: 'Permite que eu me atreva a pedir um favor de Vossa Alteza?'. E que favor era esse que ela pediu licença para ter o atrevimento de pedir? O que era?", gritava mamãe, sem desgrudar os olhos de mim. "Acaso se tratava de governar algum recanto ou pelo menos uma caverninha suja do reino dele? Ser indicada para um dos ministérios? Talvez uma escola? Ou ganhar uma escrivaninha num aposento tranqüilo no seu palácio de cômodos inumeráveis, um lugar que a mulher pudesse chamar de seu, para escrever em segredo a verdade sobre aquele monstruoso Xariar? Não. Ela reuniu os filhos à sua volta — 'um andando, um engatinhando e o outro mamando', conforme o livro nos informa. Todos meninos, é claro. Eu imagino qual não teria sido o seu êxito se fossem três meretrizes idênticas a ela."

O que mais me assustava durante aquelas noites era como minha mãe ficava diferente. Dizia na minha frente palavras que deixavam minhas faces vermelhas e faziam meu coração palpitar. A saliva se juntava no canto dos seus lábios. Ela não parecia mais uma mulher bonita.

"A coragem da sua heroína foi pedir permissão para..." Ela deixava a palavra no ar, olhando fixo para mim, lentamente dando à mão uma forma curva como se estivesse servindo um prato especial. "...viver".

Os olhos fixos em mim, à espera de que eu dissesse algo, de que eu ficasse ofendido, desse um tapa na coxa, soltasse um suspiro, estalasse a língua e balançasse a cabeça. Olhei para o meu colo, fingindo estar ocupado com alguma coisa que eu tivesse entre os dedos, à espera de que o momento passasse. E quando ela recomeçava a falar eu sempre ficava aliviado com aquela voz que preenchia o vazio.

"Viver", repetiu. "E não porque tivesse tanto direito de viver quanto ele, mas porque se ele a matasse, os seus filhos seriam 'órfãos de mãe'." Mamãe cobriu a boca com as costas da mão e riu feito uma criança. "'Liberte-me', suplicou a sua Xerazade, 'Liberte-me da sina da morte, como uma dádiva para estas crianças. Não encontrará ninguém entre as mulheres do seu reino que as crie da forma como devem ser criadas', meretriz imbecil. Meu palpite: cinco, talvez dez anos no máximo, e ela foi morta com a espada. Assim que o 'que mamava' tornou-se o 'que caminhava', e os seus músculos, os esbeltos e flexíveis músculos de Xerazade...", disse mamãe, franzindo o rosto com nojo. A luz do teto parecia bruta demais no seu rosto. Pensei se não seria melhor eu apagar a lâmpada e, no lugar, acender as luzes laterais. "...tão importantes para agradar o rei, o poderoso, o magnífico Xariar, ficaram frouxos..." Seus olhos agora estavam molhados, o lábio inferior tremia de leve. "Assim que ela deixou de ser atraente, útil; assim que deixou de ser linda: vupt! Lá se foi a cabeça", disse ela, e aí sua própria cabeça tombou e as pernas se esticaram. Pensei que ela fosse cair do sofá, mas continuou parada, calada durante alguns minutos. Imaginei como seria viver sem ela. Um morno redemoinho girou dentro da minha barriga, algo quente e firme agarrou meu coração e disparou um jato através de mim. Eu não sabia ao certo se era medo ou entusiasmo o que senti ao pensar em perdê-la. Aí ela pareceu acordar. Olhou para mim como se fosse a primeira vez que me via. Examinou o quarto, deteve-se um momento, e aí acendeu um cigarro. "É melhor você ir dormir", disse ela, olhando para o lado.

Nas manhãs seguintes ela sempre ficava gentil. Gostava de me levar para passear de carro. Se fosse dia de aula, ela perguntava:

"Tem alguma coisa importante para fazer hoje?"

Eu encolhia os ombros e ela dizia: "Vou telefonar para a escola e dizer que você não está passando bem".

No carro, ela falava bastante e não ficava admirada com o meu silêncio. Não se importava de parar embaixo da passarela de pedestres que cruzava por cima da rua Gorgi para que eu pudesse ver os garotos maus pendurados pelos braços por cima do tráfego veloz e alguns, os de fato corajosos, pendurados pelos tornozelos. Normalmente, quando passávamos embaixo deles, ela pedia para eu fechar os olhos. Mas naquelas manhãs, mamãe sentia prazer em parar bem perto deles e me deixar olhar. Às vezes ela chegava a dizer:

"Tenho de admitir que são muito corajosos." E depois: "Prometa que nunca vai fazer isso. Prometa que sempre vai se proteger". Às vezes eu fazia que sim com a cabeça, outras vezes, não.

Certas manhãs, ela me levava até a cidade só para comprar palitos de gergelim. Ou, se tivesse ficado muito doente de noite, me levava para o restaurante do Signor Il Calzoni, à beira-mar, em Gergarish, para comer camarões grelhados e espaguete. No inverno eu pedia sopa de tomate e beterraba com pão, queijo e salame *bresaola*. Eu gostava do jeito como a beterraba tingia o meu cuspe e a minha língua de uma cor roxa, durante horas.

Signor Il Calzoni tinha uma grande máquina que espremia laranjas sozinha e ele me levava para apertar o botão que punha toda a engenhoca em movimento, cortava laranjas e as espremia na frente da gente. Eu nem gostava tanto assim de suco de laranja, mas certos dias eu bebia até cinco copos só para ver o negócio funcionar. Depois da refeição eu sempre tomava sorvete. Mamãe pedia um *cappuccino* e sorvia bem devagar, enquanto olhava para o mar com os olhos entrecerrados, na direção do horizonte, onde, quando o dia estava bem claro, dava para enxergar Malta, um biscoito gigante que boiava no mar.

Signor Il Calzoni sempre adorava nos ver. Levava a gente para a nossa mesa perto da janela e ficava rondando em busca de assunto para a conversa. Contava como tinha saudades da Itália e como adorava a Líbia. E de vez em quando cantava "Longa vida ao guia", alto o suficiente para que todos no restaurante ouvissem, voltado para um grande mural que pedira a uns estudantes de arte que pintassem na extremidade do restaurante. O mural retratava o Coronel em seu uniforme completo, as sobrancelhas franzidas, com um ar muito sério. E se numa mesa do restaurante houvesse homens do Comitê Revolucionário, ou Mokhabarat, as pessoas que chamávamos de *Antennae*, ele cantava "El-Fateh, el-Fateh, el-Fateh", brandindo no ar o punho cerrado até que os garçons se uniam a ele em seu gesto e em seus gritos. Às vezes até o mestre-cuca aparecia e eu então aproveitava para ver o seu chapéu alto, branco e molenga.

As coisas que mamãe me contava sufocavam o meu peito, tão pesadas que parecia impossível continuar a viver sem pôr tudo para fora. Eu não queria quebrar minha promessa — a promessa que ela sempre me obrigava a fazer, em certas ocasiões mais de trinta vezes na mesma noite, a promessa de não contar, jurar pela vida dela, e de novo e de novo, e então me advertia: "Se você contar para quem quer que seja e eu morrer, a minha vida vai ficar pendurada no seu pescoço" — e então eu tentava dizer isso a ela. Estávamos no restaurante do Signor Il Calzoni. Ela não parava de me interromper toda hora, suplicava para eu parar. Eu tampava os ouvidos, fechava os olhos e falava que nem um robô por cima dela. Mamãe dava um tapa na mesa e dizia:

"Por favor, Suleiman, eu imploro a você, não me confunda", e sussurrava muito séria, entre os lábios encolhidos: "Um menino da sua idade nunca devia falar essas coisas". Depois mudava o tom de voz e dizia: "Habibi, luz dos meus olhos, prometa que não vai contar a ninguém. Sobretudo para Moosa. Sei como você gosta dele, mas aquele homem não consegue ficar de boca fechada. Prometa".

Eu fazia que sim com a cabeça, enrolava os braços em volta de mim, curvava-me para a frente: era o único modo de conseguir guardar tudo aquilo dentro de mim.

Signor Il Calzoni evitava vir à nossa mesa quando nos via daquele jeito. Ficava atrás do caixa, fingindo que nada via.

Às vezes eu não conseguia comer e mamãe achava que eu a estava castigando.

"O que você quer de mim?", perguntava, num sussurro irritado que cruzava a mesa. "Abri mão de tudo por você. E você não está nem um pouco satisfeito."

Se eu começasse a chorar, Signor Il Calzoni me levava para espremer mais laranjas, me segurava pela mão e falava com o seu sotaque engraçado. Depois, se o restaurante estivesse totalmente vazio, sentava do meu lado, olhava para o mar e dizia:

"Ah, olhe só como a sua terra é bonita, Suleiman. Agora é também a minha terra, não é?"

"Não", eu dizia só para fazê-lo rir. Ele tinha uma risada maravilhosa. Todo o seu corpo sacudia do meu lado. Os assentos eram estofados e com molas e então eu fazia a mesma coisa. E isso o deixava ruborizado na frente de mamãe. "O senhor devia trocar seu nome de Signor Il Calzoni para Signor al-Husseini." Isso sempre o fazia sacudir-se na cadeira.

No caminho de casa eu me arrependia de todo aquele falatório e daquelas risadas, me arrependia de ter quebrado o meu silêncio, de me deixar ser enganado como um gato que fazem sair de debaixo da cama usando uma cordinha como isca. Eu sabia que havia fracassado quando, no caminho de volta para casa, já no fim da tarde, na hora em que o pão já não estava tão bom, mamãe parava na porta da padaria vazia. Eu ficava meio à parte, fingindo desenhar com a minha sandália no chão polvilhado de farinha, e via o padeiro Madji pegar alguma coisa debaixo do balcão enorme e pensava: esse é o diabo. Ele lhe dava uma garrafa envolta num saco plástico preto e ela imediatamente a escondia dentro da bolsa. E quando estávamos no carro ela não colocava a bolsa do seu lado, como fazia normalmente, mas sim debaixo das pernas, onde não se podia ver. Eu sabia que era o seu remédio, ruim para ela e ruim para mim, mas sem saber o que dizer e sem saber qual era o meu papel ali, eu nada dizia. Esmagava as pontas endurecidas de todos os pães e ela não reclamava de eu estar estragando os pães daquele jeito.

Mamãe e eu passávamos a maior parte do tempo juntos — ela sozinha, eu incapaz de me afastar dela. Ficava preocupado com a maneira como o mundo poderia se modificar se, mesmo que só por um segundo, eu desviasse o olhar a fim de relaxar um pouco os meus olhos. Estava convencido de que se a minha atenção fosse aplicada com toda a força, o desastre seria evitado, e mamãe retornaria íntegra e sem danos, já não mais perdida, lançada pelo mar na margem oposta, sozinha à espera. Embora a sua imprevisibilidade e as suas histórias prementes me atormentassem, minha vigília e o que eu então só conseguia explicar como a sua doença nos uniam numa intimidade que desde então ocupou as recordações mais profundas que tenho do amor. Se o amor começa em algum lugar, se o amor é uma força oculta que é despertada por uma pessoa, como uma luz que sai de um espelho, para mim essa pessoa era ela. Havia raiva, havia pena, até mesmo o abraço quente e escuro do ódio, mas sempre o amor e sempre a alegria que rodeia o início do amor.

3.

Naquele verão, Ustath Rashid ensinou o filho a dirigir. Acomodava Karim em cima de uma almofada e deixava que ele dirigisse o carro pelas ruas calmas de Gergarish. Uma semana antes de irmos para Leptis, Karim pegou as chaves do carro do pai sem pedir permissão e me levou até o mar. Tentou ir o mais perto possível da água, mas assim que chegamos à praia as rodas afundaram na areia.

"Por que não foi a Leptis?"

"Mamãe não deixou."

"Pare de inventar desculpas, ela já disse a Baba que você pode ir. Do que é que você tem medo?"

"Não tenho medo." Ele não pareceu se convencer. Tive receio de que ele pensasse que eu era um filhinho de mamãe e então lhe disse: "Ela está doente. Acho que vai morrer em pouco tempo".

"Mas todas as mulheres são doentes", disse Karim. "Mamãe sangra o tempo todo."

"É mesmo?"

"É. Às vezes vou ao banheiro e vejo a água da privada toda vermelha. É nojento. É a maldição delas. Mas não fique preocupado, isso não quer dizer que elas vão morrer."

A água do mar estava lisa e parada como petróleo. Corremos até que a água prendeu nossas pernas e nos fez cair. Nadamos apostando corrida na direção da água azul-turquesa, onde o mar fundo era mais frio. Tive pena de Karim, mas também fiquei aliviado porque pelo menos minha mãe não sangrava.

"Você vai adorar Leptis." Ele afundou e fez cócegas nos meus pés.

De volta à terra, catamos pedras, madeira e qualquer objeto que servisse como calço para as rodas do carro. O motor gemeu e o carro se deslocou para o lado antes de avançar em ziguezague e sair da areia.

Karim tinha ido muitas vezes a Leptis Magna com o pai. Também tinha visitado Ghadames e Sabratha, as pinturas rupestres em Fezzan. Estivera até num barco que o levou a Creta, onde, contou, as mulheres nadavam nuas. Como eu, ele era filho único. Isso era muito raro, porque os pais com apenas um filho corriam o risco de levar as pessoas a pensar ou que a mulher já não servia mais para nada ou, Deus nos livre, que tanto a mãe como o pai estavam impedindo a Vontade de Deus. Muitas vezes perguntavam para mamãe por que não tinha mais filhos. Ela ficava vermelha ao ouvir a pergunta. Baba também ficava vermelho quando um amigo o provocava e perguntava num sussurro por que não arranjava outra esposa. Talvez tenha sido isso o que, a despeito da diferença de idade — Karim tinha doze anos, eu tinha nove —, nos aproximou. Pois o que nos unia, Karim e eu, raramente dava a sensação de ser a amizade, mas algo como o sangue ou a virtude. Eu queria muito ser como ele.

Quando Karim e os pais mudaram-se e vieram ser nossos vizinhos, mamãe foi fazer-lhes uma visita. Pediu-me que eu usasse os sapatos pretos de couro, que eu raramente calçava porque eram pesados e ficavam raspando no meu tornozelo, passou a ferro minha camisa branca e fez questão de que eu abotoasse o colarinho. Não me importei, porque eu estava ansioso para conhecer o meu novo vizinho, que os meninos da rua me contaram, era igual a mim, sem irmãos. Mas quando chegamos, sua mãe, tia Salma, disse que Karim tinha saído com o pai para conhecer os arredores, depois sorriu, inclinou a cabeça um pouco para o lado e disse: "Desculpe".

Nossa rua era quase toda margeada por canteiros de obras, as fundações cavadas e abandonadas. As únicas cinco casas completas, de projeto idêntico, amontoavam-se no centro da rua: a nossa e a de Karim, de um lado; as outras três do outro lado, onde moravam Adnan, Masoud e Ali, e Osama.

Andei pela casa de nossos vizinhos admirado com a estranheza de estar numa construção que por fora era um espelho da nossa casa e por dentro era completamente distinta, por causa da mobília diferente e das cores das paredes: como dois irmãos que tivessem crescido longe um do outro. Nossas paredes eram cobertas com papel de parede italiano, flores européias desabrochadas, folhas de outono sempre a cair, o mesmo pássaro empoleirado no alto do mesmo galho, bicando o mesmo broto, sempre, a vida toda, borboletas estrangeiras nos braços das poltronas, mesas de madeira escura e sólida e nossas janelas cobertas com cortinas de tecido holandês e veludo francês. As paredes da casa deles eram pintadas em cor pastel, o rodapé era marrom-escuro, "Para quando ficarem sujos não aparecer a sujeira", explicava tia Salma, enquanto mostrava a casa para mamãe. "Que idéia inteligente", disse mamãe, com um entusiasmo inquietante. As janelas deles tinham cortinas de um único tecido, um pano muito comum na Líbia naquela época, importado do Egito. Eles não tinham tanto dinheiro quanto nós; Ustath Rashid era apenas um professor universitário, ao passo que Baba era um homem de negócios que viajava pelo mundo em busca de objetos, animais e árvores maravilhosos para trazer ao nosso país. Naquela noite agradeci a Deus por nossa riqueza e lhe pedi que nos mantivesse assim para sempre.

Alguns dias antes de levarem Ustath Rashid, eu estive com ele, Karim e seus alunos num passeio de um dia até Leptis. Senti romper-se uma corda em meu coração quando olhei para trás e vi mamãe despedindo-se de mim com um aceno. Baba não estava em casa.

No início da viagem fiquei nervoso, mas depois o ônibus inteiro começou a cantar e bater palmas. Os alunos de Ustath Rashid eram de uma alegria formidável; ao vê-los, desejei ardentemente tornar-me um estudante universitário. Duas garotas levantaram-se para dançar. Com os olhos voltados para baixo elas balançavam os quadris e retorciam as mãos no ar. Os carros que passavam buzinavam. Éramos como uma festa de casamento.

Karim e eu estávamos sentados no fundo, Ustath Rashid ia na frente e de quando em quando olhava para nós lá atrás e sorria. Quando a dança e as palmas amainaram, uma cantoria tomou conta do ônibus: *al-Doctor, al-Doctor, al-Doctor*... Não paramos senão quando Ustath Rashid se levantou e olhou para nós.

"É uma verdadeira honra para mim ter um grupo de alunos tão ordeiro, bem-educado e respeitável. Eu apenas gostaria de saber onde foi que vocês, seus baderneiros, esconderam os meus alunos."

Rimos, batendo palmas e assoviando o mais alto que conseguimos.

"A cidade de Leptis Magna foi fundada por gente de Tiro..."

"LÍBANO."

"Sim, muito bem, o atual Líbano. Mais tarde tornou-se fenícia e depois, claro, romana, quando ficou famosa por causa do seu filho leal, o imperador..."

"SÉTIMO SEVERO."

"Sim, o nosso africano implacável, uma fonte de orgulho e também de vergonha."

"ORGULHO ORGULHO."

"Bem, se vocês insistem."

Depois o ônibus pegou uma estradinha de terra que seguia para o mar.

"Bem-vindos a Leptis", declarou Ustath Rashid.

Ele parecia ter se transformado. Ao descer do ônibus, sorrindo para a cidade abandonada, esparramada diante do mar que batia em marolas, com suas colunas torcidas semelhantes a enormes gigantes adormecidos à beira-mar, Ustath deu um suspiro profundo e recitou um poema:

Por que este vazio depois do júbilo?
Por que este fim depois da glória?
Por que este nada onde antes houve uma cidade?
Quem há de responder? Só o vento
Que rouba o cântico dos sacerdotes
E dispersa as almas outrora unidas.

Alguns dos alunos aplaudiram. Ele sorriu e curvou-se para agradecer, ruborizado.

"O lamento de Sidi Mahrez por Cartago poderia também ser aplicado a Leptis", disse, enquanto caminhava à frente.

Todos nos empenhávamos para acompanhar o ritmo de seus passos.

Levou-nos até um friso quebrado que mostrava parte do nome do imperador. A ausência estava em todo lugar. Arcos erguiam-se sem as paredes e sem os telhados das lojas a que haviam pertencido e, no largo vazio sob o céu aberto, pareciam homens velhos que tentavam lembrar para onde estavam indo. Hera trançada e feixes de videiras estavam entalhados na pedra dos arcos. Ruas de pedras brancas — algumas voltadas para o mar, outras para o deserto verde em redor — avançavam intrepidamente no meio da areia que subia e as encobria. Samambaias, capim e ervas silvestres irrompiam entre as pedras do calçamento. Palmeiras curvavam-se como velhas fofoqueiras na orla da cidade.

Ele nos mostrou os "medalhões de Medusa" entalhados no mármore e inseridos no alto, entre a subida e a descida dos arcos de calcário. Eram meninos com faces saudáveis, cheias como luas, rodeadas por luxuriantes cachos de cabelo, as testas franzidas, os olhos observando à distância com ansiedade, os lábios suavemente abertos.

"Também são conhecidos como 'monstros do mar'", disse Ustath Rashid, "sempre encarando o mar, sempre à espera do pior."

Karim continuou a fitar os medalhões de Medusa, ainda muito tempo depois de o grupo ter seguido para observar outros objetos.

"Para que servem?", perguntou.

"Para assustar os inimigos", respondi.

"E como você acha que podem fazer isso?"

"Não sei", respondi, e me afastei.

"Crianças são inúteis numa guerra", disse ele, me seguindo.

Unimo-nos a Ustath Rashid diante do que tinham sido os

banhos, cubos retangulares ladrilhados e escavados no solo, debaixo de tetos em abóbada. Afrescos descascados de homens que cravavam lanças no pescoço de leões e de chitas, e de outros homens em barcos num rio cheio de peixes de boca aberta, revestiam paredes e tetos. Ustath Rashid parou diante da pintura de uma mulher nua.

"Esta é Mênade, adepta do culto de Dioniso, o deus que alivia as inibições e inspira a criatividade."

Os olhos da mulher eram estranhos como os de um pássaro, seus lábios fartos e melancólicos, a região em volta dos mamilos tinha um brilho rosado, e o abdômen se alongava para baixo na direção dos quadris, que se alargavam suavemente. Ela estava dançando, uma das mãos acima da cabeça, a outra na cintura. Pude ouvir a voz de Ustath Rashid enquanto ele seguia adiante, e os passos que o acompanhavam. Cheguei mais perto da mulher, corri os dedos em volta do escuro sorvedouro do seu umbigo. Contornei com o dedo o centro rosado do seu mamilo. Depois meus olhos caíram nos seus lábios escuros. Beijei-os, ouvindo minha própria respiração junto à pedra seca e fria. Algo semelhante à culpa ou ao medo me fez recuar. Senti um rodopio de excitação no ventre. Os olhos dela pareceram olhar para mim. Rapidamente beijei-a de novo e corri para me unir aos outros.

Fizemos um piquenique ali, e quando todos estavam deitados embaixo das árvores para descansar, Karim e eu fomos explorar os arredores. Avistamos dois alunos de Ustath Rashid se abraçando embaixo de um castanheiro. Vimos que ele enfiava a mão debaixo do blusão da garota. Ela dava um gemido estranho. Mais tarde, ele travou uma luta de socos com outro aluno. Não tínhamos certeza se o motivo era a garota. Quando o soco acertava na cara de um deles, o barulho não era igual ao que ouvíamos nos filmes; em vez de um estouro, parecia antes um beijo molhado. Ustath Rashid colocou-se entre os dois e os seus óculos foram parar longe. Aí todo mundo ficou quieto. Ele sorria de um jeito esquisito enquanto procurava os óculos. Todos olhavam para ele. Karim achou os óculos no meio da poeira e pegou-os. Colocou-os na cara do pai. Ustath Rashid ajustou-os nas orelhas e sorriu outra vez, olhando para o chão, como se fosse ele que tivesse perdido a cabeça e agora estivesse envergonhado.

Na hora em que todos se preparavam para partir, Karim levou-me para ver o anfiteatro. Descemos um de cada vez até o palco para ouvir nossas vozes amplificadas contra os degraus ascendentes das arquibancadas em forma de lua crescente. A essa altura, nuvens grossas deslizavam pelo céu escuro e manchado. O mar batia com mais força, estourava contra a praia; então a chuva caiu.

No caminho de volta, a maioria do ônibus dormiu. Observei Karim aninhar-se ao corpo do pai.

Às vezes eu desejava que Baba fosse mais parecido com Ustath Rashid. Os dois eram bons amigos, ainda que diferentes. Baba era muito mais arredio. Os momentos em que me sentia mais próximo dele eram quando Baba não tinha consciência da minha presença: quando eu observava como ele espalhava sua coleção de gravatas sobre a cama, por exemplo, murmurando uma canção desconhecida. Até o seu modo de nadar parecia distante: boiava de costas, os dedos dos pés apontados para o céu, os olhos fechados, sem querer saber para onde a água o levava ou não. Em casa estava sempre às voltas com um livro ou com os intermináveis exemplares de jornais que toda manhã apareciam na nossa porta. Às vezes eu me aninhava junto a ele, mas o seu poder de concentração era espantoso e mal se dava conta da minha presença. Eu examinava o seu rosto enquanto ele lia. Até suas balinhas de menta inglesas, que comprava nas viagens ao exterior e que guardava numa caixinha prateada, pareciam misteriosas: eram do tamanho de aspirinas pequenas, mas, quando eu colocava uma na boca, pegava fogo. Às vezes ele falava algo em italiano para o jornal. Isso sempre fazia mamãe dar risada. "Seu pai está xingando o jornal", dizia.

Embora Baba viajasse mais do que Ustath Rashid, nunca me levava. Implorei várias vezes, e um dia me senti tão mal de tristeza que cheguei a gritar, chutei suas canelas, dei murros nas suas coxas, e quando mamãe me segurou, chorei e chamei-o de "feio!". Ele partiu assim mesmo. Nunca mais lhe pedi que me levasse, tampouco chorei na frente dele quando partia ou chegava.

De outras vezes eu desejava secretamente que Moosa, o melhor amigo de Baba, fosse o meu pai no lugar dele. Moosa era muito mais jovem, mais próximo da idade de mamãe, e alto como uma árvore. Muitas vezes me carregava em cima dos ombros para colher frutas que ficavam no alto e que eram mais doces por efeito dos raios do sol, na copa das ameixeiras ou das laranjeiras de nosso jardim.

Certa vez Baba voltou de uma de suas viagens de negócios com um enorme caminhão aberto, cheio de árvores, que tinham vindo pelo mar desde a Suécia. Era esquisito ter árvores pernoitando ali do lado da nossa casa. Eram escuras, úmidas e tinham um cheiro de pele humana. Mamãe e eu abrimos o atlas na mesa da cozinha para ver onde exatamente ficava a Suécia e que caminho as árvores de Baba haviam percorrido pelo mar. De outra vez, o caminhão estava cheio de vacas, pretas e marrom-escuras, vindas da Escócia. Nós — Baba, mamãe, Moosa e eu — alimentávamos as vacas sem deixar que saíssem do caminhão, metendo a comida através da grade, os olhos grandes e pretos das vacas nos acompanhavam em silêncio. Mamãe cantava para elas do jeito como cantava sozinha quando estava no banheiro, ou quando pendurava roupas no varal do jardim, bem delicada, feito uma garotinha distraída. Baba andava em volta do caminhão várias vezes, conferindo se todas tinham recebido o seu quinhão. As vacas ficavam em silêncio o tempo todo, mastigando melancólicas.

Durante o dia inteiro não consegui deixar as vacas sozinhas. Contornava o caminhão, olhava para cima e observava as tetas rosadas, subia para ver de perto aqueles olhos diferentes. Depois da hora do cochilo, os garotos saíram de casa e começaram também a mexer com as vacas. Masoud balançou a bunda para elas e deu um mugido, o que fez seu irmão Ali rir com tanta força que estufou uma veia de cada lado do pescoço miúdo. Osama queria ouvir as vacas mugirem, então jogou nelas umas pedras, e as vacas se apertaram umas nas outras; o movimento repentino fez o caminhão balançar um pouco. Isso pareceu causar um novo temor em Ali, que correu para a porta de casa e ficou parado, com cara de desaprovação.

"Venha, não seja tão criancinha", disse o irmão Masoud. Ali correu para dentro de casa e não saiu mais durante o resto do dia. Quando ameacei Osama dizendo que ia contar para Baba, ele deu um suspiro e deixou as pedras caírem da mão.

Ao anoitecer, as vacas começaram a mugir.

"Talvez estejam com medo", sugeri.

Moosa disse que era o calor que as incomodava. "Na terra delas o sol não esquenta e mal consegue iluminar."

"Então você quer nos convencer que já esteve na Escócia?", disse mamãe.

"Não. Vi num filme. Senti um arrepio só de ver."

Baba não podia dizer como era o frio da Escócia porque tinha comprado as vacas de um homem em Malta, que ficava logo do outro lado do mar.

Na manhã seguinte, depois que Baba partiu com as vacas, Um Masoud apareceu na porta da nossa casa para reclamar. Era a mãe de Masoud e de Ali e morava do outro lado da rua, na casa em frente à nossa. Assim como os dois filhos, Um Masoud era gorda. Suas nádegas eram do tamanho de melancias gigantes. Embora eu nunca tivesse tentado, é claro, tinha certeza de que conseguiria equilibrar um copo de água em cima de cada uma delas. Segurando o filho menor pela mão e agitando a outra mão ao lado da orelha, Um Masoud falou:

"Estou ouvindo os mugidos das vacas até agora e desconfio que vou ficar ouvindo por muito tempo. O Ali nem conseguiu dormir." Ali tinha só seis anos, e ao lado da mãe imensa parecia um anão. Mostrei a língua para ele. Ali fechou a cara e virou-se. "Ele acordou várias vezes gritando. E isso não é nada comparado ao fedor que elas deixaram na rua."

"Bem feito", murmurou mamãe.

"O que disse?", perguntou Um Masoud, desconfiada, as sobrancelhas formando um profundo V.

"Nada", respondeu mamãe.

Um Masoud foi embora, puxando Ali pela mão, enquanto repetia: "Vacas? Vacas na nossa rua?".

"Da próxima vez vamos importar cobras", disse mamãe, baixinho. "Cobras silenciosas, sem cheiro."

"Já pensou no que vão dizer?", continuava Um Masoud. "Que trazemos vacas para as nossas casas? Isso não é normal."

Fiquei contente por ela não ter ouvido o que mamãe disse sobre as cobras. O marido de Um Massoud, Ustath Jafer, era um Antenna, um homem do Mokhabarat, "capaz de pôr a gente para ver o sol nascer quadrado", como eu tinha ouvido dizer muitas vezes.

Dois dias depois que voltamos de Leptis, e uma semana antes de eu ver Baba atravessar a praça dos Mártires, levaram Ustath Rashid.

Eu já tinha visto antes homens sendo interrogados na televisão. Lembrava-me de uma vez em que apareceu o dono de uma fábrica de tecidos em Trípoli. Foi acusado de ser um burguês e um traidor. Vestia um terno italiano cinza-claro que rebrilhava de leve sob os refletores. Ficou sentado e duro na cadeira, como se sentisse dor. Eu estava parado na porta da sala, onde não seria visto. Baba e Moosa estavam sentados no sofá, mamãe estava ao lado deles na poltrona. Moosa disse para Baba em voz baixa:

"Eles poupam o rosto de propósito. Aposto que o corpo dele é uma colcha de retalhos de feridas." Então uma sombra escura surgiu do nada na virilha do homem, uma mancha que não parava de aumentar. Eu vi primeiro. Corri para a tela, bati com o dedo na mancha.

"Afaste-se daí", berrou Baba. Corri e fiquei perto de mamãe. "Vá para o quarto", disse ele.

"Está tudo bem", disse mamãe para Baba, que gritou:

"Ele não devia ver isso."

"Também é o país dele", respondeu mamãe, serena, olhando para a tela.

Baba saiu da sala, enfurecido. Ficamos olhando para o homem que tentava cobrir a mancha úmida com as mãos, enquanto se contorcia na cadeira.

Mas ver Ustath Rashid ser preso foi diferente. Eu tinha ouvido dizer muitas vezes que ninguém estava acima ou fora do alcance deles, mas vê-los, ver como aquilo podia acontecer, como era rápido, como não havia espaço para argumentar, para dizer não, me revirou o estômago. Mais tarde, quando mamãe viu o meu rosto, ela disse: "Parece que viu um fantasma". Quando lhe contei o que tinha visto, pôs a mão na testa e sussurrou: "Coitada da Salma". Levou-me para o banheiro e lavou o meu rosto. "Você não devia ter visto. Da próxima vez, venha correndo para casa."

Depois me deu uma sopa e um chá, como se eu tivesse pegado uma gripe.

Alguém, um traidor, andava imprimindo panfletos que criticavam o Guia e os Comitês Revolucionários. Vinham no meio da noite e colocavam os panfletos na porta como se fossem jornais. Eu vi alguém, mas tinha de haver centenas, talvez milhares de homens. Eu e os meninos nos revezávamos em turnos na esperança de conseguir ver um deles. Imaginávamos que andassem todos de preto, de máscara, e que fossem muito ligeiros. Ali disse ter visto um. Masoud lhe deu um tapa na cabeça e falou: "Se mentir sobre essas coisas, vou contar para o Baba".

Todos temiam aqueles panfletos e faziam questão de rasgá-los à vista dos vizinhos. Outros, como a mamãe, os levavam para dentro só para vê-los queimar na pia da cozinha e depois abrir a água fria sobre as cinzas. Entreouvi uma vez mamãe dizer para tia Salma.

"Eles ainda vão nos meter numa encrenca."

Quando perguntei o que ela queria dizer, soltou um suspiro e respondeu:

"Nada."

De outra vez, ficou muito parada e tensa na calçada, ouvindo Um Masoud falar contra os "traidores", dizendo:

"Jafer anda muito preocupado com esses panfletos."

Mamãe falava de um jeito diferente com Um Masoud, parecia tomar o seu partido. Franzia o rosto, balançava a cabeça e concordava com tudo o que ela dizia.

"Que Deus lhes perdoe, não sabem como a revolução tem sido maravilhosa para este país."

Na manhã anterior à prisão de Ustath Rashid, os meninos e eu estávamos tão entediados que pegamos os panfletos que os traidores haviam deixado durante a noite e os jogamos por cima dos muros dos jardins, onde na mesma hora ficaram, oficialmente, dentro da casa das pessoas. Só fizemos isso nas ruas vizinhas, em que não conhecíamos ninguém. Amarramos as folhas leves de papel em pedrinhas e as jogamos por cima dos muros altos, do jeito como jogavam granadas nos filmes. O gesto era divertido, mas logo o tédio voltou e aí regressamos para a nossa rua e começamos a nos preparar para jogar futebol.

Gergarish era um bairro recém-construído, e afora as vias principais que o ligavam ao centro da cidade, a maioria das ruas ainda estava sem nome e sem asfalto. Chamávamos a nossa de rua da Amora porque ali houvera um bosque de amoreiras, a única que sobrara ficava ao lado de casa, no jardim de Ustath Rashid e de tia Salma.

O sol chegou ao meio do céu. Ouvimos o estalo do alto-falante da mesquita do bairro. Dava para ver o minarete, igual a um lápis, erguendo-se ao longe acima das casas baixas da nossa rua. Então soou a voz do xeique Mustafá.

Fizemos o gol com pedras e garrafas de plástico vazias, discutimos para ver de que lado cada time ia jogar, e por fim começou a partida. Depois de alguns minutos, um carro avançou ligeiro em nossa direção, levantando uma onda de poeira como se fosse a única criatura no mundo. Quando o vimos, branco sob o sol, paramos de jogar e corremos para a calçada, deixando a bola rolar para longe.

O carro estacionou na frente da casa de Karim. Ele gelou, como se o coração tivesse baixado até os sapatos. Quatro homens saíram, deixando as portas abertas. O carro era como uma mariposa gigante morta sob o sol. Três homens entraram na casa; o quarto, que era o motorista e parecia ser o líder, esperou na calçada. Sorriu para os dois irmãos gordos, Masoud e Ali. Não percebi na hora que ele já os conhecia. Nenhum de nós tinha visto aquele homem antes. Tinha uma cara horrorosa, com marcas de varíola, parecia pedra-pomes. Seus homens reapareceram, segurando Ustath Rashid entre eles. Ustath não resistia. Tia Salma vinha logo atrás como se um cordão invisível a unisse ao marido. O homem com marcas de varíola na cara esbofeteou Ustath Rashid de repente e com ferocidade. O barulho era como um pano rasgando; isso deteve tia Salma. Um outro deu um pontapé nele, por trás. Ustath Rashid antecipara o chute, porque se curvou para a frente um segundo antes do golpe. A força do pontapé fez Ustath dar um pulo, mas ele não emitiu nenhum som. Estava com aquele sorriso estranho e envergonhado de sempre. Não discutiu nem implorou, como se as razões, todas as perguntas e as respostas, já fossem conhecidas. Sua camisa estava rasgada. Mas não havia sangue. Fiquei surpreso com isso, e depois pensei que, se tivesse sangrado — ainda que só um pouco —, teria sido mais fácil para Karim, porque todos respeitaríamos um homem ensangüentado. Ustath Rashid olhou para nós, e quando seus olhos encontraram os de Karim, seu rosto modificou-se. Pareceu que ia chorar ou vomitar. Então curvou-se para a frente e começou a tossir. Os homens pareciam não saber o que fazer. Olharam uns para os outros, depois para tia Salma, que tinha a mão em cima da boca, a outra mão apertada contra o cabelo que formava uma trança tão grossa como a corda da âncora de um navio e pendia por cima do ombro. Agarraram Ustath Rashid, atiraram-no dentro do carro, bateram as portas e partiram a toda, passando no meio de nós, esmagando as marcas dos nossos gols. Eu não consegui ver a cabeça de Ustath Rashid no meio dos dois homens sentados cada um de um lado dele, no banco de trás; ainda devia estar tossindo.

Karim deu alguns passos na direção do carro. Por um momento pensei que fosse correr atrás dele. Ficou parado de costas para nós, depois se virou e foi para casa. Tia Salma estava parada, ainda agarrando o cabelo com a mão, olhando para onde o carro branco havia sumido, como se ele estivesse chegando, como se Ustath Rashid estivesse afinal voltando para casa depois de uma longa viagem.

Ninguém sabia por que tinham levado Ustath Rashid, mas no dia seguinte começaram a espalhar-se rumores de que era um traidor. Um Masoud veio à porta de nossa casa, estalou a língua, olhou em volta e disse: "Esse é o destino de todos os traidores".

Baba já tinha ouvido Um Masoud fazer fofoca antes: ela dizia que o mendigo Bahloul era mais rico do que todos nós somados, que o padeiro Majdi não vendia só "pães inocentes" — era assim que ela dizia —, mas também outra coisa, chamada Grappa, que não só era *haram*, mas também ilegal em nosso país. Tais rumores não perturbavam Baba, de fato às vezes o divertiam, mas Ustath Rashid era seu amigo. Os dois saíam muitas vezes para caminhar à beira-mar quando o sol estava baixo. E muitas vezes ficavam sentados juntos, conversando em voz baixa no escritório de Baba, onde ocasionalmente Nasser vinha unir-se a eles. Eu lhes trazia café. Mamãe batia duas vezes na porta, depois a abria para mim. Eu entrava devagar, equilibrando a bandeja, e imediatamente o ar rascante e enfumaçado caía sobre mim, o que tornava quase agradável o cheiro amargoso de cardamomo e de goma-arábica que subia do café. "Não derrame", essas eram muitas vezes as últimas palavras de mamãe antes de abrir para mim a porta daquelas reuniões secretas. Aprendi bem depressa que o melhor jeito era olhar firme para a frente; não me preocupar em não derramar, ou não demonstrar essa preocupação, esse era o truque, ao que parecia. Mas no início eu andava com a cabeça abaixada, olhando para os três lagos pretos de café sobre a bandeja de prata enquanto ordenava a minhas mãos que ficassem firmes e percebia à minha esquerda, na periferia da minha visão, os joelhos de dois homens sentados nas poltronas confortáveis, estofadas com figuras de borboletas, e à minha direita a vastidão de madeira marrom da escrivaninha de Baba. Depois que eu colocava a bandeja a salvo sobre a escrivaninha, Baba dizia: "Muito bem, Suleiman". Quando eu erguia os olhos para encará-lo, às vezes ouvia um estalo no meu pescoço. A conversa deles ficava em suspenso desde o momento em que mamãe batia na porta, e os três pareciam ansiosos para que eu saísse.

"Feche a porta", dizia Baba, mas então, muitas vezes, me chamava de volta no último minuto. "Venha cá", dizia. "Esvazie isto aqui", e me entregava um cinzeiro cheio de guimbas de cigarro e fósforos queimados. E algumas semanas antes de levarem Ustath Rashid, coloquei a bandeja sobre a escrivaninha de Baba e vi lágrimas em seus olhos. Estava lendo alguma coisa. Ustath Rashid e Nasser estavam sentados em silêncio e o fitavam. Fui para perto de Baba. Cutuquei-o de leve e perguntei:

"Quem chateou você, Baba?"

Ustath Rashid levantou a mão e sorriu:

"Receio que tenha sido eu, Suleiman."

Fiquei confuso; por que Ustath Rashid iria chatear o Baba? Nasser deu uma risadinha. Baba colocou a mão em cima da minha cabeça e, com uma voz arranhada, disse:

"Ninguém me chateou, Slooma. Eu estava só lendo..." Olhou para a folha de papel na mão. "É tão bonito. Vamos ter de publicar isto", disse, entregando o papel para Nasser. Nasser dobrou-o duas vezes e pôs no bolso da camisa.

Eu nunca tinha visto Baba chorar. Não conseguia entender por que ler algo bonito o fazia chorar.

Quando Baba ouviu Um Masoud estalar a língua e dizer "Este é o destino de todos os traidores", não conseguiu ficar calado.

"Isso é mentira", lhe disse, com a voz soluçante de raiva. "Uma mentira que as autoridades espalham só para justificar o desaparecimento de um inocente."

Um Masoud examinou os próprios dedos, comparando o comprimento das unhas.

"Mas é óbvio que nem precisam fazer isso; sempre há um voluntário ansioso para mentir por eles. A falta de esforço, o automatismo com que acontece..." Mamãe puxou-o pela manga. "Deixe-me", retrucou Baba. Entrecerrou os olhos para Um Masoud. "Ervas daninhas!" Quando falou essas palavras, a mão se torceu como se apertasse um parafuso, como se aquelas palavras tivessem a finalidade de prender Um Masoud no seu canto. "Ervas daninhas, como os boatos, precisam de ajuda." A cara de Baba ficou vermelha. Assustou-me vê-lo assim porque, embora muitas vezes fosse sério, raramente ficava irritado.

Um Masoud continuou a examinar seus dedos, sorrindo agora com ar de astúcia, como se uma antiga suspeita tivesse afinal se confirmado.

Ustath Rashid dissera uma vez para Baba que as esposas deles pareciam duas irmãs perdidas que enfim voltaram a se encontrar. A primeira vez em que se viram — na cozinha de tia Salma no meio das caixas de mudança já abertas e meio desembaladas —, as duas pareciam felizes por ter o destino, afinal, as reunido outra vez. A partir de então não se passaram dois dias sem que uma telefonasse ou fizesse uma visita para a outra. Inventavam desculpas para interromper a rotina mútua. Muitas manhãs, tia Salma vinha à porta de nossa casa para pedir emprestado um pouco de açúcar, farinha ou sal, e mamãe sempre a fazia entrar. "Estou com pouco tempo", respondia tia Salma, mas depois esquecia tudo até que Ustath Rashid ou Karim viessem buscá-la, preocupados porque nem tinha começado a fazer o almoço. Outras vezes era mamãe que ia à casa vizinha e éramos nós que ficávamos sem o almoço. Mamãe nunca esquecia de tudo como quando estava com tia Salma.

Elas bebiam chá e conversavam sem parar; de vez em quando se curvavam uma para a outra em sussurros, então uma delas batia palmas e soltava uma gargalhada. Traziam a música mais recente para tocar uma para a outra e às vezes uma delas tocava a tabla, cantava — *aywa, aywa* — e batucava, enquanto a outra dançava, sacudindo os quadris de um lado para o outro. Certa vez eu as vi dançando no quarto de mamãe ao som de Julio Iglesias, dançando lentamente, como faziam os homens e as mulheres nos filmes estrangeiros, depois tia Salma se curvou numa reverência e beijou a mão de mamãe. Mamãe puxou a mão depressa quando me viu. Tia Salma veio na minha direção, segurou minhas mãos e nós dançamos. Ela era tão meiga, cheia de sorrisos, tinha as faces vermelhas.

Quando Baba estava fora de casa e mamãe ficava doente, não atendíamos a porta, fingíamos não estar em casa. Mas uma vez eu estava tão assustado que abri a porta para tia Salma. Ela viu mamãe no chão do quarto, cheirou-a. Foi como se uma sombra negra caísse sobre o rosto de tia Salma. Saiu do quarto, depois voltou com uma toalha. Bateu de leve no rosto de mamãe. Ela acordou, pareceu desorientada. "O que você está fazendo aqui?", perguntou. Tia Salma ajudou-a a ir para a cama, depois pediu que eu pegasse um copo de água. Quando voltei, vi mamãe chorando. Tia Salma disse: "Reze em louvor do Profeta, menina", e, com um soluço profundo, mamãe rezou.

Depois que levaram Ustath Rashid, mamãe não foi à casa de tia Salma e tia Salma não veio nos visitar. Mamãe também não queria que eu visse Karim. "Você não tem nenhuma necessidade de ser tão ligado a esse menino", disse ela. Nunca o havia chamado de "esse menino". "É hora de andar rente à parede", disse mamãe. Quando perguntei o que ela queria dizer, respondeu: "Nada, só tente não ficar muito ligado a ele, só isso". Ela sentiu que meus olhos a seguiam, tentavam entender, e aí acrescentou: "É que não é bom para você ficar perto de toda essa tristeza. O desgosto ama o vazio, só quer saber de ouvir o seu próprio eco. Tome cuidado".

As palavras de mamãe me afetaram; sentia-me de fato picado pela culpa toda vez que eu e Karim ficávamos sozinhos. Mamãe tinha razão: uma certa tristeza havia entrado nos olhos dele no dia em que levaram Ustath Rashid, mas não era a tristeza da saudade, era a tristeza da traição, a tristeza silenciosa que vem de ficar decepcionado. Ou pelo menos é o que parece agora. Karim ficou mais calado — sempre foi calado, mas não tanto — e se recusava a participar dos nossos jogos. Em vez disso, ficava encostado num carro próximo, enquanto jogávamos futebol na rua, e olhava para nós de um jeito que nos deixava muito distantes dele. Nesses momentos eu queria que o Comitê Revolucionário voltasse e dessa vez levasse o meu pai, para que ficássemos iguais, unidos de novo por esse misterioso laço de sangue que até aquele dia parecia ser uma vantagem.

Mais tarde, quando ficamos sozinhos, eu lhe disse: "Desculpe, Karim. Desculpe por não termos ficado todos nós de braços dados na frente deles e barrado o caminho. Afinal, a rua da Amora é a *nossa* rua". Ele torceu o lábio inferior e deu de ombros. Eu me senti como mamãe devia se sentir quando, depois de ficar doente e voltar ao normal, eu me mostrava zangado com ela; eu queria muito retirar Karim do seu silêncio. Levei-o para nadar. Mas em vez de irmos na direção das águas claras e fundas que vão tocar o horizonte, passando pela faixa azul-escura que sempre nos metia medo porque o fundo era vivo, cheio de algas escuras, de movimento e de outras coisas, Karim nadou com relutância.

Quando eu já tinha cruzado as águas escuras, movendo-me como um raio de luz com os meus pés-de-pato compridos, golpeando velozmente os meus braços contra o azul-turquesa pálido, olhei para trás e vi Karim na areia, indo embora.

4.

Quando Baba chegou no dia seguinte, parecia preocupado. Fazia oito dias que tinham levado Ustath Rashid. Não trouxe presentes, como fazia em geral quando voltava das viagens. Isso confirmava que tinha mentido: nos disse que ia para o exterior quando estava fugindo para a sua outra vida ali mesmo em Trípoli, na praça dos Mártires.

Esperei bastante, depois perguntei: "O que trouxe para mim?".

"Nada", respondeu, sem nem sequer olhar na minha direção.

Da vez anterior trouxera um relógio que funcionava debaixo da água e tinha luz própria. Em geral, trazia um vidro de perfume para mamãe. Ela abria o frasco, colocava uma gotinha na parte interna do pulso, sentia o cheiro, depois sorria sozinha.

E dessa vez não vinha cheio de histórias para contar, nem comentou as coisas que mamãe tinha feito para lhe dar as boas-vindas. Ela havia passado a manhã inteira na cozinha. Raspou o miolo de uns pepinos, depois recheou com arroz e carne. A cozinha inteira estava impregnada com o cheiro de salsa, limão e cardamomo. Deixou sementes de romã de molho na água de rosas com açúcar. Mais tarde, depois de tomar banho, secou o cabelo com secador e pôs um vestido novo, acendeu incensos de almíscar e cravou os palitinhos nos vasos de planta em volta da casa, na expectativa da sua chegada. Ela estava linda; sempre parecia linda quando Baba estava em casa.

O toque de campainha peculiar de Baba era formado por um toque normal seguido de três toques rápidos: Dim-dom. Dim-dom-dim-dom-dim-dom. Feito um coelho que dá um pulo e depois pula três vezes. Quando mamãe ouvia o toque da campainha, pegava uma rosa no vaso que estava repleto de rosas e metia no cabelo, logo acima da orelha, antes de correr para abrir a porta.

Ele chegou quase na hora do almoço, como disse que faria. Quando sentamos para comer, Baba não deu um profundo suspiro de satisfação, nem falou: "Não existe lugar melhor do que a nossa casa". Eu gostaria que dissesse isso, porque essas palavras sempre faziam as faces de mamãe ficar vermelhas. Em troca, enfiou a ponta do guardanapo acima do nó da gravata, esticando o queixo na direção do teto, o que fez seus lábios se contraírem, e começou a tomar sua sopa.

Só a mamãe falou e mal chegou a comer. Tentou servir um segundo prato para Baba, mas ele segurou a mão dela sobre o prato e balançou a cabeça.

"Alguma notícia de Rashid?"

"Ainda não sabemos onde ele está."

"Faraj, estou preocupada, preocupada conosco."

"Vamos ficar bem. Como vai Salma?"

Mamãe deu um suspiro.

"Ela precisa de nós mais que nunca", disse Baba, depois colocou o guardanapo sobre a mesa e saiu da sala.

"Você tomou um caminho sem saída", disse mamãe, enquanto ele se retirava. Baba não respondeu e ela olhou para mim.

Dei a ela o meu prato para que me servisse mais comida, embora eu já estivesse cheio.

Quando Baba saiu do banheiro, foi para a sala de estar e gritou: "Onde está o chá?". Baba tinha de beber chá verde depois do almoço. Dizia que ajudava a digestão. Era tão amargo que dava comichão no meu céu da boca.

Agora que Baba estava a salvo na sala de estar e mamãe preparava o chá na cozinha, aproveitei a oportunidade para ir furtivamente ao quarto deles. Procurei no bolso do paletó de Baba aqueles óculos escuros enormes. O cheiro de Baba — uma mistura de fumaça de cachimbo e água de colônia — parecia uma presença no quarto. Não achei os óculos. Fui sentar-me ao lado dele, beijei sua mão e lhe disse como eu estava contente por ele estar em casa, mas topei com mamãe em seus braços, sua maquiagem se diluindo. "Chega, sabe como eu detesto lágrimas", ele disse. Mamãe olhava para Baba, tentou dar um sorriso. "Preciso de você", sussurrou Baba, e ela fez que sim com a cabeça, num gesto abatido. Enxugou o rosto e saiu da sala. "Maestro", me disse Baba, ao me ver. "Meu caro garoto." Agarrou-me pelas bochechas, puxou-me para perto e beijou-me no nariz. Minhas bochechas doíam muito, eu tinha lágrimas nos olhos, mas eu sorria tanto que não conseguiria esconder meus dentes mesmo se quisesse.

Mamãe voltou com a bandeja do chá. Baba me cutucou com o joelho. Servi o chá, o vapor picante com o aroma de menta e sálvia. Segurei o bule o mais alto que pude para fazer o máximo de espuma possível. "Está bem, já chega", disse ele, mas continuei a erguer. "Cuidado", recomendou, aflito, porém percebi que Baba sorria com orgulho de mim. Isso dava comichão no meu peito.

Quando terminou o chá, olhou para o relógio, levantou-se e disse: "Acorde-me às quatro. Tenho um compromisso importante".

"Com quem?", perguntou mamãe enquanto o seguia. "Mas você acabou de chegar."

Pude ouvir os dois conversando antes que pegassem no sono. E embora nunca despertassem antes da hora habitual, caminhei pela casa sem fazer barulho. Ouvi o rádio baixinho, bem perto da orelha, sentei a poucos centímetros do televisor. Sentia um grande alívio por Baba estar em casa. Agora tudo podia voltar ao normal outra vez, pensei. Agora eu podia sair de casa sem me preocupar.

Em especial no verão, na hora em que o sol inchava de calor, todo mundo ia dormir: crianças, adultos, até os cachorros encontravam um canto de sombra para tirar um cochilo. Nunca aprendi a cochilar. Sempre achei esquisito vestir o pijama às três da tarde. Fazia-me lembrar os dias em que estava doente. Em vez disso, andei pelos terrenos vizinhos em busca de objetos que eu achasse úteis, coisas como facas ou peças de aparelhos de rádio, e levei para o nosso jardim. Ali raspei a goma que vivia escorrendo das junções dos galhos da árvore de noz-de-cola, juntei toda a madeira que consegui e, carregando tudo aninhado em meus braços, subi a escada vertical até o telhado plano.

Os ladrilhos do telhado estavam assando, dava para ver o calor ondulando acima deles. Eu tinha esquecido minhas sandálias, então fui correndo aos pulinhos rumo à sombra formada pela caixa-d'água, onde ficava a minha oficina. Esfreguei os pés no frio dos ladrilhos sombreados. Ergui o rosto e olhei para o sol. Pensei: como o sol é forte, poderoso, e tive medo dele, da possibilidade de ele não se mexer mais, ou de chegar mais perto, nos espremer que nem um balão gigante. Lembrei-me do meu professor de Corão, o xeique Mustafá, e da sua história da Ponte do Paraíso, a ponte que cruza o Inferno Eterno para levar os fiéis ao Paraíso. Todos nós teremos de atravessá-la um dia, e alguns não vão conseguir. Cairão nas chamas embaixo, o fogo que está chamando por eles.

Que cena vai ser! O calor, os gritos — tem de haver gritos —, as chamas que lambem as bordas da ponte e deixam os corrimãos quentes — xeique Mustafá nada contou sobre corrimãos, mas tem de haver corrimãos —, impedindo-se de pôr a mão neles. "O calor vai alcançar alguns mais depressa do que outros", dizia o xeique Mustafá, "porque para alguns o calor e as próprias chamas do inferno vão soar como uma voz que convoca." Imagino que seja como quando a gente ouve alguém chamar o nosso nome e a gente não consegue deixar de se virar para onde veio a voz. Alguns de nós vão desejar o Inferno Eterno — Deus me livre —, assim como desejamos reagir, obedecer quando chamam o nosso nome, mesmo se for alguém que nunca vimos antes, ou um professor que fez uma pergunta que sabemos que não vamos conseguir responder: levantamos a mão e dizemos: "Sim", e se ele não nos vê, levantamos a mão mais alto ainda e gritamos: "Aqui, professor!", quando sabemos que não há nada a fazer senão contrair os lábios e dar de ombros. Porque fogo chama fogo. Xeique Mustafá me advertiu sobre isso; ele dizia: "Você deve tentar ignorar o calor, Suleiman. Quando estiver na Ponte do Paraíso deve manter os olhos concentrados no Paraíso e na beleza do Paraíso. Aconteça o que acontecer, não olhe para baixo".

Enquanto observava as ondulações do calor sobre os ladrilhos do telhado, pensei que eu devia treinar para quando chegasse o dia. Resolvi andar — não pular, não correr, mas andar — numa linha tão reta quanto uma flecha, sem nem sequer arquear a sola dos pés, de volta na direção da escada. A escada seria o meu paraíso. O primeiro passo não foi tão ruim como eu esperava, mas depois de alguns passos as solas dos pés estavam em chamas e eu me vi pulando e correndo, imaginando se era permitido pular e correr na Ponte do Paraíso.

Eu gostaria de ser como o xeique. Na certa ele não sentiria calor nenhum, pensei, o homem é um santo. Ele encabeçava as preces dos fiéis na mesquita local. Baba gostava da voz dele, e assim, depois da prece da sexta-feira, no fim da tarde, ele o chamava para recitar algumas suras para abençoar a nossa casa. Sua voz, sublime e expansiva, parecia alcançar e encher todos os cômodos da casa. Ele era cego. Nunca pude dar uma boa olhada em seus olhos, estavam sempre ocultos atrás de grossas lentes pretas, mas às vezes eu entrevia de lado um dos olhos, aberto e à procura de luz, como um caracol que acorda debaixo de chuva. Eu gostava de ficar sentado ao seu lado para ver seu corpo dobrar-se num momento sem fôlego, em suspenso: o rosto inclinava-se para cima e a mão direita ia para trás do ouvido, antes de ela vir, a sua voz, de onde quer que fosse, e navegasse pela nossa casa como algo que se tivesse soltado. Às vezes trazia lágrimas aos meus olhos, que eu enxugava bem depressa. Às vezes eu queria perguntar o que ele via, como ele imaginava que nós éramos e como era o mundo, mas eu não sabia de que modo fazer essas perguntas.

Meus pés estavam queimando. Desci correndo a escada para o jardim e andei pela sombra das pequenas árvores frutíferas, enfiava os dedos dos pés na terra fria, depois batia os pés de leve no chão a cada passo à frente, imitando o jeito de Baba andar. Colhi uma ameixa azul, mas tinha um gosto azedo, então joguei-a debaixo da árvore. De onde ela estava, consegui ver as marcas de meus dentes e o espaço branco que minha mordida deixara. No pé do muro que separava nossa casa da de Ustath Rashid, algumas amoras tinham caído na terra e eram atacadas por formigas. Era a última árvore sobrevivente do pomar de amoreiras que nossa rua havia devastado. Ergui os olhos para os galhos finos e para os pequenos bagos que ainda pendiam dos ramos, acima do muro. Quanto tempo falta para que elas também caiam para as formigas, pensei.

Peguei a escada e subi bem devagar. Cada bago era como uma coroa de bolinhas roxas. Fizeram-me lembrar as uvas entalhadas nos arcos nas ruínas de Leptis. Resolvi que as amoras eram as melhores frutas que Deus havia criado e comecei a imaginar anjos jovens e animados conspirando para fazer uma plantação na terra depois que souberam que Adão, que a paz e as bênçãos estejam com ele, e Eva, que a paz e as bênçãos estejam com ela, estavam sendo mandados para a Terra como castigo. Deus sabia, é claro, Ele é Onisciente, mas gostou da idéia e então deixou que os anjos levassem adiante o seu plano. Colhi uma amora e ela quase derreteu nos meus dedos. Joguei-a na boca e ela se dissolveu, as bolinhas explodiram como fogos de artifício. Comi outra e mais uma.

Não sei quanto tempo fiquei no alto da escada, mas sem dúvida os galhos próximos já estavam mais vazios quando comecei a sentir uma tontura. Toquei no topo da minha cabeça e estava quente como o capô de um automóvel ao meio-dia.

As amoras estavam tão maduras que, agora eu via, muitas haviam caído do outro lado do muro. Batalhões de formigas na certa estavam se reunindo para ir comê-las, pensei. Ergui os olhos para o azul-claro do céu e agradeci aos anjos e pedi a Deus que por favor perdoasse a maldade das formigas. Eu estava empanturrado, tinha uma sensação ruim na barriga — a fruta era deliciosa na boca, porém no estômago ficava grossa feito sangue —, mas toda vez que eu tentava parar, minha boca pedia mais. Então resolvi sentar em cima do muro, botar um pé de cada lado, como se estivesse montado num cavalo, e comer todas as amoras que eu conseguisse alcançar. Virei-me e puxei os galhos mais para perto. E quando não consegui mais comer, enchi os bolsos de amoras.

Quando alcancei o chão, quase perdi o equilíbrio. Abri a torneira do jardim e pus a cabeça embaixo. A água fria deu uma sensação boa, mas quando me levantei vi o mundo rodar. Rapidamente pus a cabeça debaixo da água de novo e fechei os olhos, mas vi cores e figuras estranhas dançando. Meus olhos, fechados ou abertos, estavam cobertos por uma cortina que borrava tudo. Meus ouvidos também estavam cheios de um barulho sibilante. O mundo rodou ainda mais depressa. Sentei ali mesmo onde estava. Senti a terra molhada através do meu calção. Tenho de fechar a torneira, pensei. Então ouvi mamãe me chamando. Tirei dos bolsos todas as amoras e enfiei-as na boca, mastiguei e engoli o mais depressa que pude. Depois percebi que o mendigo Bahloul estava parado diante da cerca do jardim. Olhava fixo para mim. Há quanto tempo será que estava ali, pensei. Apontou o dedo para mim. "Eu vejo você, eu vejo você", gritou. Embora eu soubesse que Bahloul era louco, aquelas palavras, aquelas palavras sem sentido que ele vivia repetindo, aumentaram minha perturbação. Imaginei que talvez ele soubesse que eu estava roubando as amoras do vizinho e agora declarava que era testemunha. Estaria eu roubando? Eu não tinha certeza, mas estava certo de que mesmo se estivesse seria perdoado. Afinal, as amoras pertenciam a Karim, Ustath Rashid e tia Salma. Mas nada disso tinha importância alguma; se Bahloul saísse por aí espalhando a notícia, alguém ia acabar acreditando, porque "onde há fumaça há fogo". Meu coração estremeceu. Tentei mostrar-me, sentir-me inocente, como o xeique Mustafá me dissera que devia fazer: o inocente não tem motivo para ter medo. Mamãe me chamou outra vez. Inclinei-me para o muro em busca de uma orientação, enquanto ouvia a água bater na lama às minhas costas. Pensei em voltar para fechar a torneira, mas continuei a andar na direção da cozinha. "Onde há fumaça há fogo", a frase repetiu-se na minha cabeça.

A sombra fria de nossa casa fez sumir o sangue da minha cabeça. Embora eu mal conseguisse enxergar qualquer outra coisa a não ser o movimento daquela estranha cortina de luz e de poeira, sentei-me onde sabia haver uma cadeira. Ao longe — será que mamãe também podia ouvir? — percebi a voz de Bahloul, que gritava com fervor: "Eu vejo você!", e me perguntei se, por ter me afastado daquele modo, fraco e tonto, eu não teria confirmado a minha culpa e, assim, reforçado a convicção do mendigo.

"Por que está molhado? Que vermelho é esse nas suas mãos e na sua cara? O que há com você? O que aconteceu? O que aconteceu? E por que, em nome de Deus, por que não me responde?"

Sentei-me curvado à mesa da cozinha, meu lábio inferior gotejava saliva. Queria falar para consolar mamãe, mas não conseguia. Meus olhos miravam o vazio através de uma cortina de luz vacilante. Não sabia o que estava acontecendo comigo, mas agora estava mais preocupado com ela. Em geral, naquela hora do dia, eu puxava sua mão para que ela subisse a escada até a minha oficina para lhe mostrar o que eu havia feito. Mamãe me beijava, depois andava até a beira do telhado para contemplar o mar, enquanto o seu comprido roupão de seda, estampado com uma enorme cauda de pavão aberta em leque, ondulava atrás dela. O sol estaria fraco e de várias cores nessa altura da tarde e se espelharia no mar. Eu ficava ao seu lado, encostado na sua perna, e toda vez que olhava para cima os olhos dela estavam entrecerrados e miravam fixos as águas cintilantes. Ela me dizia como o mar se modificava, porque o mar muda todos os dias. Naqueles momentos eu podia lhe fazer qualquer pergunta que ela me responderia, qualquer pergunta que eu inventasse e quantas eu conseguisse imaginar.

"O que houve com você?" Deu uma pancada na mesa e levantou-se. Pude sentir que ela andava à minha volta. Começou a falar para si mesma: "É tudo culpa sua. Se algo acontecer a ele, todos vão pôr a culpa em você, dizer que você estava cochilando enquanto o seu filho precisava de ajuda. Ele é só uma criança, Najwa, o que está pensando?"

É muito esquisito ouvir sua mãe chamar-se pelo próprio nome, é muito esquisito ouvir qualquer pessoa fazer isso, mas sobretudo mamãe, porque quase ninguém a chamava de Najwa.

Para mim, ela era mamãe, para a família ela era Naoma, e para o resto do mundo ela era Um Suleiman. Baba a chamava de Um Suleiman ou Naoma ou mamãe e só muito raramente de Najwa. Soava muito delicado na boca dele.

Enquanto eu pensava nisso, ouvi a voz de mamãe se afastar e chamar o nome de Baba. Não percebi quando levantei nem quando saí da cozinha, mas me vi na entrada do quarto deles. Mal consegui ver mamãe curvar-se e sacudi-lo. Baba acordou espantado e confuso. Eu não sabia se já eram quatro horas, o horário do seu compromisso importante. Os dois olharam para mim. A cortina diante dos meus olhos ficou mais densa. Vi no rosto de Baba uma expressão de irritação com mamãe por acordá-lo daquele jeito, porque eu estava lá, de pé, e obviamente em boas condições de saúde. E depois tudo escureceu.

5.

Quando acordei já era noite. Senti-me desorientado. Conseguia ouvir vozes do lado de fora, mas não conseguia localizar onde as pessoas estavam. A casa era dividida em duas metades, a da frente e a dos fundos, separadas pelas portas de vaivém do corredor. Na parte da frente ficavam os cômodos formais, a sala de visitas, onde recebíamos as pessoas que não conhecíamos muito bem e onde eu estudava piano; diante do corredor ficava a sala de jantar, que nunca usávamos; nos fundos, a sala de estar, onde estava a televisão, e depois vinha a cozinha, o banheiro e os quartos.

Minha porta estava aberta e através dela pude ver que a luz da sala de estar estava acesa. Mamãe tossiu e fez uma pergunta: "Onde está ele?".

"Não sei. Está se escondendo, até vermos o que aconteceu com Rashid."

Era Moosa. Eu adorava quando Moosa estava em casa.

"Ele não lhe contou onde está?"

"Não. Acabei de vir da praça dos Mártires e ele não estava lá."

"Eu disse a ele para não se envolver com Rashid e os seus panfletos."

"Não se preocupe. Rashid não vai falar."

"Não sou criança. Sei do que essa gente é capaz."

"Passei pela universidade. Os alunos ocuparam o campus inteiro, abriram faixas nas janelas: *Não somos contra a revolução, somos contra os excessos da revolução. Autonomia para a associação estudantil.* Palavras de ordem inspiradas nos *nossos* panfletos."

Imaginei mamãe abanando a mão perto da orelha como fazia muitas vezes quando ouvia algo com que não concordava, porque Moosa acrescentou: "Um Suleiman, não seja tão cética. Estamos passando por tempos empolgantes. Tudo pode mudar".

"Nuvens", disse ela. "Só nuvens. Juntam-se e depois dispersam. O que é que vocês estão pensando? Um punhado de estudantes que ocupam a universidade vai derrubar uma ditadura militar? Pelo amor de Deus, se fosse assim tão fácil eu mesma cuidaria disso. Você viu o que aconteceu três anos atrás quando aqueles estudantes se atreveram a abrir a boca. Penduraram todos pelo pescoço. E agora estamos condenados a assistir a tudo outra vez. Os tolos sonhadores! E é tolo e irresponsável incentivá-los."

"Temos a obrigação de denunciar a injustiça."

"Vá denunciar a injustiça no seu país. Aqui é o silêncio ou o exílio, ande na linha ou vá embora. Vá ser herói em outro lugar."

"Até quando? Por quanto tempo teremos de baixar a cabeça?"

"Até Deus vir nos salvar. Nada dura para sempre."

Saí do meu quarto e ouvi Moosa dar um suspiro.

"De fato, Deus nunca se esquece dos fiéis." Viu-me primeiro e começou a bater palmas. "Ah, campeão! Bem-vindo, bem-vindo."

Mamãe levantou-se do sofá. "Como está se sentindo? Está bem?"

"Estou", respondi, porque sabia que ela precisava de uma

resposta rápida, uma resposta boa e rápida. Contei-lhe que me sentia bem, que eu tive o sono mais repousante do mundo e os sonhos mais bonitos, e quando falei isso, a parte dos sonhos, ela pediu que eu sentasse e os contasse para ela.

Mamãe gostava de sonhos e acreditava que neles se abrigavam mensagens secretas que previam o futuro ou revelavam a verdadeira natureza de uma pessoa. Mamãe sabia dizer o que um sonho significava, porque cada detalhe num sonho é um símbolo. É verdade. Por exemplo, o mar num sonho significa vida. Se está bravo e agitado, você vai enfrentar dificuldades. Mas se estiver calmo, os seus dias serão tranqüilos e maravilhosos. Peixe é ganância. Uma garota é boa sorte e também significa vida. Um menino é muito azar. Mas o mais importante para lembrar quando se trata do significado de um sonho é como a gente se sente na hora em que acorda. Se você sonhou com uma garota bonita e de branco se afogando num mar bravio e depois você é cercado por um bando de garotos que batem em você com um peixe morto mas você acorda feliz, não precisa se preocupar, não tenha medo, é um sonho bom.

Rapidamente inventei um sonho em que eu andava à beira do mar calmo. Mamãe sorriu e disse que era um bom sinal.

"O que mais sonhou?", perguntou.

Pensei depressa, mas Moosa me salvou. Levantou-se e me colocou em cima dos ombros.

Moosa era tão alto que teve de se curvar um pouco para passar pela porta. De cima dos seus ombros eu podia ver os cristais do lustre cintilarem ao meu lado, enquanto ele começava a afundar a ponta dos dedos nas minhas pernas.

"Ele está bem, ele está bem", dizia Moosa. "Não tem nada errado com ele. É o campeão, o nosso grande campeão, e não tem nada errado com ele, nadinha. Olhe só para ele, olhe esses músculos. Ele está bem, está em forma. Nós é que adoramos fazer um alvoroço à toa por causa do nosso campeão."

Sempre adorava as massagens de Moosa, mas dessa vez o meu corpo ainda estava duro do sono e doía sentir os seus dedos grandes cravados nas minhas coxas e nos meus pés. Eu ria.

"Nunca mais fui convidada para almoçar", disse mamãe. "E se convido minhas amigas, elas não vêm."

"Covardes", disse Moosa.

"Não. Apenas sensatas."

Passei os dedos pelas bolinhas de cristal do lustre. Minhas mãos ainda estavam vermelhas das amoras. Pareciam a palma da mão de uma menina que pintou o cabelo de vermelho para o *Eid*.

"Qual foi a última vez que parentes meus me visitaram, ou parentes dele, também? E tudo isso para quê?"

"Não se pode dar aos outros um coração mais corajoso."

"Não. Só você, meu marido, Nasser, Rashid e os estudantes ingênuos que vocês estão arrastando são corajosos neste país." Deu um suspiro. "Ajude-me", disse ela, com a voz mais branda. "Ajude-me a convencê-lo a abandonar esse caminho que só traz desgraça."

"Não sou a melhor pessoa para fazer isso", respondeu Moosa.

"Mas ele dá atenção ao que você fala."

Moosa soltou um de meus tornozelos e olhou para o relógio de pulso. Eram nove e dez.

"Quem são os fiéis?", perguntei.

"Ponha-o no chão", pediu mamãe e, como um bambu, Moosa curvou-se. Ela apertou a mão na minha testa, sua pele estava fria e úmida.

"Como a gente se torna um dos fiéis? Aposto que os pés deles não vão queimar na Ponte do Paraíso."

"Ainda está quente, mas sem febre. Vou preparar alguma coisa para a gente comer", disse mamãe, e saiu da sala.

"Comida, comida, comida; quando a gente não sabe mais o que fazer, come", disse Moosa, e riu. A risada de Moosa me fazia rir, mesmo quando eu não achava graça naquilo de que ele estava rindo.

"O menino precisa recuperar as forças", respondeu mamãe, da cozinha.

Moosa olhou para mim e sorriu. Sentei-me ao seu lado, no sofá, em cima das minhas mãos. Para mim, era normal fazer isso, porque minhas mãos costumavam ser frias que nem "pedras de gelo". Era como mamãe as chamava. Meus pés também costumavam ser frios assim. Toda vez que meus pés tocavam os pés de mamãe, ela se encolhia toda, esfregava os pés ou ia pegar um par de meias grossas de inverno.

"Gostou de Leptis?"

"Gostei."

"Do que foi que gostou?"

"Dos monstros do mar. Quando você vai me levar para o circo? Você prometeu."

"Amanhã, talvez."

"Como é que a gente se torna um fiel?"

"Rezando para que o diabo não encontre você."

"Por que o diabo anda à nossa procura?"

"É o trabalho dele."

"Acho que as amoras vêm do Paraíso."

Eu tinha esperança de que ele me levasse ao escritório de Baba e pegasse algum livro grosso onde aprenderíamos tudo o que há para saber a respeito de amoras.

Quando Moosa lia, a gente tinha de parar tudo e prestar atenção, ele não admitia ler de outro jeito. Ficava sentado na beirada da cadeira e me colocava na sua frente. Suas mãos mudavam com as palavras, às vezes rápidas e ansiosas, outras vezes delicadas e lentas, e quando chegava a um trecho de que gostava, colocava o livro aberto no seu colo, batia palmas e cantava as palavras para o ar acima de nós: "Alá! Louvado seja Alá por serem as palavras tão maravilhosas". Ou referia-se ao autor: "Que coisa, toda essa luz, essa maravilha, a imponência espetacular, essa precisão, uma absoluta precisão da linguagem, puxa vida!". Depois levantava o livro e recomeçava a ler.

Se fosse poesia, segurava o livro com uma das mãos e, com a outra, unia o indicador e o polegar e pronunciava — cada — palavra — como — se — fosse — uma — construção — individual —, e quando topava com alguma coisa de que gostava, não batia palmas nem gritava louvores ao autor ou à família do autor — não —, Moosa pegava o seu cigarro aceso e dava uma tragada profunda e lenta, enquanto os olhos reliam os versos, a perna balançava nervosa, e depois dizia, com os olhos ainda na página:

"Você ouviu, Suleiman, a ação? A ação está sempre nas palavras."

Depois repetia o poema e pedia que eu reparasse na ação daquela vez, porque a poesia, ele repetia sempre, são as palavras em ação. Eu tentava entender isso quando ele lia o seu poeta predileto, seu compatriota Salah Abd al-Sabur:

O céu reflete a Terra;
As janelas do enfermo, as luzes da ponte;
Os olhos do guarda, os minaretes cintilantes.

Eu não ficava espantado de não entender passagens como aquela. Mas me perturbava toda vez que reconhecia algo familiar num poema, algo que eu pensava ter vivenciado:

Meio-dia, você enche o meu coração
Com medo e pavor, me mostra
Mais do que eu quero ver.

Ou:

Então o crepúsculo, um olhar de despedida
Do sol, que se reclina nos montes fatigado.
Depois, a escuridão.

E às vezes o que me perturbava era o fervor na voz de Moosa quando lia versos como:

As vestes preciosas que usamos
Foram cedidas pelo sultão
Com quem temos uma amizade
Profunda e vasta como um abismo.

Moosa tinha grande afeição por Salah Abd al-Sabur, e quando, em 1981, o poeta morreu de forma trágica num acidente, aos cinqüenta anos de idade, Moosa usou uma gravata preta durante quarenta dias.

Moosa contaminou-me com o seu amor pela língua. Mas ele me incomodava quando, ao ler prosa, saltava grandes pedaços ou acrescentava seus próprios trechos. Dava para perceber quando começava a acrescentar, porque seus olhos se afastavam da página e miravam fixos em mim. Se não estava inventando aquelas passagens, de onde as tirava?

"A pessoa que escreveu este livro gordo e grande, Moosa, não escreveu essas palavras." Eu poderia dizer a ele. "Ele não queria que essas palavras ficassem aí, senão ele mesmo teria colocado. Você não pode pôr palavras na boca dele!"

Moosa sorria consigo, balançava a perna, em seguida dava pancadinhas no livro com a parte de trás da mão.

"Mas ele está andando em círculos."

"Leia do jeito que está no papel", eu pedia.

"Mas ele fica rodando para lá e para cá. Vai rastejando para dizer o que quer dizer. Eu sei aonde ele está querendo chegar, portanto deixe que eu traga isso lá do fim direto para você." Então, de um jeito militar, dizia: "Silêncio! Atenção total!", e retomava a leitura tão logo conseguia apagar o sorriso do rosto.

Agora eu gostaria que ele me levasse ao escritório de Baba e lesse para mim algo sobre as amoras. Mas quando eu lhe disse que as amoras vinham do Paraíso, sua reação não foi boa. Ele disse apenas: "É uma fruta pequena, macia, sem caroço, igual a qualquer outra fruta".

"Não, não é não. As amoras são um presente dos anjos. É uma fruta celestial que não foi feita para este mundo, mas os anjos trouxeram às escondidas de Deus, mesmo sabendo que Ele sabe de tudo e vê tudo, porque os anjos amam a gente. Arriscaram tudo, Moosa, tudo, só para nos dar um gostinho do Paraíso nesta vida. Pensei que você já soubesse disso."

Esfregou as mãos grandes uma na outra, levantou as sobrancelhas e fitou-me com uma expressão impenetrável. Foi assim que reagiu quando perguntei de onde vinham os bebês. Depois falou: "É uma idéia".

Mamãe entrou trazendo uma grande bandeja que Moosa logo tomou de suas mãos, após se levantar de um pulo, e em seguida apoiou-a no chão. Nós três sentamos em volta da comida no centro da sala e comemos. O pão estava quente, e quando o parti o vapor ondulou para fora em nuvens pequenas. O chá dava uma sensação gostosa quando descia pela minha garganta, aquecia o meu peito.

"Agora, Suleiman", disse mamãe, "você tem de tomar cuidado com o sol. No jardim não tem problema, debaixo das árvores, mas no telhado descoberto, o sol pode matar você, habibi."

Eu estava de boca cheia, por isso fiz que sim com a cabeça.

Moosa partiu um grande pedaço de pão, segurou-o com três dedos e com ele escavou um punhado de atum; em seguida, mergulhou-o na *harisa* e, antes que pudesse escorrer um só pingo, enfiou-o na boca. Também fez que sim com a cabeça em resposta ao que mamãe tinha dito, depois tomou um golinho ruidoso do seu chá.

"O sol!", disse, afinal. "Ah, o sol, meu menino, podia matar você."

Sua cabeça oscilava com as suas palavras, e seu dedo, que tinha ficado vermelho por causa da *harisa*, apontou para o céu, e seus olhos grandes cravaram-se em mim como dois ímãs, até que não pude fazer outra coisa senão olhar para eles também. De repente, Moosa pegou a pequena travessa de azeitonas e me ofereceu. Peguei uma. Então a campainha da porta tocou. Foi como uma pequena explosão; por um instante tudo ficou em silêncio.

Mamãe olhou para Moosa.

"Deus queira que seja ele", disse, levantou-se e correu para a porta.

"Não falei para você, Suleiman?", gritou Moosa, enquanto ela saía. "Deus nunca esquece os fiéis."

6.

Meus ouvidos seguiram mamãe. A campainha tocava repetidas vezes e em espasmos absurdos. Mesmo assim, palpitava em meu peito uma tênue esperança de que fosse Baba. Imaginei-o recostando-se com um braço na porta, suando, sangrando lindamente numa das sobrancelhas e arfante — exatamente como os heróis que eu via nos filmes —, à espera de que a porta abrisse para cair nos braços da esposa.

"Já vai", disse mamãe, a voz sem fôlego.

Ouvi a porta abrir, depois a voz de um estranho. Tive certeza de que não era Baba, mesmo assim perguntei para Moosa:

"É o Baba?"

"Pss!", retrucou, fazendo força para ouvir.

"Sim. Sim", mamãe respondia de maneira formal. "A casa é esta. Ele não está aqui... mas estou lhe dizendo que ele não está em casa."

O homem agora parecia ler as palavras que dizia para ela, pronunciava como se as palavras fossem uma fileira de tanques numa parada do Dia da Revolução. Moosa olhava para o vazio, como as pessoas fazem quando estão tentando ouvir alguma coisa difícil de escutar, algo que não é para os seus ouvidos.

"Vocês não vão entrar", gritou mamãe.

Moosa levantou.

"Não saia desta sala", sussurrou para mim e saiu. Senti um calafrio percorrer meu corpo.

Agora havia uma rajada de vozes. Eu mal conseguia ouvir mamãe. Um homem gritou: "Saia do meu caminho". Quantos haveriam? Centenas, milhares? Então, no meio do barulho e da gritaria, ouvi a voz de mamãe. Parecia um peixinho solitário e nervoso no fundo do mar. "Vi vocês me seguindo ontem. Que vergonha seguir uma mulher e o filho desse jeito. Não têm nada melhor para fazer?"

Então eram os homens que nos haviam seguido no dia anterior, desde a praça dos Mártires. Os mesmos que bateram em Ustath Rashid e lhe deram sumiço. "Sumiu feito um grão de sal na água", assim disse tia Salma quando voltou, depois de percorrer as delegacias de polícia e as repartições do Comitê Revolucionário, batendo uma mão na outra e murmurando: "Sumiu feito um grão de sal na água". Quem é que eles vinham buscar daquela vez, pensei: mamãe, Moosa, eu? Como é que algum de nós poderia provar que não era nem nunca tinha sido um traidor? Como se pode provar uma coisa que não aconteceu? Mordi o lábio para evitar que os dentes batessem uns nos outros. Lembrei-me das palavras de Baba, aquilo que sussurrava em meus ouvidos toda vez que partia: "Cuide da sua mãe, você é o homem da casa, agora". Enfiei as mãos debaixo dos braços, tentei parar de tremer.

Moosa tentou falar num tom calmo, tentou abrir caminho no meio do caos. Nunca me senti tão grato a ele. Mas aí um dos estranhos berrou para Moosa. Sua voz soou como a voz de uma mulher velha, mas sabíamos que era um homem jovem.

"Quem é você?", berrou.

Moosa tentou responder com a mesma voz branda.

"Sabe quem somos?", berrou de novo o homem. "Sabe? Responda!"

Todos estavam calados agora.

"Antes de falar, você tem de saber com quem está falando", gritou o homem.

"Ele não mora aqui", disse mamãe.

"Anote o nome dele", ordenou o estranho a um de seus homens.

Ouvi Moosa dizer o seu nome com tanto pesar que me fez lembrar as vezes em que eu não tinha outra opção a não ser admitir para o meu professor, na frente da turma inteira, que eu não tinha feito o dever de casa.

"Qual é o seu endereço? Sei, sei. Mora sozinho? Quais são os nomes deles? Os nomes completos. Não é o juiz egípcio? Você é filho dele? Tem relação com essa gente? Então não tem nada a ver com o caso. Afaste-se", disse ele, e depois, com a voz em seu tom mais alto, repetiu: "Afaste-se".

Então foi uma confusão. Moosa disse alguma coisa. Mamãe tentou intervir. Ouvi a porta bater e as vozes soaram mais alto. A voz de mamãe chegava cada vez mais perto, ela vinha andando para onde eu estava, na sala de estar.

"Por favor", suplicava. "Já disse que ele não está em casa."

"Então por que está preocupada?", perguntou o homem que tinha voz de velha.

"O meu filho, vocês vão assustá-lo."

Meus olhos estavam fixos na porta da sala, à espera de que o vulto do homem surgisse a qualquer momento. Aí ele apareceu, o homem que estava no carro, o homem cuja bochecha escura, marcada de varíola, eu poderia ter tocado com a mão. Ficou parado na porta, barrando a única saída. Ouvi mamãe dizer: "É ele". Os olhos desconfiados do homem fixaram-se em mim. Pensei em como eu poderia provar que era filho dela, se eu fosse obrigado a fazê-lo.

"Onde está o seu pai, menino?", perguntou.

"Ele não sabe", mamãe falou.

"Cale a boca", cortou o homem, ainda me fitando. Sua autoridade era tão completa e repentina que no mesmo instante pareceu aceitável. "Perguntei onde está o seu pai."

Balancei a cabeça, pus a mão no peito e abanei-a, como se dissesse "não sei do que você está falando", ou "não sou eu, juro, não sou eu".

Deu um tapa na ombreira da porta e penetrou mais fundo em nossa casa. Mamãe foi atrás. Depois de alguns segundos, vi-o voltar de novo. A princípio não acreditei: segurava na mão, pelo gargalo, a garrafa de remédio de mamãe. Mamãe ficou parada diante dele, curvada em desespero.

"Eu suplico", disse ela. "Esconda a minha vergonha."

"Isto não é só proibido por Deus e pela tradição, é também ilegal." Ele pareceu deliciar-se com o silêncio que se seguiu. Em seguida, empurrou a garrafa na direção da barriga de mamãe e disse: "Mas tenho outros assuntos muito mais importantes para tratar", e com isso ele saiu. "Vamos revistar a casa", ouvi-o dizer. Mamãe não protestou.

Durante esse intervalo, Moosa deve ter feito camaradagem com os homens, porque agora ria com eles. Então eu o ouvi falar: "Um Suleiman, traga chá, por favor."

"Revistaram a casa?", perguntou aos outros o homem do Comitê Revolucionário que estava à procura de Baba. "Não temos a noite toda."

"Não, não, nós fazemos questão", disse Moosa, como se fossem amigos. "Tomem um chá primeiro, depois podem revistar a casa. Senhores, por favor, por aqui." Imaginei-o guiando os homens para a sala de visitas, talvez abrindo uma das janelas para deixar entrar a brisa fresca do mar, fazendo tudo o que podia para lhes dar conforto.

Eu continuava grudado no meu lugar. Estava molhado embaixo da roupa e me dei conta do que tinha feito. O xixi dava uma sensação de quente, de frio, e colava na pele. Pude distinguir o cheiro melancólico de amora, podre e pesado. Aquilo virava o meu estômago. Apertei as coxas com força uma contra a outra. Nisso, ouvi mamãe na cozinha preparando coisas para eles comerem com o chá: porque "a gente sempre deve ser generoso com as pessoas em nossa casa".

Fui até as portas de vaivém do corredor e abri uma delas para ouvir o que Moosa e os homens conversavam.

"Um cigarro?", perguntou Moosa. "Cigarro? Gostaria de um cigarro? Tome um cigarro, por favor, vamos. Aceite, eu insisto."

"Não é o que eu fumo", falou alguém.

"E qual você fuma, Rothmans?"

"Sim", respondeu a voz, depois perguntou, em tom desconfiado: "Como sabia?"

"Experiência", disse Moosa, e riu. "Estes não são piores. Na verdade, são até melhores. Vamos, pegue um."

"Por quê?", perguntou o homem de novo, em tom desconfiado. "É porque são americanos?"

"Não, os Rothmans também são americanos, só que estes são mais fortes."

"São todos ruins para vocês", interveio outra voz. "Larguei o cigarro dezoito meses atrás, e acredite, não passa de um desperdício de dinheiro e de saúde."

"Exatamente", concordou Moosa. "Por isso estes aqui são melhores; são mais fortes e mais caros, e por isso mais devastadores." Soltou uma de suas grandes gargalhadas, que pareciam sacudir a casa, mas ninguém riu com ele. Ficou em silêncio, limpou um pigarro na garganta e disse: "Sejam bem-vindos, sua presença é uma honra para nós".

Voltei para a sala de estar. Após alguns minutos, mamãe chamou Moosa. Pude ouvir na voz dela como tentava parecer normal. Mas também pude perceber um tremor na voz, como nos momentos finais, quando a heroína, lutando para se agarrar à vida que tanto preza, tenta pronunciar suas últimas palavras, algo simples e direto, para a única pessoa que lhe estende a mão, a única pessoa que, por causa da situação, foi repentinamente elevada à condição de alma mais íntima e ligada e ela, seu herdeiro nesta terra, aquele que há de levar consigo suas palavras derradeiras, com o qual nasce uma intimidade infinita, uma confiança desembaraçada e livre de toda e qualquer possibilidade de traição — não há tempo para traição —, e lhe dá a mão mesmo sabendo que não conseguirá trazê-la de volta para terra firme, mas tem certeza de que continuará para sempre fiel àquele momento. Senti a necessidade angustiante de ir à sala de visitas, de ser aquele que lhe dá a mão.

Ouvi Moosa desculpar-se. Suas chaves tilintaram no bolso enquanto caminhava para os cômodos mais internos da casa, trazendo consigo odores da reunião, o fedor de fumaça impregnado de suor e o hálito azedo e velho, um hálito igual ao de homens em jejum.

"Por que isso?", atacou ela, num sussurro. "Não quero essas ratazanas na minha casa. E ainda por cima servir chá para eles..."

"Eles têm o poder de metê-lo na cadeia. É melhor tentar ganhar sua simpatia. Além do mais, isso pode distraí-los da tarefa de revistar a casa."

As chaves de Moosa sacudiram com mais fúria agora, enquanto levava a bandeja de volta para a sala de visitas. Devia estar muito pesada, abarrotada de comida, como uma daquelas bandejas em que o rei Xariar mergulhava enquanto ouvia com olhos preguiçosos a trêmula e tímida Xerazade fiar, cada vez mais fino, o fio de suas histórias a fim de durar mil e uma noites. Como ela fez isso? Como Xerazade manteve a calma?

Certa vez vi meu tio Khaled escrevendo, compondo um poema no jardim. Estava sentado numa cadeira de vime acolchoada, um joelho sobre o outro, mirando o céu como alguém que tenta resolver um problema de matemática. Escrever demandava uma boa dose de concentração. Será que ele, o tio Khaled, o "grande poeta", como Baba o chamava, conseguiria escrever bem sob a ameaça da espada de Xariar? O que sairia dali? Conseguiria fazer música, conseguiria cantar? Xerazade conseguiu, noite após noite, sem poder olhar para o céu nem repousar no silêncio e na solidão de seu próprio jardim, ouvindo uma cadeira de vime ranger com o conforto do próprio peso. Ela, agora tenho certeza, foi uma das pessoas mais corajosas que já viveram. Uma coisa é não ter medo da morte, outra coisa é cantar sob a ameaça da espada da morte.

Moosa insistiu para que os estranhos comessem. Toda vez que um deles recusava, Moosa pressionava ainda mais, levantava a voz e, embora fosse solteiro, ameaçava divorciar-se caso não comessem. Isso aconteceu várias vezes, com intervalos de silêncio, salvos pelo tilintar de uma colher de chá ao mexer o açúcar.

Fui à procura de mamãe. Não estava na cozinha. Não estava no quarto também. A porta do banheiro estava fechada, mas uma faixa de luz saía por baixo.

"Mamãe?", chamei. O silêncio antes que ela respondesse pareceu interminável.

"Sim, habibi."

Eu não sabia o que dizer, então perguntei: "Precisa de alguma coisa?".

A porta abriu. Seu rosto não estava chorando. Pôs a mão na minha testa outra vez. Sua mão estava fria.

"Graças a Deus você está bem. A febre passou completamente."

"Desculpe, mamãe", falei, sem saber muito bem por que estava pedindo desculpa. Mas quis me desculpar, senti minha garganta apertar e lhe falei aquilo.

"Você está bem, é o que importa, é tudo o importa", disse ela.

Lágrimas toldaram minha visão. Então ela ouviu os homens na porta da frente.

"Mas já estamos aqui", disse em tom irritado o homem com voz de velha.

"Escute", um outro lhe respondeu. "Viemos atrás de Faraj e não para revistar a casa."

Ouvi um deles bocejar e depois dizer: "Está ficando tarde".

"Devíamos revistar a casa agora", insistiu o que tinha marcas de varíola na cara.

"Ora, vamos, não seja tão teimoso."

"Amanhã é outro dia", disse um outro, com benevolência.

Então ouvimos Moosa fechar a porta, trancar o ferrolho.

Olhei para mamãe. Ela pronunciava em silêncio palavras de gratidão a Deus.

Moosa avançou pelas portas de vaivém do corredor e seguiu direto para a sala de estar. Sentou-se falando sozinho, recitando versos do Sagrado Corão e acrescentando seus próprios trechos. "Ocultador, oculte nossas faltas, proteja esta casa e livre-a de todo mal, mantenha longe dela todos aqueles que não desejam o seu bem." Depois repetiu depressa: "Ocultador, oculte nossas faltas, Ocultador, oculte nossas faltas". Mamãe e eu o observávamos. Moosa levantou-se, deu uma volta na sala, arrumando as cortinas, abrindo algumas janelas. Pegou a bandeja de comida em torno da qual estávamos sentados antes de sermos interrompidos pelos homens e levou-a para a cozinha. Voltou, sentou-se e acendeu um cigarro. Deu uma tragada bem forte e quando exalou emitiu um som sibilante.

"O que eles disseram?", mamãe perguntou.

Moosa sentou-se na ponta da cadeira, os olhos fixos no espaço entre ele e o chão. Parecia que nunca mais voltaria a falar.

"O que foi que disseram?", perguntou ela outra vez, levantando a voz. Moosa olhou para mamãe. "Ficou surdo?"

Ele balançou a perna e exalou mais um sibilante túnel de fumaça. Levou o dedo até os lábios e olhou ligeiro na minha direção.

"Suleiman", disse mamãe. "Vá estudar suas escalas."

7.

Nunca pedi para tocar piano. Era uma das atividades que me impunham, como a escola, o xadrez e a interminavelmente repetida, e portanto aparentemente inútil, tarefa de cortar as unhas das mãos e dos pés. E dada minha desvantagem geral de ser um menino, eu tinha de cumprir todas elas com um indispensável grau de seriedade. Enquanto andava na direção do piano, porém, senti-me totalmente esgotado. Queria me lavar, trocar de roupa antes que alguém descobrisse que eu tinha urinado nas calças. Mas às vezes somos lançados num caminho e, embora não vejamos nele nenhum sentido, continuamos impelidos para a frente, em sua direção.

No fim do corredor comprido e escuro havia uma luz, da sala de visitas. A fumaça pairava na entrada. Eu dava passos curtos e parava para olhar para trás. Quando cheguei à sala, vi nuvens flutuando no centro; estavam vivas, com bordas prateadas e brilhantes, entrelaçando-se como cobras. Enquanto ficara sentado no chão da sala de estar, tentando compreender o que ouvia, eu tinha imaginado Moosa abrindo as janelas, mas nem as cortinas tinham sido abertas. A sala era como uma caixa cheia de fumaça. Os lugares que os homens haviam ocupado tinham marcas fundas nos assentos acolchoados e macios. Contei: sete, mais Moosa. Sete. Não poderiam caber num só carro. Só um carro viera buscar Ustath Rashid, mas mandaram dois para buscar Baba: quatro num carro e mais três num outro, com vaga para mais um passageiro, reservada para Baba. Diante de cada um deles, uma xícara de chá servida sobre a mesinha de centro ou, nos locais onde a mesinha ficava além do alcance confortável, sobre o chão, ou equilibrada precariamente no braço de uma poltrona. Todas estavam vazias, menos uma. Fui até ela. Sentei no lugar do homem. O lugar ainda estava quente. Foi ali que o homem bruto com voz de velha na certa havia ficado, imaginei. Só ele podia ser estúpido o bastante para recusar o chá de mamãe. Recordei seu rosto, lembrei como fiquei perto dele no sinal fechado, lembrei o jeito como ele empurrou a garrafa do remédio de mamãe contra a sua barriga. Lembrei como ele tinha batido em Ustath Rashid. Pensei em como seria dar um tapa num homem, chutá-lo daquele jeito pelas costas. Segurei sua xícara de chá. Depois de frio, o leite quente havia criado uma película na superfície, no centro havia a forma enrugada de uma flor ou de uma queimadura. Soprei-a com cuidado para o canto e engoli tudo de uma vez. Só depois de esvaziar a xícara, me dei conta de que estava sem açúcar. O amargor me percorreu como uma onda.

A cesta de pão estava vazia, exceto pelas migalhas e um pouco do miolo macio que, pela cor e pelo modo como estava enrolado em bolinhas, fora usado para limpar os dedos e as bocas. Já tinha visto os homens fazerem isso antes e uma vez eu mesmo tentei, mas Baba falou que era uma coisa vulgar e desrespeitosa com o pão, com a dádiva de Deus. Caroços de azeitona estavam espalhados sobre a mesinha de centro, alguns tinham sido até jogados de volta na travessa das azeitonas que restaram, e sujaram as azeitonas. Guimbas de cigarro jaziam aos montes nas xícaras de chá vazias, como grilos mortos.

De onde os homens estiveram sentados — de onde eu agora estava sentado —, eles poderiam ver a foto de Baba na parede. Era do tamanho de uma capa de revista e pendia isolada, bem no alto. De fato, ficava tão no alto que era fácil uma pessoa não ver a foto. Nela Baba vestia um terno e atrás dele havia uma outra foto de árvores sob o sol. Quase se podia acreditar que ele estava parado no meio das árvores e sob o sol. Sorria e seus olhos miravam o canto esquerdo superior da moldura. Suas faces pareciam vermelhas demais para ser aquela a sua cor natural, os lábios estavam roxos demais. O fotógrafo pintou a imagem para deixar Baba mais bonito, menos escuro. Durante muito tempo, acreditei nessa fotografia: acreditei que naquele dia Baba estivera realmente no meio das árvores, banhado pela luz quente do sol, o rosto tão pálido e rosado como o de um inglês. E assim, quando me dei conta de que tudo não passava de um truque, senti-me ludibriado e não me importava nem um pouco que a foto ficasse pendurada tão no alto que era fácil esquecer que ela existia.

Foi mamãe que insistiu para que eu estudasse um instrumento. Deram-me uma escolha: o *ude*, a *qanun* de oitenta e uma cordas ou o piano. Optei pelo piano porque pareceu mais fácil de tocar. Eu aprendia depressa e gostava de tocar para mamãe. Às vezes, quando eu chegava ao fim de uma peça, Baba batia palmas em um outro cômodo e gritava: "Bravo! Bis!". Outras vezes, ficava em silêncio.

Senti de repente um latejar doloroso na cabeça. Achei que era melhor começar a tocar logo, senão mamãe ia ficar preocupada pensando aonde eu teria ido. Levantei a tampa do piano, pareceu mais pesada do que o habitual. Meus olhos pareciam quentes nas pálpebras. Apertei os dedos frios nos olhos. Nesse instante, Moosa entrou.

"Está muito abafado aqui", disse, e abriu as janelas. Avançou até a sala de jantar na outra ponta do corredor e abriu as janelas também, e só então o ar se movimentou. A fumaça desapareceu e a brisa que entrou era uma brisa noturna, suavizada pelo mar. Respirá-la pareceu lavar-me por dentro. O latejamento na minha cabeça amainou.

"Encante-nos, maestro", disse Moosa, em seguida puxou as almofadas de sentar e bateu uma na outra em pares, como se batesse palmas. Empilhou as xícaras de chá, colocou-as na bandeja e levou para a cozinha. Voltou com o aspirador de pó e começou a caçar todas as migalhas de pão que estavam espalhadas.

Fui encontrar mamãe na cozinha, lavando pratos.

"Um Suleiman", gritou Moosa por cima do ronco do aspirador de pó. "Deixe isso aí para amanhã."

"Tudo bem", respondeu ela em voz suave para si mesma. "É só um minuto." Sabia que Moosa não podia ouvi-la. Por que falar se ninguém pode ouvir? Senti minhas faces em brasa por causa de uma raiva que parecia vir de lugar nenhum. Ela inclinou a cabeça e murmurou mais algumas palavras para si, palavras impossíveis de escutar, palavras desperdiçadas, feito comida jogada fora, feito as amoras maduras caídas na terra, que só prestavam para as formigas, feito o pão usado para limpar as bocas e as mãos, feito as poucas azeitonas boas que ficaram sujas no meio dos caroços raspados pelos dentes, lambidos pelas línguas que neles se enrolaram, caroços chupados até secar. As costas de mamãe tremeram. Estava chorando. Senti minha raiva em dobro. Dei um tapa na mesa. Ela deu um pulo, a mão cheia de sabão sobre o peito. "O que foi?", perguntou, fechando a torneira, e sentou-se ao meu lado. Pôs a mão sobre o meu joelho. "O que houve, habibi?", sussurrou. Segurou minha mão e balançou-a de leve como que para me acordar, lembrar-me de algo, e perguntou de novo num sussurro: "O que houve, habibi, luz dos meus olhos?". Pareceu mais velha. Eu queria que as coisas voltassem a ser como antes.

Ainda estaríamos sentados no chão da sala, jogando cartas, tomando chá. Moosa pegaria os jornais e leria em voz alta as suas matérias prediletas do dia. Mamãe faria comentários e repreenderia Moosa toda vez que ele tivesse pulado um trecho ou acrescentado suas próprias palavras, e eu rolaria no chão, rindo, enquanto os dois discutiam. Baba chegaria, tiraria a gravata e os sapatos e conversaria conosco durante alguns minutos antes de ir tomar uma ducha e rezar. Reapareceria em roupas confortáveis, na sua *jallabia* branca, com cheiro de colônia francesa. Moosa iria reler para Baba as matérias do dia e Baba nunca se importava se Moosa pulasse ou acrescentasse alguma coisa. Ouvia-o de um jeito que sempre agradava a Moosa, que assim lia mais alto e durante mais tempo.

Baba nunca falava do assunto, mas Moosa me havia contado como a amizade entre eles era uma coisa especial e, quando falava do assunto, dava para perceber na sua voz como ele amava o Baba. Voltava os olhos para ele como se fosse um irmão mais velho, dava para perceber em seus olhos, quando estavam juntos.

Quando o pai de Moosa, o juiz Yassin, tentou obrigar o filho mais velho a completar a faculdade de direito, Baba interveio em defesa de Moosa. Eminente juiz egípcio, convidado pessoalmente pelo rei Idris a ajudar na reforma da justiça na Líbia, o juiz Yassin não era um homem fácil de enfrentar. Era alto e imponente, sempre vestido de maneira formal, de paletó e gravata, mesmo nas sextas-feiras. Tinha o cabelo sempre penteado e esticado para trás e emitia um brilho suave. Eu nunca tinha visto alguém como ele. Durante muito tempo, achei que ele sabia tudo o que havia para saber no mundo. Era o seu ar reservado, a teimosa nuvem de seriedade que parecia segui-lo aonde quer que fosse, que me intimidava. Mais tarde, quando descobri que a reserva e a seriedade não eram necessariamente marcas de sabedoria, passei a ter menos medo dele e passei a ver o seu jeito como algo afetado, e mais tarde ainda eu lhe perdoei por isso e só então o amei de fato. Porque, o destino quis assim, o juiz Yassin veio a ser o meu guardião. Se eu tivesse sabido disso enquanto era um menino intimidado, talvez tivesse fugido mar adentro a fim de escapar do meu destino.

Toda vez que o juiz estava presente, as pessoas falavam menos. Ele raramente fazia perguntas. Tinha olhos castanhos bem fundos e um pouco pequenos para a sua cabeça; quando se fixavam na gente, davam uma comichão na nossa pele. Toda vez que nos encontrávamos ele apenas declarava: "Você está bem", ou "Você vai passar nas provas" e, quando era hora de ir embora, "Você vai tomar cuidado". E embora eu sentisse um desejo grande de responder "Não, eu não estou bem, não vou passar nas provas nem vou tomar cuidado", minha cabeça sempre me traía e eu fazia que sim. Toda a sua conduta era hipnótica.

Depois que a Revolução de Setembro de Kadhafi derrubou o rei Idris, o juiz Yassin não voltou para o Cairo. Abriu seu próprio escritório de advocacia em Trípoli e sonhava com o dia em que seu filho mais velho, Moosa, iria trabalhar com ele.

Moosa preenchia todos os requisitos. Acompanhava o pai aos enterros e às visitas de cerimônia e, quando o juiz não podia comparecer, Moosa vestia paletó e gravata e transmitia os pêsames ou os cumprimentos do pai. Mas quando faltava só um ano para concluir a faculdade de direito — Moosa levou cinco anos para vencer os três primeiros anos —, resolveu abandonar o curso. O juiz Yassin recusou-se até a discutir o assunto.

O juiz era amigo de Baba e seu advogado. Conheceram-se depois que uma carga de carvalho que Baba havia comprado "de boa-fé" não fora entregue. Entre todos os homens na roda de dominó do juiz, Baba era o mais jovem e o único que não era juiz. Reuniam-se toda tarde de quinta-feira, quando o sol estava baixando, para jogar dominó e desfrutar a desimpedida vista do mar que se tinha da varanda do segundo andar da casa do juiz Yassin. O juiz e a família, inclusive Moosa, moravam também em Gergarish, mas é claro que o juiz não chamava a cidade por esse nome; chamava-a pelo seu outro nome, mais extravagante, que fazia a gente pensar num lugar na Itália, não Trípoli: Gorgi Populi. Era assim que ela se chamava no tempo em que a Líbia era uma colônia italiana.

"Moramos em Gorgi Populi", dizia ele. Moosa sempre parecia embaraçado com isso.

Quando passava de bicicleta com outros garotos, feliz por haver terminado a semana de aulas, eu avistava os velhos e Baba sentados em volta de suas pecinhas de dominó. Baba perguntava, aflito: "O que foi? Algum problema?", inclinando-se na balaustrada. Depois que eu o tranqüilizava, acenando para ele como se dissesse "Não sei do que você está falando", ou "Não fui eu, juro, não fui eu", ele pedia que eu entrasse para cumprimentá-lo. O entusiasmo com que me cumprimentava toda vez que nos encontrávamos fora de casa me leva a pensar agora, quando reflito sobre aqueles dias remotos, se ele de fato desconhecia completamente a "doença" da esposa.

Eu sempre me dirigia primeiro a ele e beijava sua mão do modo como me ensinou — tinha de beijá-la só uma vez pela manhã e uma vez à noite, mas ele ficava contente quando eu fazia isso diante de seus amigos. Eu preferia apertar as mãos dos juízes velhos, mas sempre havia um ou dois que me puxavam e me beijavam nas duas bochechas. Como eram velhos, tinham lábios moles e molhados. Eu fazia um tremendo esforço para não esfregar a mão na cara, com nojo. Sempre falavam a mesma coisa: "*Mashaa* Alá. Já está um homem, o nosso jovem Suleiman. Quantos anos tem? Em que série está na escola?". Essa atenção provocava um grande sorriso no rosto de Baba. Então, com uma voz muito séria, ele perguntava: "O que andou fazendo, meu jovem?". Só me chamava de "meu jovem" em ocasiões como essa. Algo nesse seu modo estranho de falar fazia alguns juízes velhos sorrirem, e assim eu achava que Baba o fazia para diverti-los. "Muito bem, chega de brincar, agora", dizia por fim, embora eu não estivesse brincando, e tivesse subido para atender o seu pedido de cumprimentar os seus amigos. "Está na hora de ir para casa, meu jovem." Assim que eu saía da varanda, esfregava minhas bochechas. Uma vez, quando eu descia a escada correndo, Baba me chamou de volta. Vi-o parado de pé na porta. Ele me deu um beijo na cabeça e me entregou dez dinares, a mesma quantia que eu achava debaixo do travesseiro na manhã dos meus dias de aniversário.

Entre todos os amigos do seu pai, Moosa escolheu Baba para convencer o juiz do seu plano de largar a universidade. Encontraram-se várias vezes em nossa casa, fechavam a porta do escritório de Baba como se planejassem uma revolta, e conversavam durante horas.

Baba persuadiu o juiz a deixar Moosa tirar um ano de folga dos estudos, oferecendo-lhe em troca um emprego. Mas antes de terminar o período de um ano, Moosa tinha certeza de que não ia retomar o curso de direito na Universidade Garyounis, que ficava em Benghazi, a vinte horas de carro de Trípoli. O juiz Yassin ficou furioso quando soube da decisão do filho, Baba era responsável e Moosa era independente.

Essa história tornara Moosa mais ligado à nossa família e permitiu que o juiz pusesse em Baba a culpa de todo o infortúnio que Moosa encontrou.

"Você destruiu a vida do meu filho, Bu Suleiman", o juiz deixou escapar em voz alta para Baba na frente de outras pessoas durante uma partida de dominó. "Não ponha sal na ferida me derrotando neste jogo que eu amo, e ainda por cima na minha própria casa." E certa vez ouvi Baba dizer para mamãe: "Ele não pode ficar aborrecido comigo pelo resto da vida. Pelo menos na casa dele eu tenho a garantia de que sua ira será limitada."

A relação entre os três homens não ficou mais fácil depois que todos os projetos de negócio de Moosa deram errado. Moosa tinha uma criação de galinhas, mas elas sentiam calor demais durante o dia e frio demais durante a noite, assim morreram uma por uma. Foi uma catástrofe: mil galinhas em menos de uma semana! Mas mesmo tendo perdido todo o seu dinheiro — que tomara emprestado de Baba —, Moosa fez questão de lhes dar um enterro decente. "Por que castigar as galinhas na vida e também na morte?", foram as suas palavras. Alugou um grande trator amarelo com as letras JCB grafadas nas laterais, escavou uma grande cova coletiva para as suas mil galinhas mortas, sepultou-as, depois me colocou sentado no colo e fez o trator passar várias vezes em cima da terra. Foi uma espécie de cerimônia em homenagem às galinhas mortas. Lembro que, depois que terminamos, algumas penas sobreviveram ao sepultamento e ficaram grudadas ao metal amarelo do trator.

De outra vez, ele importou pneus da Polônia. Durante dias falou sobre como os pneus poloneses estavam destinados a ficar mundialmente famosos. "Grave minhas palavras: assim como hoje conhecemos a China pela seda, o Japão pelos televisores e a Nova Zelândia pelas ovelhas, a Polônia vai se tornar conhecida pelos pneus de automóvel. Vocês vão ver, vai ser a importação mais bem-sucedida já feita na Líbia desde os tratores JCB."

Pois bem, Moosa importou os pneus poloneses e, assim como no caso das galinhas, não encomendou primeiro uma quantidade pequena, para experimentar, mas comprou logo um navio inteiro.

"Quando o mercado demanda, Slooma, nós temos de estar em condições de atender", disse enquanto caminhava comigo pelo armazém onde os pneus ficaram guardados. Era esquisito e maravilhoso estar cercado por colunas e colunas de pneus pretos de borracha empilhados uns sobre os outros. Os lábios de Moosa estavam molhados, e ele tinha um grande sorriso orgulhoso na cara.

Os pneus venderam bem, mas quando veio o mês de agosto os pneus poloneses de Moosa derreteram. Foi um problema enorme — e era francamente engraçado —, porque os seus clientes, sentindo-se enganados, voltaram furiosos, pedindo o dinheiro de volta. Numa ocasião, os pneus derreteram completamente, colaram o carro na rua. Num acesso de raiva, seu dono ameaçou dar a Moosa uma "boa lição". Em mais de um caso, Baba teve de intervir para salvar Moosa de um cliente enfurecido. Dava-lhes o dinheiro de volta, pedia desculpas repetidas vezes, sem conseguir apagar de todo o seu sorriso. E para o tal homem que queria dar a Moosa uma boa lição, Baba pagou mais dinheiro, pediu mais desculpas e, depois que o homem se foi, soltou a maior gargalhada.

Moosa recusava-se a conversar a respeito dessa empreitada. A única explicação que me lembro de ter ouvido dele para o engano foi: "Não faz muito calor na Polônia". Mamãe e Baba não lhe permitiam uma frase de lamentação, imediatamente começavam a zombar dele por causa do episódio: "Moosa, como está o tempo na Polônia hoje?". "Escute, acha que podemos comprar mais um jogo daqueles pneus mundialmente famosos no inverno que vem?" "Pelo amor de Deus, Moosa, se você casar com uma polonesa, lembre-se de levá-la de volta para casa no verão."

E poderíamos ter ficado assim, todos falando, lendo e rindo. Em vez disso, mamãe agora estava sentada na cozinha, de frente para mim, os olhos iguais aos de um pássaro, escuros e cheios de desgosto. Moosa ainda passava o aspirador de pó na sala de visitas. E Baba... eu não o via desde a hora em que voltei do jardim, quando mamãe correu e o sacudiu freneticamente para acordá-lo.

"Onde está Baba?", perguntei, por fim. "Por que ainda não está em casa? Que horas são?"

Mamãe não respondeu, parecia estar pensando nas minhas perguntas: por que eu fazia aquelas perguntas e que pensamentos estavam por trás delas? Então ela desatou a gritar:

"Por que agora você fica perguntando sobre o seu pai? O que importa, será que não sou boa o bastante para você? Por que você mesmo não fala e me explica o que está acontecendo?"

Eu ouvi o ronco alto do aspirador de pó silenciar. Moosa deve ter ouvido o grito de mamãe e vinha agora em meu socorro, pensei.

"Quero saber ondc cstá Baba. Por que não está em casa?", berrei para ela.

Moosa entrou, tentou falar alguma coisa, mas mamãe lhe disse para cuidar da sua vida. Comecei a chorar.

"Agora, escute aqui", disse ela. "Já tenho muitos problemas para cuidar, não me deixe louca. E... E... Que cheiro é esse?", perguntou e começou a investigar com o nariz. "Xixi!"

"Não, não pode ser", disse Moosa.

"Sinto o cheiro de xixi", disse mamãe, com os olhos arregalados.

Apertei as coxas uma na outra e comprimi as palmas das mãos manchadas de amora contra a virilha molhada. Ela puxou minhas mãos, lutei contra ela, mas mamãe era mais forte do que eu. Ela esfregou o pano molhado da minha *jallabia* e cheirou os dedos.

"O que está acontecendo com você?", gritou mamãe. Encarou Moosa, deu um tapa na própria coxa, em seguida apontou para mim e disse: "Ele fez xixi nas calças". Puxou-me para eu ficar de pé e gritou: "Você já não é nenhum bebê. Por que não foi ao banheiro? Fale!".

"Onde está Baba?", gritei.

"O que foi fazer no jardim? Por que inundou a casa toda? Por que suas mãos estão manchadas de vermelho? Por que fez xixi nas calças?", dizia ela enquanto me sacudia a cada pergunta; em seguida desabou na cadeira e começou a gritar: "O que todos vocês querem de mim? Querem que eu fique doida?". Enterrou a cara nas mãos e, sem se mexer, sem fazer nenhum ruído, ficou ali sentada.

"Desculpe, mamãe", falei no silêncio frio. "Prometo que nunca mais vou fazer isso, por favor, não chore."

Um som baixo e estrangulado soou abafado através das suas mãos. Seu choro não era normal. Mamãe está doente de novo, pensei. Olhei para Moosa. Ela começou a falar, mas eu mal conseguia entender as palavras, coisas sobre a sua falta de sorte, como desde pequena ela trazia a maldição da falta de sorte, falta de sorte, falta de sorte, clamava para que o seu Baba morto voltasse e a ajudasse, implorava que voltasse e a salvasse, porque ainda era cedo, disse ela, muito cedo, cedo demais. E chorou. Depois falou para Baba, culpando-o por seus sonhos, os sonhos loucos de Baba que puseram o mundo todo em risco.

"Quem você pensa que é?", disse ela, como se houvesse uma versão reduzida de Baba sentado, na sua frente, à mesa do café-da-manhã. "Fica dizendo 'temos de inspirar a juventude, temos de abrir os seus olhos para outros caminhos, outras possibilidades'. Pois bem, aí está, vocês foram lá e abriram os olhos deles mesmo. Estão contentes agora? Agora eles foram inspirados. Inspirados para a loucura, para a insanidade. O que foi que você fez, seu maluco idiota? O que foi que você fez?", gritou, segurando a cabeça.

"Louve o Profeta, Um Suleiman, e afaste os maus espíritos", Moosa disse atrás de mim.

Era um bom truque. Toda vez que alguém fica muito nervoso ou zangado, peça para louvar o Profeta que a pessoa vai parar de gritar e berrar e vai rezar em louvor.

Depois de um demorado silêncio, mamãe deu um suspiro profundo e disse:

"Paz e bênçãos caiam sobre mim."

Eu ainda estava de pé ao lado dela, eu a encarava, à espera de alguma coisa, algo que ela dissesse ou fizesse para que tudo ficasse diferente. Mamãe olhou para mim e sorriu, mas rapidamente o seu sorriso desfez-se numa careta. Esticou os braços para a frente e inclinou a cabeça como uma menina que quer se esconder. Abraçou-me. Pude sentir seus lábios chorosos no meu pescoço, o seu hálito quente e irregular.

"Desculpe, habibi", balbuciou. "Você ficou assustado. Desculpe."

Dei palmadinhas nas suas costas e sussurrei o que eu às vezes dizia quando ela ficava doente, quando eu não encontrava nada para falar, mas não podia ficar em silêncio: "Tudo vai ficar bem".

Ela enxugou as lágrimas, respirou fundo e fez que sim com a cabeça.

"Já pensou em como os anjos se esforçaram e arriscaram tudo só para dar as amoras para a gente?", falei, para que ela se sentisse melhor, para deixar suas bochechas rosadas de novo. "E tudo porque eles sabiam como a vida ia ser dura para a gente aqui na Terra. Quem dera você estivesse lá comigo para comer as amoras. Sabe, você não vive dizendo que tudo o que a gente conhece vai ser mais bonito no Paraíso? Pois é, tudo menos as amoras, elas já têm o mesmo gosto aqui, elas são o jeito que os anjos inventaram para que a gente tenha paciência. Acho que as amoras são a única coisa do Paraíso que existe por aqui. Quem dera eu tivesse guardado algumas para você. Talvez amanhã eu ainda ache algumas, vou procurar."

Ela ergueu minhas faces nas suas mãos e me deu um beijo na testa.

"Você é o meu príncipe. Meu lindo príncipe", disse e sorriu.

* * *

Depois de tomar banho e ir para cama, Moosa entrou e acendeu a luz.

"Que tal uma boa esfregadela antes de dormir, seu príncipe danado", disse ele, na esperança de me fazer rir. Eu não falei nada. Estava zangado com ele por não ter feito nada, por ter ficado ali parado, vendo tudo, e agora vinha acender a luz bem na hora em que meus olhos tinham ficado acostumados com o escuro. Eu estava deitado de barriga para baixo, nem virei para olhar sua cara. Sentou-se ao meu lado e começou a enterrar os dedos grandes nos meus ombros, depois correu os dedos para cima e para baixo como se fossem garfos gigantes, e também para os lados. Ouvi como ele suspirava com o esforço. A não ser por isso, ficou em silêncio.

Jamais gostei de ficar zangado com Moosa, mas eu não conseguia parar, não sabia como voltar a ser normal, rir e brincar com ele. Moosa não terminou, não me deu uma de suas massagens colossais, em que todas as partes do corpo, todos os dedos e articulações eram espremidos, torcidos e puxados. Beijou depressa a minha nuca, apagou a luz e saiu.

Ouvi os dois conversarem, depois a porta da frente bateu. Moosa tinha ido embora. Saiu caminhando na noite. Seu carro escuro e frio, imaginei. Ouvi o motor ligar só na terceira ou quarta tentativa, depois ganhou velocidade e nos deixou para trás, sumindo no silêncio.

8.

Naquela noite, sonhei com Baba boiando no mar. A água estava agitada, movia-se como no fundo do mar, subindo e baixando em morros. Ele estava deitado de costas. Parecia um pequeno barco de pesca tentando render-se ao mar. Eu também estava lá, me esforçava muito para manter os ombros acima da água, para não perdê-lo de vista, mas o mar subiu e ele sumiu de vista. Continuei a nadar. Sabia que estava perto. Então o vi, todo duro. Quando estiquei o braço para tocá-lo, transformou-se num peixe, ágil e assustado. Mergulhou com um estalo na água e afastou-se. Pude ver suas costas prateadas cintilarem debaixo da água. Virei-me e não vi margem nenhuma para onde eu pudesse voltar.

Quando acordei, me vi em seu lugar, na cama de mamãe. Afundei o rosto no travesseiro dele e senti o cheiro de sal do seu pescoço. Embaixo do travesseiro minhas mãos acharam o seu caderninho de couro. Baba sempre o escondia ali para o caso de ter um sonho. Uma caneta dourada e fina estava presa nas costas do caderninho e servia de fecho. Puxei a caneta e abri o caderno. A caligrafia de Baba enchia as páginas de ponta a ponta e de cima até embaixo. Só restava uma página em branco, no fim. Mal caberia um sonho naquele espaço. Eu observava a sua caligrafia ondulada e azul, que só era interrompida pelo traço reto de um *alif* ou de um *lám*, iguais aos postes de luz e às palmeiras que margeavam a praia de Trípoli. Seus pontos pareciam antes pequenos rabiscos que voavam na mesma direção, como pássaros ou confetes em disparada pelo alto, por causa da velocidade da sua escrita, na caça de um sonho, antes que ele fugisse da memória. Recordei sua silhueta — eu o vi naquela posição muitas vezes de manhã —, sentado na cama, o suave e discreto declive das suas costas nuas curvadas sobre o pequeno caderno, que não era mais comprido do que o seu dedo indicador, anotando um sonho que tivera pouco antes de acordar. Quando me ouvia entrar no quarto, levantava no ar o outro braço, como um juiz de futebol. Fechei o caderninho com a caneta dourada e coloquei-o de novo embaixo do travesseiro.

Ao meu lado, onde mamãe havia dormido, vi os lençóis remexidos, a marca da sua cabeça no travesseiro. Não havia motivo, pensei, para que não dormíssemos assim todas as noites, ela e eu juntos na cama. Ela nunca passava a noite ali quando Baba estava em casa, e como a minha cama não era larga o bastante para nós dois, ela dormia sozinha no sofá da sala. Uma boa solução, pensei, seria fazer Baba dormir no meu quarto e, como nem eu nem mamãe roncávamos, poderíamos ficar com a cama grande inteira só para nós.

Era essa desculpa que mamãe dava para dormir no sofá. Nunca ouvi Baba roncar. "Claro que não ouve", respondia mamãe. "Ele só ronca quando está num sono muito profundo e isso só acontece no meio da noite, quando você também já está num sono muito profundo." Eu achava difícil acreditar nisso, sobretudo acreditar em que, como dizia mamãe, ele roncava tão alto que o colchão tremia. Eu não fazia mais perguntas porque percebia na voz dela, na repetição das palavras "você também", uma irritação que tinha em mira tanto eu como Baba, ou até ela mesma.

Durante aquelas noites, quando Baba estava em casa e mamãe arrastava o seu cobertor para o sofá da sala, eu sentia algo como um líquido escuro subir em volta dos nossos pés, nos separar, nos mandar embora cada um para o seu lado, na sua noite individual, em que a manhã parecia distante e vaga demais para se acreditar nela. Só quando nos reuníamos em torno da mesa do café-da-manhã, na cozinha ensolarada, aquela sensação passava.

Deitado na cama, eu via a luz da televisão na sala refletir-se nas paredes escuras do lado de fora. Na sua cama improvisada, ela ficava até tarde da noite vendo filmes românticos egípcios em que o amor e os amantes jamais eram satisfeitos e, depois de uma breve palavra e de um olhar, violinos começavam a gemer. Como agora vivo no país que produziu aqueles filmes, estou familiarizado com seus defeitos. O seu melodrama parece zombar do amor. É assim que explico a melancolia que eu sentia quando, no tempo de menino, deitado na minha cama até o amanhecer, ouvia os violinos se inflamarem antes que mamãe baixasse rapidamente o volume do televisor. Na certa ela estava sentada na beiradinha do sofá, pronta para ouvir os violinos, sôfrega para que chegasse o momento que reforçaria suas dúvidas a respeito do amor e confirmaria o seu instinto para tocar a vida em frente, aceitar — sempre aceitar — a vida que lhe era imposta.

Certas noites ela começava no quarto, mas de manhã eu via o seu travesseiro e cobertor na sala, a sua forma estampada neles, um cinzeiro ao lado, cheio de lenços de papel amassados.

Em certas manhãs de inverno, quando o céu permanecia obstinadamente escuro, eu me enfiava na sua cama improvisada todo vestido em meu uniforme escolar, sentindo minha gravata apertar o pescoço enquanto me enroscava para dentro da caverna do seu cobertor, minha bochecha se aquecendo no seu travesseiro, e eu pensava como o Paraíso poderia ser outra coisa que não aquilo.

Eles, mamãe e Baba, só deitavam juntos para o cochilo da tarde, e isso porque a cortina do quarto era feita de um veludo grosso que barrava a luz do sol e, eu supunha, as duas horas de cochilo não davam a Baba tempo suficiente para alcançar as profundezas do sono necessárias para roncar.

Sempre desconfiei de que havia uma razão diferente para mamãe não dormir no quarto quando Baba estava em casa. Não sei por que, mas algo em mim punha a culpa em mamãe. Uma irritação subia na minha garganta quando perguntava a ela sobre o ronco de Baba. Mas isso mudou quando, certa noite, eu os vi juntos. Tudo em mim mudou.

Algo pareceu me despertar naquela noite e levar-me até o quarto deles. A luz da mesinha-de-cabeceira de Baba era a única acesa e, sob o seu brilho fraco, eu o vi em cima dela, movendo-se para a frente e para trás, na mesma distância triste e curta, como uma daquelas senhoras que nos velórios ficavam lamentando uma pessoa morta. Fiquei parado no escuro, na entrada no quarto, onde não era possível me ver. Ela estava deitada embaixo dele, parada, olhando para o lado. Eu não conseguia ver seu rosto. Um de seus braços jazia estendido ao seu lado, a mão aberta e mole, voltada para o céu. Ela emitia um gemido esquisito, teimoso como um serrote. Então, de repente, ele parou, suas costas se enrijeceram e estremeceram, antes de tombar para o lado. Ficou deitado respirando com esforço, olhando para o teto. Pude ver o seu pênis inclinado para o lado, reluzente sob a luz da mesinha-de-cabeceira. Ela também estava nua. Sua roupa de dormir estava embolada na altura dos sovacos. Os peitos sacudiram de um jeito estranho quando ela se mexeu para pegar o lençol. Puxou-o até o queixo, virou-se e lhe deu as costas. Limpou um pigarro e disse:

"Apague a luz, eu disse para você apagar a luz". Ele apagou a luz e, de dentro do escuro, ouvi seu corpo se mover. Fiquei pensando se ia aproximar-se dela outra vez.

Será que o Grande Trono tinha sido perturbado, pensei. Recordei as palavras do xeique Mustafá: "Toda vez que um homem e uma mulher deitam juntos, fora do vínculo matrimonial, até o Assento de Deus treme". Baba e mamãe não eram assim, estavam casados em Deus e no seu profeta Sunna, mas alguma coisa no que vi me perturbou tão profundamente que não conseguia imaginar como o Assento de Deus, o Grande Trono, poderia ficar sem tremer, como tremeu o meu coração.

Fui deitar naquela noite e não consegui dormir, imaginando — e sentindo medo, culpa e raiva por imaginar — se eu não devia ter feito algo para interromper aquilo; se mamãe não precisava de minha ajuda, sem que eu o soubesse. Fiquei com a certeza de que foi a Providência quem me acordou. Senão, por que eu ia acordar àquela hora? Deve ter sido a Providência. E que fracasso provei ser para mim mesmo. Um fracasso por não ter a coragem — ou seja lá o que for que permite que alguém aja depressa, de forma resoluta e sem hesitação — de me mostrar à altura da situação, provar a mim mesmo ser um dos fiéis. Fui convocado para interromper algo terrível, algo que os anjos jamais abençoariam, eu tinha certeza disso, algo que fazia mamãe deixar sua cama todas as noites para ir dormir sozinha no sofá, e adormecer, como eu estava adormecendo, ao som ridículo dos violinos de um filme romântico egípcio.

Eu estava deitado na cama dela e pensava tudo isso quando ouvi a campainha da porta, depois a voz de Moosa. Pela sua maneira de falar, desconfiei que trazia algo pesado, como outro saco de arroz, ou pães frescos do padeiro Madji.

"Para que eu vou querer uma coisa dessa?", perguntou mamãe.

"Mas é uma camuflagem", respondeu Moosa.

"Mas é enorme!"

"Já pegou todos os papéis e livros que mandei?"

"Sim, está tudo pronto."

"Tem certeza? Bu Suleiman não quer que a gente esqueça nada."

Quando me ouviram sair, pararam de falar. Depois de um breve silêncio, mamãe sussurrou.

"Ele acordou."

"Slooma!", gritou Moosa, de um jeito exagerado, igual aos torcedores de futebol quando o seu ídolo esportivo entra em campo, assobiando, imitando o rugido de uma multidão e brandindo o punho acima da cabeça.

Fui ao banheiro. Ouvi os dois retomarem sua conversa, aos cochichos. Quando entrei na cozinha, ficaram em silêncio de novo. Ele estava sentado à mesa do café-da-manhã, mamãe estava de pé, com as costas voltadas para mim, lavando as frutas.

"Como passou a noite, campeão?"

"Bem", respondi.

"Mamãe me disse que você teve um pesadelo."

"Não lembro", falei.

"Bem, deve ter sido um efeito retardado da sua insolação. O calor na certa derreteu o seu cérebro", disse ele, e riu tão alto que nem mamãe conseguiu resistir. Cobriu a boca com as costas da mão, mas não emitiu som nenhum. Poderia muito bem estar chorando. Virou-se e colocou um prato de frutas sobre a mesa. Olhei nos olhos dela, não estavam chorando.

"Como é que fui parar na sua cama?", perguntei.

"Bom dia, habibi". Ela me deu um beijo. "Você teve um pesadelo. Não lembra? Estava chorando."

Balancei a cabeça. Lembrava o sonho que tive de Baba no mar, suas costas prateadas de peixe debaixo da água.

"Você ficou deitado do meu lado, balbuciando e tremendo."

Segurei sua mão para beijá-la, como fazia todas as manhãs, mas o telefone tocou e ela foi atender.

Moosa pegou um ovo cozido, quebrou a casca na testa, descascou-o, espremeu meio limão em cima dele, rolou o seu corpo branco e luzidio sobre três montinhos de sal, pimenta preta e cominho, depois deu para mim. Ele se pôs a ler o jornal em voz alta, mas senti que eu estava ficando agitado, como se estivesse deixando de fazer algo muito mais importante. Isso me deixou sem condições de concentração e Moosa se irritou. Contraiu as mandíbulas, balançou a perna, acendeu um cigarro e leu só para si.

Recostado na bancada da cozinha, por trás dele, estava um quadro virado de costas. Devia ser o objeto pesado que ele trouxe. Mamãe tinha razão, era enorme. Ela voltou depressa para a cozinha.

"Eram eles", disse mamãe. "Tenho certeza de que eram eles. Pude ouvir a respiração de um homem no outro lado da linha. Tentei forçá-lo a falar. Mas ele desligou o telefone." Ela esfregava as palmas das mãos uma na outra. "Vamos logo cuidar disso antes que cheguem."

Moosa olhou para a mesa. Suas mandíbulas contraíam-se em movimentos rápidos, e cada vez que fazia isso duas bolsinhas inchavam embaixo das orelhas.

"Onde está o martelo?", perguntou.

"Acho que não temos martelo", respondeu mamãe, enquanto abria umas gavetas na cozinha. "Realmente, acho que não temos martelo aqui em casa."

"Não importa", disse ele, e tirou o sapato. "Só me arranje um prego."

"Acho que também não temos pregos."

"Eu devia ter imaginado", disse Moosa, irritado, e com o sapato na mão foi mancando até a sala de visitas. Segui-o. Retirou da parede o retrato de Baba, o que estava pendurado muito alto na parede. Testou a firmeza do prego, depois bateu nele com força algumas vezes com o salto do sapato. "Vai servir", disse para si mesmo e saiu da sala.

O retrato de Baba estava de pé sobre o chão, recostado no banquinho do piano. Seu sorriso mudara, agora parecia meio constrangido, e as árvores de trás pareciam ainda mais sem vida. Moosa voltou, abraçando a moldura enorme. Dos dois lados de Moosa eu podia ver os ombros de um homem. Estavam enfeitados com estrelas e águias. Moosa respirava ofegante. Empurrou o retrato para cima, desceu um pouquinho, depois deu outro impulso para o alto.

"Suleiman", disse Moosa em tom rouco, e eu encostei minha orelha na parede.

"Um pouco mais para cima", falei. Mas ele baixou o retrato. Tomou fôlego de novo e agarrou o quadro com firmeza. "Um pouco para baixo", continuei. "Um pouco para a direita."

Recuamos os dois e observamos o Coronel, que olhava para o alto e para longe. Seu quepe estava baixado na direção dos olhos, como se algo no céu o incomodasse, tufos pretos de cabelo se amontoavam em volta das têmporas e das orelhas, e nas laterais do pescoço duas linhas misteriosas vincavam as faces como parênteses nos cantos da boca. A placa de metal na moldura indicava: Coronel Muammar al-Kadhafi, o Guia da Revolução Popular Líbia.

"O Benfeitor, o Pai da Nação, o Guia!", disse Moosa com um sorriso. Brandiu o punho cerrado no ar, enquanto entoava: "El-Fateh, el-Fateh, el-Fateh", fingindo que era a voz de mil pessoas. Eu não ri. Moosa, então, escondeu o retrato de Baba atrás do piano e calçou o sapato. Quando voltou para a cozinha, mamãe não estava lá. Moosa sentou-se à mesa, em seu lugar, e acendeu um cigarro. Continuei de pé, observando-o. Após um intervalo, gritou:

"Um Suleiman, como está indo?" E em voz baixa: "Aqueles sacanas". Quando viu que eu estava olhando, sorriu sem graça. "Por que não senta?" Eu não sabia por que eu não queria sentar, e não gostava de sentir a pressão de ter de me explicar.

"Venha cá e me dê uma mãozinha", gritou mamãe lá do quarto.

Ele apagou o cigarro no cinzeiro e disse: "Sente-se".

Continuei de pé. Moosa saiu da cozinha. Comportava-se como se de repente fosse o homem da casa e eu, a visita. Seu cigarro partido ardia no cinzeiro, fiquei olhando até a brasa apagar.

Então os dois reapareceram trazendo montanhas de livros e papéis. Moosa abriu a porta do jardim, segurou-a para mamãe passar e ela passou correndo para fora. Antes que ele pudesse segui-la, um livro caiu. Eu ia pegá-lo para Moosa, mas hesitei. Ele olhou para mim. Vi uma sombra de frustração em seus olhos. Agora eu me pergunto de que maneira eu o decepcionei: terá sido por não pegar o livro, por não ter aquela coisa que permite que as pessoas ajam depressa e sem hesitação? Terá sido por não lhe obedecer quando disse para eu sentar? Ou terá sido alguma outra coisa, algo mais intangível do que uma ação determinada? A frustração era uma série de sombras, cada uma apontava para outra. Moosa deixou o livro no chão e foi atrás de mamãe. Após um intervalo, peguei o livro e fui atrás deles.

Lá fora, o ar da manhã estava fresco e os pássaros cantavam como se estivessem limpando as gargantas para o dia. Quando cheguei à escada, vi o pavão no robe de mamãe desaparecer no telhado, Moosa ia logo atrás, subindo dois degraus de cada vez. Subi no meu ritmo, de vez em quando batia com o livro na minha coxa, roçava-o na parede. Na lombada, estava escrita a palavra *democracia*, abaixo dela a palavra *agora*.

Moosa estava de joelhos ao lado da caixa-d'água onde eu tinha a minha oficina. Pegou o balde de folha-de-flandres no qual eu guardava minhas ferramentas e com um movimento despejou o conteúdo para o lado. Rasgou alguns pedaços de papel, depois acendeu um fósforo e jogou-o dentro do balde. Subiu uma fumaça preta. Moosa soprou, o balde parou de fumegar e, embora não desse para enxergar as chamas, eu sabia que estavam ali, pelo modo como faziam o ar em volta ondular. Pensei em reclamar por Moosa usar o meu balde com aquela finalidade, mas deixei para mais tarde. A pressa dos dois parecia anular tudo o mais à volta.

Mamãe rapidamente revirou os papéis que tinha nas mãos e quando o fogo estava bom e forte começou a jogar as folhas dentro do balde, uma de cada vez, como se desse comida para um cachorro. Vi as letras de Baba se enrugarem, ficarem vermelhas, cinzentas e sumirem em cinzas pretas. Cheguei mais perto a fim de dar o livro para Moosa, mas com o canto do olho percebi que mamãe olhava para mim. Receei que ela me mandasse embora para praticar escalas no piano, então fiquei com o livro escondido nas costas e não me mexi. Moosa continuou a rasgar os livros. Fiquei surpreso diante da facilidade com que os livros se desfaziam em suas mãos grandes.

Segurando o balde quente de folha-de-flandres com o seu lenço branco, Moosa o levou para baixo, até o jardim. Mamãe seguiu-o, dizendo: "Escolha um lugar, vou pegar a pá".

Fiquei no telhado, segurando o livro nas minhas costas, olhando para eles lá embaixo. Moosa escolheu o lugar que eu tinha alagado junto a uma árvore de noz-de-cola. Mamãe veio correndo, seu robe de pavão voava atrás dela, e entregou-lhe a pá. Vi Moosa cavar e enterrar as cinzas. Depois que terminaram, voltaram para a cozinha.

Parado em cima do telhado, lembrei como certa vez, quando ela acordou do cochilo, eu a trouxera ali em cima. Ainda estava zonza de sono, andava atrás de mim em seu robe comprido e folgado. Eu, ansioso demais para esperar, puxei-a para cima da escada rumo à minha oficina a fim de lhe mostrar o que eu tinha feito: um cavalo de madeira, bolinhas de goma no lugar das orelhas e fios de rádio embolados para servir de cauda. Fiz aquilo porque no dia anterior mamãe tinha dito: "Você é o meu príncipe. Um dia você será um homem e me levará em um cavalo branco". Mamãe beijou-me, andou até a beira do telhado para ver o mar. O sol estava se pondo, derramava-se para dentro da água. Fiquei ao seu lado, recostei-me na sua perna. Quando ergui os olhos, mamãe tinha o olhar fixo e piscava contra a luz. "O mar mudou outra vez", disse ela. "Todo dia o mar muda." Em seguida ficou calada. No meu íntimo, um lugar misterioso até aquele momento, senti que eu estava derretendo, que eu também, como o sol que se esvaziava dentro do mar, me derramava dentro dela.

Enfiei o livro no meu calção, cobri com a camiseta e me esgueirei para a cozinha. Mamãe estava parada diante da pia. Corri para meu quarto. No instante em que fechei a porta atrás de mim, ouvi Moosa sair do banheiro, depois ouvi o barulho da caixa-d'água enchendo. Por pouco não cruzei com ele. Uma doce sensação de culpa e de euforia correu por mim, me trouxe à memória a época em que, um dia, roubei um cigarro dele e o acendi embaixo da cama. Eu tinha sete anos, talvez até seis. Quando mamãe me apanhou, me deu três tapas nas costas da mão. Escondi o livro embaixo do travesseiro e, com receio de que minha ausência fosse despertar suspeitas, voltei para a cozinha.

Sentei à mesa, de frente para Moosa. Quando seus olhos encontraram os meus, sorriu. Pegou uma maçã, partiu-a e me deu um pedaço. Segurei-a entre os dedos, sentindo sua umidade fria na minha pele suada.

"Por que o Comitê Revolucionário quer revistar a casa da gente?", perguntei.

Os olhos de Moosa desviaram-se de mim e apontaram para mamãe.

"Você não consegue guardar segredo", disse ela.

Moosa levantou as mãos como se algo fosse cair do céu. "Não contei nada, ele nos viu queimando os livros."

"E quem foi que o levou lá para ver? Por que, Moosa? Por quê? Você não consegue guardar segredo de nada?"

Ver que mamãe ficou zangada também me deixou com raiva de Moosa. Ele já não estava mais tentando se defender; ficou sentado, de braços cruzados, olhando para a mesa. Pus no prato o pedaço de maçã que ele me deu, sua polpa já querendo ficar escura.

"Crianças não devem saber dessas coisas. Antes eu não tivesse contado para você, antes eu nunca tivesse contado nada para você."

Depois veio o longo silêncio que em geral sucedia às suas discussões.

"Por que vocês queimaram os livros de Baba? Baba adora seus livros." Nenhum dos dois olhou para mim. "Não acho que Baba vai gostar de saber que vocês queimaram os livros dele."

"Pronto. O que vai dizer para ele agora?", perguntou mamãe. "Vamos lá, diga para ele", gritou. Moosa olhou para a mesa. "Conte sobre o pai dele, o seu herói." Ela agora estava ao lado de Moosa. Cutucou-o várias vezes, repetindo: "Diga para ele, diga para ele". Por um momento, ela pareceu hesitar, depois falou: "Diga para ele que você o incentivou, que você o admirava e o tinha como seu guia, inflava o peito dele com a sua adoração".

A perna de Moosa começou a balançar.

"Chega", falou.

"Agora você diz 'chega', depois de tê-lo atiçado e atiçado sem parar."

"Jamais quis fazer mal a ele."

"Para você é diferente. Você é egípcio. O máximo que podem fazer é deportá-lo."

"Eu daria a minha vida por ele."

"Você pode morrer dez vezes seguidas que agora não vai adiantar mais nada."

Os lábios de Moosa estavam vermelhos e uma mancha roxa recobria as maçãs do rosto. Parecia que tinha levado um tapa. Imaginei se foi assim que ele ficou quando o homem do Comitê Revolucionário, o que tinha voz de mulher, gritou com ele e fez todas aquelas perguntas sobre onde ele morava e com quem, perguntas que se fazia a um menino perdido no meio da rua.

"Não pode me culpar por isso", disse ele.

"Vocês são crianças brincando com fogo. Quantas vezes eu disse para ele: 'Seja discreto, cuide da sua família, fique em casa, deixe-os para lá, olhe para o outro lado, está na vez deles, não na nossa, trabalhe duro e nos tire daqui, deixe que eu veja de cima as nuvens do meu país, Faraj, eu quero olhar para baixo e ver meu país feito um mapa distante, reduzido a linhas, reduzido a uma idéia. Pelo bem do seu filho. Daqui a cinco anos ele vai ter catorze anos, vão transformá-lo num soldado, mandá-lo para o Chade'. Quantas vezes repeti! 'Cinco anos', ele zombava. 'Daqui a cinco anos, tudo será diferente.' Agora olhe só aonde a imprudência dele nos levou."

"Bu Suleiman é um homem honrado que quer uma Líbia melhor para você e para Suleiman."

"E quem ele pensa que é para desejar isso?", retrucou mamãe. Tinha a voz tensa, era impossível discutir com ela. "Eles são poderosos. Ele pensa que pode vencê-los sozinho?"

"Ele não está sozinho."

"Ah, me desculpe, esqueci o punhado de homens que não têm nada melhor para fazer senão esconder-se num apartamento da praça dos Mártires e escrever panfletos criticando o regime. Por que ninguém pensou nisso, é o que me pergunto. Claro, a resposta estava ali o tempo todo; como fui tola. Olhe agora aonde isso levou você. Um massacre está prestes a acontecer. Só Deus sabe o que será de Rashid, o pobre coitado, burro o bastante para acreditar nos seus sonhos."

"São os sonhos dele também. Tenha esperança, fortaleça seu coração."

"Não venha me adular. Vocês são todos um tolos, inclusive Rashid e Faraj. Mas não, eu tenho de ser uma boa esposa, leal e obediente, apoiar o meu marido a todo custo. Não vou apoiar nada que ponha o meu filho em risco. Faraj pode voar atrás dos seus sonhos o quanto quiser, mas eu não, eu não vou acompanhar. Vou tirar o meu filho deste lugar, mesmo que seja a última coisa que eu faça."

Mamãe parecia ter uma raiva sem limites; bastaria uma palavra, um gesto, para ela partir para o ataque violento. Moosa parecia saber disso; ficou com os olhos voltados para a mesa. Mamãe andava para lá e para cá.

"Inflando o peito dele", disse ela em voz baixa, depois mais alto: "Inflando o peito dele", como se a primeira vez fosse só um pensamento, um ensaio do que estava para vir. "Sim, era o que você fazia quando sentava aos seus pés, lendo e relendo para ele as matérias do jornal que você sabia que iam atiçar o fogo do coração dele, instigando, pressionando, sempre pressionando, e se as palavras impressas não fossem quentes o bastante, você tratava de acrescentar suas próprias passagens, porque você precisa de um herói, precisa de alguém para arrancar você dos seus fracassos, um par de mãos fortes sempre a postos para resgatá-lo e mandá-lo para lugares que não são os seus, para ser alguma coisa, para provar ao seu bom pai que no fim você tinha razão quando agiu contra a vontade dele, que ao contrário de todo mundo você não precisa de um diploma universitário porque está destinado à grandeza, a navegar na crista das ondas, a estar na frente da corrente da história, enquanto o tempo todo você sabia que o homem que tinha escolhido para ser o seu líder nada tinha de herói, era só um homem comum, um pai de família, inflando o peito, induzindo-o a pensar que tinha poderes que não tinha, que podia enfrentar o vulcão, e você, o que foi que você fez? Ficou lá batendo o tambor que o incentivava, o instigava a ir em frente, ir em frente!"

Sentou-se diante de Moosa. Eu estava sentado entre os dois. A mesa da cozinha ainda estava coberta com o café-da-manhã. E de repente ela riu. Foi espantoso ouvir mamãe rir naquela hora.

"Até mesmo a localização do apartamento", disse ela , "o seu *quartel-general* na praça dos Mártires, foi idéia sua. Que coisa mais indiscreta! Nada tem de disfarçado, nada tem de *subterrâneo* agora, não é? Não foi você que disse para ele que um dia ali seria um museu?" Moosa fitou-a de olhos arregalados. "Lembro agora como foi que você falou: 'Como a casa de Sigmund Freud, em Londres', você lhe disse, 'como o apartamento de Konstantin Kaváfis em Alexandria, onde as pessoas têm de pagar para entrar', atiçando o fogo. 'Tem de ficar num local conveniente', você argumentou. Que consideração da sua parte. É o que chamo de planejamento precoce!", disse ela, e riu sozinha. Esperamos que parasse.

Segurei a barriga, dobrei o corpo para a frente e comecei a balançar.

"O que houve?", perguntou Moosa.

"É um hábito novo. Toda vez que fica aborrecido, faz assim", respondeu mamãe, a voz distante, banida pela raiva ou pelo desgosto.

Mas não era um hábito novo. Eu já fazia aquilo havia muito tempo, ela sabia disso, eu fazia assim para não falar, para não ficar repetindo as coisas que a aborreciam, coisas que ela me fazia prometer que eu não ia falar para ninguém.

"Qual é o problema, Slooma?"

"Deixe-o em paz", disse mamãe. "Vai parar quando ficar cansado."

Minha mente fugiu para uma recordação: Baba estava sentado, lendo um livro sob a luz da lâmpada, e eu ao seu lado. Tentei me aninhar nele, mas o seu corpo não cedia, não se arqueava sobre mim como Ustath Rashid fez com Karim no ônibus que nos trouxe de volta de Leptis. Sua *jallabia* estava desabotoada e através dela os cabelos do peito irrompiam como pequenos arames recurvados. Falei alguma coisa, mas ele não reagiu. Esfreguei o lóbulo da sua orelha. Sua respiração estava firme e ritmada. Puxei um dos cabelos. Ele continuou sem reagir. Peguei um punhado de pêlos e puxei o mais forte que pude. A pele em volta dos pêlos se esticou e, lentamente, puxou-os de volta, tirou-os da minha mão. Ele conteve a respiração por um segundo, mas foi só isso.

Mais tarde, perguntei-lhe: "Como foi que não sentiu dor nenhuma quando puxei os seus cabelinhos?".

"E quando foi que você fez isso?", perguntou.

"Hoje, mais cedo, quando você estava lendo."

"Seu pai não sente nada quando está lendo", disse mamãe e, depois de um silêncio frio, acrescentou: "Ele ama seus livros mais do que qualquer outra coisa. Um dia eles vão vir para queimar os livros, e queimar a nós também".

Baba saiu da sala. Olhei para mamãe à espera de uma explicação. Depois ouvimos Baba bater a porta do seu escritório.

Comecei a me balançar mais depressa. Não conseguia interromper o tremor dos meus lábios, eu tinha de sugar o ar.

"Está chorando", Moosa lhe disse.

"Por que vocês queimaram os livros de Baba?", gritei para eles. "Baba adora os livros dele."

Por um momento, nenhum dos dois respondeu. Senti culpa em seu silêncio. Então mamãe falou: "Você também não tentou impedir". Eu devo ter olhado para ela com horror, porque falou: "Vi você lá parado, observando o Moosa, enquanto ele cuidava do fogo". Depois virou para Moosa e pediu confirmação.

Algo ferveu na minha garganta e, como uma explosão, berrei: "Vou contar para Baba quando ele voltar para casa que vocês puseram fogo nos livros dele. Vou contar mesmo".

"É para o bem de Baba", disse Moosa. Ele agora estava do meu lado, de joelhos, na mesma posição em que ficara alguns minutos antes, na frente do meu balde em cima do telhado, o meu balde favorito, com o retrato de uma família grega que acenava e sorria em um olival, agora enegrecido por fuligem e cinzas, estragado para sempre. Moosa tentou sussurrar algo no meu ouvido. Empurrei-o.

"Vocês são doidos. Doidos!"

"Cale a boca", disse mamãe. "Comporte-se. Não foi assim que ensinei você a falar com os mais velhos."

Cobri o rosto. Moosa levou-me para o banheiro.

"Acalme-se, campeão", disse ele, e começou a lavar meu rosto na água fria. Dei um suspiro profundo. Ele passou o lenço no meu nariz e disse: "Assoe". Penteou meu cabelo com os dedos, beijou minha mão e sacudiu-a, como se dissesse: "Fique firme, campeão". Em seguida, fitando-me nos olhos, falou: "Não devemos contar nada sobre os livros de Baba para os homens que vão vir aqui. Você tem de prometer".

Respirei fundo e disse: "Prometo".

Então a campainha soou, e várias vezes, do jeito especial que Baba a tocava.

9.

"Baba!", exclamei e corri, deixando Moosa para trás. Fui o primeiro a chegar à porta.

"Oi, Slooma", disse ele, enquanto passava direto por mim. "Onde está a sua mãe?"

Havia tanta coisa que eu queria lhe dizer que nem sabia por onde começar.

Deu um tapa na mão de Moosa. Ele lhe disse algo e Baba respondeu. "É a vontade de Deus, é a vontade de Deus. Onde está Najwa?" E olhou para mim. "Onde está sua mãe?", Fazia muito tempo que eu não o ouvia chamar mamãe de Najwa. Ela veio do corredor, fazendo balançar as portas de vaivém. Havia algo diferente nela. Baba beijou-a no rosto, e percebi então que tinha penteado o cabelo e pintado os lábios. Devia ter corrido para o quarto assim que ouviu a campainha.

"Fiquei tão preocupada", disse mamãe, enquanto o seguia até a cozinha.

"Baba", falei. "Moosa e mamãe queimaram os seus livros."

Baba olhou para Moosa. "Queimaram tudo?"

"Sim, Baba, até os seus papéis."

"O que fez com as cinzas?"

"Enterramos."

"Muito bom", respondeu Baba e deu uma palmadinha no ombro de Moosa.

Fiquei confuso. Por que ele não ficou furioso?

"Você não devia estar aqui", disse Moosa. "Estamos achando que eles vêm para cá agora."

"Já estou de saída", respondeu Baba, confiante, e seguiu para o quarto. Mamãe e eu fomos atrás.

"Guardei o seu caderninho", falei, puxando-o de baixo do travesseiro. "Não deixei que queimassem. Está vendo?" Entreguei-o para Baba, mas não ficou interessado.

"Pode embalar algumas roupas para mim?"

"Para onde está indo?"

"Não faça drama, por favor, não tenho tempo. Tudo isso vai passar e você vai ver como eu tinha razão."

"Vão destruir você..."

"Najwa..."

"...nós, tudo."

"Najwa, por favor."

"Baba?"

"Sim, Slooma", respondeu ele, contente por desviar o rumo da conversa.

"Você precisa de um caderninho novo, olhe aqui, só tem mais uma página para escrever, mal dá para anotar um sonho."

"Ah, é", disse ele com um interesse exagerado. Tomou o caderno da minha mão e começou a folhear. "Sabe de uma coisa, você tem razão. Tenho de me lembrar de comprar um novo."

"Eu não li", falei, mas agora Baba estava conversando com mamãe.

"Cuecas, meias. Não posso esquecer minha nécessaire. Ponha tudo num saco plástico. Estou faminto."

"Tem comida na mesa, ou quer que eu prepare alguma coisa para você?", perguntou mamãe, com os olhos aflitos.

"Não. Estou com pressa." Saiu do quarto enquanto acrescentava para si, mas sabendo que ela podia ouvi-lo: "Você ainda não fez o almoço?".

Isso a deixou paralisada no meio do quarto. Em seguida, começou a juntar as roupas dele, resmungando.

"Não tive tempo, e ainda está muito cedo, na verdade mal acabamos de tomar o café-da-manhã", sabendo que ele não podia ouvir. Abriu a gaveta de cuecas de Baba, suas mãos tremiam. Fiquei parado na porta olhando, depois fui para a cozinha.

Não encontrei Baba e Moosa sentados à mesa, e sim de pé, recostados na bancada da pia. Baba parecia agitado. Tinha as faces rosadas e estava ocupado contando algo para Moosa. De vez em quando, curvava-se sobre a mesa do café-da-manhã e pegava um pedaço de queijo ou uma fatia da maçã que Moosa havia cortado. A mesa estava cheia de comida.

Mamãe entrou, trazia uma maleta, e apanhou-os catando comida.

"Vou preparar alguma coisa para você levar", falou.

"Não, eu tenho de ir embora." Deu outro tapinha na mão de Moosa e os dois fitaram-se nos olhos durante alguns segundos. Em seguida Baba tomou a maleta da mão de mamãe e levantou-a até a cintura: "Pesa uma tonelada", falou, e Moosa riu. "Você não quer que eu volte, Um Suleiman?"

"Não..."

"Quer se livrar de mim, já entendi."

"Claro que não, eu só não sabia... eu queria..."

Baba já estava andando para fora, dirigia um largo sorriso para Moosa.

Diante de casa, havia um carro à sua espera. Alguém estava sentado ao volante. Corri atrás dele, rumo ao carro, mas parei quando vi o rosto do motorista e me dei conta de que não o conhecia. Quando Baba entrou no carro com o estranho, levantou a mão até o alto da cabeça e baixou os grandes óculos escuros que o vi usando na praça dos Mártires. Estavam o tempo todo empoleirados no alto da sua cabeça.

"O que ele lhe contou?", perguntou mamãe, enquanto lavava os pratos com muito barulho.

"Nada", respondeu Moosa, em tom calmo, sentado à mesa do café-da-manhã, enquanto fumava um cigarro.

"Como assim, nada?", gritou mamãe. "Ele falou com você, não foi? O que foi que ele contou?"

Moosa saiu da cozinha.

"Aonde vai?", gritou atrás dele, e depois, num tom mais baixo, falou comigo: "Vá. Não deixe que ele vá embora".

Saí em busca de Moosa e encontrei-o sentado na sala de visitas, diante da imensa foto do Guia. Puxou um cinzeiro para perto, bateu o cigarro duas vezes na borda, expirou e disse: "Como vai, campeão?".

Então mamãe entrou com a bandeja de chá.

Agora, a qualquer minuto nossa casa vai ficar cheia de homens do Comitê Revolucionário, revirando tudo de pernas para o ar, e não vou contar nada sobre os papéis e os livros que queimamos. Lembrei-me do livro *Democracia agora*, que eu tinha escondido embaixo do meu travesseiro, e minha pele teve um arrepio de pânico.

Bebemos nosso chá em silêncio. Imaginei quanto tempo teríamos de esperar. E se a pessoa que tinha telefonado tivesse ligado para o número errado e por isso havia desligado antes de falar qualquer coisa? Afinal, era o que eu faria, desligar sem falar nada. Então Moosa olhou para o relógio e disse: "Tenho de ir".

Mamãe deu um suspiro e fez que sim com a cabeça, como fazem as pessoas quando querem dizer: "É claro que tem". As mãos dela tremiam de leve.

"Você precisa de alguma coisa?"

"Por que pergunta?", retrucou ela em tom ríspido. "Não acabou de dizer que tem de ir embora? Bem, se precisa mesmo ir embora, então vá logo", e saiu da sala.

Moosa suspirou e foi atrás dela.

Fiquei sentado ali um pouco, olhando para o enorme retrato do Guia. Era impossível ignorá-lo, tão grande no alto da sala. O piano parecia pequeno, em comparação. Por quanto tempo teremos de mantê-lo ali, pensei. Então voltou o pensamento angustiante de que eu precisava achar um esconderijo melhor do que o meu travesseiro para o livro de Baba.

Fui para o meu quarto, fechei a porta, peguei o livro e deiteime com ele embaixo da cama. Não havia fotos nem desenhos no livro, só pilhas e pilhas de linhas com palavras. Quando o folheei, tudo o que vi foram blocos e mais blocos de letras pretas, separados por um ou outro espaço branco ocasional. Lembrei-me de Nasser e de como certa vez ele tentou me ensinar a datilografar na sua máquina de escrever. Eu era vagaroso e ele estava impaciente. Na primeira página, alguém tinha escrito uma espécie de dedicatória: "Ao meu eterno amigo e camarada, Faraj Bu Suleiman el-Dewani. Com minha imorredoura lealdade, Rashid". Era um presente de Ustath Rashid para Baba. Não gostei de ver o meu nome ali. Por que não se contentou só com Faraj el-Dewani? Acima da minha cabeça, o colchão estufava nos vãos entre as traves de madeira do estrado da cama. Saí dali, levantei o colchão e escondi meu livro embaixo dele. Desse jeito, pensei, mesmo se mamãe viesse trocar os lençóis, não o encontraria.

Subi no telhado e olhei para a casa de Ustath Rashid, tia Salma e Karim, as cortinas fechadas e paradas, o jardim quieto e vazio. Houve dias em que as duas casas pareciam uma só. Ustath Rashid ficava com Baba em seu escritório, mamãe ficava com tia Salma na cozinha e Karim e eu ficávamos na rua, em silêncio e tranqüilos porque sabíamos que nossos pais eram irmãos e nossas mães, irmãs.

Saí para a rua e encontrei Karim sozinho, atirando uma faca contra a terra.

"Por onde tem andado?", perguntou, e na mesma hora me senti culpado. Eu tinha me afastado dele desde que o seu pai fora preso, eu tinha certeza de que Karim havia notado.

O sol brilhava com força sobre nós, mas meus dentes tiritavam.

"Você está bem?", perguntou.

Fiz que sim com a cabeça e de repente me senti à beira das lágrimas. Um ponto em meu peito doeu, como se algo contundente o apertasse. Senti uma ânsia infinita, sem nenhum objeto específico, como se um vazio na minha alma estivesse se manifestando. Minha garganta contraiu-se e pensei que se Karim pusesse a mão no meu ombro eu ia explodir. Ele poderia pensar que eu era um bebê chorão, uma menina, então apertei bem os dentes e fiz que sim de novo com a cabeça.

"Quer brincar de Minha Terra, Sua Terra?", perguntou.

Era a primeira vez em uma semana, desde que o pai dele tinha sido preso, que Karim queria brincar. Assim, embora eu não estivesse no espírito, peguei sua faca e tracei o círculo mais largo que pude ao meu redor. Minha sombra estava bem embaixo de mim, era meio-dia. Dividi o círculo ao meio, a terra dele e a minha terra, e lhe dei a faca pelo cabo. Karim ficou parado observando o meu desenho e, embora seu rosto estivesse sério, tinha um ar de aprovação. Pusemo-nos fora do círculo e começamos. Minha Terra, Sua Terra era o nosso jogo predileto; Karim e eu brincávamos disso muitas vezes porque a única coisa necessária eram dois jogadores, uma boa faca e a terra embaixo de nós.

Karim era bom na maioria dos jogos, e era sempre fácil perder para ele, não só porque era mais velho, mas sobretudo porque jamais demonstrava sua alegria com a vitória. De fato, ao vencer, uma expressão de pena muitas vezes descia sobre o seu rosto. Embora eu fosse bem mais jovem do que Karim, ele me tratava como um igual. E isso apesar de haver sempre, de minha parte, o reconhecimento dos três anos que nos separavam: eu pedia seus conselhos, e quando havia uma disputa entre ele e outro garoto, eu sempre tomava o partido de Karim.

Seu primeiro lance foi ruim, a faca caiu de lado. O meu lance foi bom, a lâmina deixou uma marca bem clara na metade do círculo que pertencia a Karim, o que significava que a maior parte da terra de Karim era minha, agora. Isso decidiu a primeira partida e a sorte ficou do meu lado nas duas partidas seguintes. Venci Karim três partidas seguidas. Isso nunca havia acontecido. Eu nunca tinha jogado com tanta confiança em meus lances; antes de a faca partir da minha mão eu já tinha certeza do êxito. A tensão na minha garganta havia diminuído e lágrimas eram a última coisa que passava pela minha cabeça.

Osama, Masoud e Ali vieram juntar-se a nós.

"Deixou esse pirralho ganhar de você?", disse Masoud. E a coisa ficou pior porque Ali costumava repetir o que o irmão dizia. "Deixou esse pirralho ganhar de você?", ecoou.

Então Osama também zombou dele, dizendo:

"Bem feito por ser amigo de uma criancinha."

"Não sou criancinha."

"Claro que é", disse Karim, com uma irritação que tornou a traição ainda mais incisiva. "Ele parecia meio triste, por isso deixei que ganhasse", explicou.

"Você é um mentiroso", ouvi minha voz dizer.

"Quem é que você está chamando de mentiroso?"

"Perder três partidas seguidas é uma vergonha, mas mentir por causa disso e dizer que me deixou ganhar, puxa, isso não está certo. Mas já era de esperar, eu acho", falei, sentindo uma força escura, irrefreável, tomar impulso.

"O que você quer dizer?"

"Deixe disso, Karim", falei, olhando para os garotos e deixando escapar um sorriso. "Todo mundo sabe do seu pai."

"O que tem o meu pai?", perguntou, e deu um passo na minha direção.

Olhei para os meus dedos.

"As pessoas andam falando." Se eu pudesse puxar essas palavras de volta para a boca, eu puxaria, mas já haviam saído e eu não tinha como escapar.

"E o que é que andam falando?", perguntou Karim, entre os dentes cerrados. Seus olhos meio fechados estavam fixos em mim, era impossível ignorá-los.

"Todo mundo sabe que seu pai é um tr..."

Karim pulou em cima de mim. Seu peso me jogou no chão. Ele não deu murros, não rolamos no chão, apenas continuou a apertar os braços em volta de mim. Lembro que pensei: e se eu não fosse falar "traidor", Karim; e se eu fosse dizer uma outra palavra que começa com as mesmas duas letras? Você teria pulado em cima de um amigo por nada. Osama puxou-o para trás. O rosto de Karim estava tão vermelho que ele parecia estar chorando. Apenas alguns minutos antes era eu que temia chorar na frente dele. Masoud me fez ficar de pé com um puxão e bateu a poeira das minhas costas com umas palmadas um pouco fortes demais. Pensei: talvez na casa dele, com a mãe gorda e segura, o pai poderoso e bem relacionado, essa firmeza fosse sempre necessária. Percebi então que Karim segurava a faca na mão. Podia ter me esfaqueado. Ainda gosta de mim, pensei. Ainda somos amigos.

"Ele é mais novo do que você", disse Osama. "Não pode brigar com ele." Foi a única vez que me senti grato à força de Osama. "Se quer vencê-lo, que vença jogando Minha Terra, Sua Terra." Em seguida, com toda a naturalidade, acrescentou: "É o único jeito".

Percebendo a hesitação de Karim, falei:

"Eu desafio você."

"Vá em frente", instigaram Masoud e Ali.

"Não estou com vontade", respondeu Karim, agora com a voz baixa e trêmula.

"Covarde", falei.

Tentou me atacar outra vez, mas o possante Osama segurou-o onde estava.

"Se você é homem de verdade", falei, "tem de provar isso jogando Minha Terra, Sua Terra."

"É sim", confirmou Masoud. "Não tem outro jeito."

Ali repetiu as palavras do irmão com uma seriedade que lhe deu um ar ridículo.

Karim fitou os dois irmãos com uma expressão de escárnio. Lembrei então o que ele um dia me contou a respeito de Masoud e Ali: "Dois babuínos iguaizinhos à mãe fofoqueira, até no jeito de andar balançando a bunda". Lembrei como rimos então e como aquilo era estranho ao jeito de Karim, que raramente zombava de alguém, e como isso me deu a sensação de um privilégio. E quando contei suas palavras para mamãe, ela riu e as repetiu para Baba, que deu um largo sorriso, enquanto os olhos brilharam de prazer, o que me fez sentir orgulho do humor e da agudeza de espírito do meu amigo.

Ele deu um passo para fora do círculo riscado na terra e apontou a faca.

"Como vai a queridinha?", ouvi minha voz dizer.

"Que queridinha?", perguntaram os garotos.

"Cale a boca, seu porco."

"Conte para nós, quem é ela?"

"O nome dela é Leila."

"Aquela da turma de Karim na escola?"

"Aquela sabida que senta sempre na primeira fila?"

"É, essa mesmo", respondi. "Ele não pára de sonhar com ela."

Riram. Karim fitou-me.

"Toda vez que ele ouve uma canção de amor, fica com a barriga mole por causa da garota. Foi ele mesmo que me contou!", falei, e apontei para Karim.

Osama e Masoud deram palmadas nas próprias coxas e nas costas um do outro. Ali tentou imitá-los. Karim atirou a faca com tanta força que a lâmina ficou completamente enfiada na terra. Foi um bom lance, sem apelação.

"Escute aqui, você não tem palavra, você não é homem porque não tem palavra." As palavras saíam dos seus lábios crispados como pequenas explosões. Pensei ver lágrimas nos seus olhos. Deu as costas e afastou-se. Lembrei-me dele andando daquele jeito na direção de casa, para consolar a mãe ou para gritar com ela, depois que levaram o pai embora. Como daquela vez, ficamos olhando para ele em silêncio.

Então ouvi minha voz lhe dizendo: "Bebê chorão!". Mas nem isso fez Karim voltar-se. "Menininha!"

Depois que ele sumiu dentro de casa, os garotos olharam para mim. Puxei da terra a faca de Karim, apaguei o círculo com o pé e disse: "Não sei por que ele está tão zangado. É só um jogo".

Osama, Masoud e Ali não falaram nada. Estava mesmo na hora do almoço. Fomos todos para casa.

10.

O Comitê Revolucionário que mamãe e Moosa esperavam, aqueles homens por cuja causa os livros de Baba foram queimados, acabaram não vindo naquele dia. Almoçamos na expectativa da sua chegada, limpamos a mesa na expectativa da sua chegada e fomos tomar chá na sala de estar na expectativa da sua chegada. Moosa ainda continuava em nossa casa. Não foi embora para fazer as coisas que disse que tinha de fazer. Fui para o meu quarto, fechei a porta. Sentei ao pé da cama e pensei no que tinha acontecido com Karim. Vozes dentro da minha cabeça começaram a me dar broncas:

"Você sabe o que fez, não sabe?"

"Você sabe ou precisa que a gente lhe diga?"

"Você o traiu."

"Foi exatamente isto: uma traição."

"Não há outra palavra."

"Por que, Suleiman? Por que fez isso?"

"Você está enganado sobre si mesmo."

"Você é uma pessoa horrível. Pensou que era bom, sempre acreditou nisso, mas a verdade é que você é um traidor."

"Traidor! Traidor!"

"Lembra-se do que você queria ser, sonhava que ia ser, tinha certeza de que ia ser, para mamãe, para Baba, para Moosa?"

"Piloto de avião. Um historiador da arte que nem Ustath Rashid. Um grande pianista, apesar de você detestar o piano, com uma casaca preta de aba comprida que você ia abanar para trás antes de tomar seu lugar no banquinho para tocar numa das principais salas de concerto do mundo, só para poder ver o rosto sorridente deles na primeira fila, olhando para você."

"Que nem beijar a mão de Baba na frente dos amigos dele, você imaginava que essas coisas também fariam o seu peito brilhar de felicidade e orgulho."

"Quantas vezes você imaginou os olhos deles brilhantes de orgulho!"

"Mas você está enganado sobre si mesmo."

"Sempre foi mau. Só estava esperando a hora em que a sua natureza verdadeira iria se manifestar."

"Agora está vendo como você é mau? Isso é só o começo."

"Neste mundo, as coisas só fazem crescer."

"O que você é agora é o que vai ser sempre."

"A natureza de uma pessoa é que nem uma montanha, não se pode mudar."

"A única diferença é que, ao contrário da montanha, a natureza de uma pessoa cresce."

"O demônio encontrou um lar dentro de você."

"E quando o demônio encontra um lugar para morar, nunca mais sai de lá."

"Quente, confortável, ele dorme dentro da sua barriga."

"Quando vier o Dia do Juízo Final, quando tudo o que ninguém vê se tornar visível, o seu coração vai ser visto como é: vazio e cruel."

"Vazio como uma castanha podre."

"Seus atos ficarão visíveis na Eternidade."

"Você nunca sentirá o prazer daquele brilho quente e secreto que arde no coração, aquele brilho quente que é a bondade."

"Lembra como o seu peito comichava toda vez que você beijava a mão de Baba?"

"Ou quando Karim confiou a você o seu amor secreto por Leila?"

"Você adorava aquilo, não era?"

"Sim. 'Karim tem doze anos', você disse para si mesmo, 'e eu tenho nove, mas ele confiou a *mim* o seu segredo.'"

"E você o traiu."

Senti a primeira pontada de lágrimas em meus olhos. Quis que elas viessem logo.

"E por que o traiu? Pode dizer por quê?"

Balancei a cabeça para responder que não.

"Não pode dizer que foi sem querer."

Balancei a cabeça outra vez.

"Não pode dizer que foi um acidente."

"Uma distração da língua."

"Não", ouvi minha própria voz, e ouvi um tremor nela.

"Você queria magoar o Karim."

"Não", falei de novo.

"Queria sim."

"Até gostou disso, confesse."

Fiz que sim com a cabeça.

"Mas Karim é o seu melhor amigo."

"É", sussurrei, e lágrimas desceram.

"Ah, o Karim sem dúvida tem um bom coração. 'Dá para ver no rosto dele como o coração é branco', foram essas as suas palavras. Traidor!"

"Traidor!"

Afundei o rosto nas mãos.

* * *

Após um tempo, saí do quarto e lavei o rosto. Moosa tinha ido embora. Vi mamãe se preparando para tirar um cochilo, fechando as cortinas, acendendo a luz da mesinha-de-cabeceira. Não percebeu que eu estava ali. Quando ela ia se virar, saí do seu ângulo de visão. Uma ansiedade me atravessou de ponta a ponta. Pensei que era assim que se sentia um policial ou um ladrão naqueles filmes americanos.

Fui ver tevê na sala de estar. Sentei no chão, cruzei as pernas a poucos centímetros da tela. Um homem estava sentado numa cadeira em uma sala. Aumentei o volume um pouquinho. Atrás dele, a metade superior da sala, tinha cor de areia, a parte de baixo era verde. Estava lascada em vários pontos, revelando o branco sob a pintura. O homem parecia magro. Olhava meio de lado. Seus joelhos estavam juntos, tal qual um estudante de castigo. Vestia uma camisa branca por baixo do paletó cinzento. As roupas pareciam grandes demais, o colarinho da camisa quase tocava nas orelhas. Tinha as faces cinzentas por causa da barba por fazer. De repente, e com tamanha velocidade que foi até estonteante, a câmera deu um zoom no seu rosto, moveu-se para a esquerda, para a direita, até que ele ficou no centro do quadro, depois o foco foi ajustado. Uma luz brilhou em cima dele. Seus olhos piscaram contra a luz. Era Ustath Rashid. Esperei que falasse. Uma outra voz balbuciou alguma coisa. Aumentei um pouco o volume. Pareceu que Ustath Rashid também não tinha ouvido o que a voz disse, inclinou de leve a cabeça para o lado. A sombra de uma grande cabeça sem cabelo tombou na parede atrás dele. A voz repetiu a pergunta:

"Você estava presente na reunião?"

Ustath Rashid fez que sim com a cabeça, depois disse:

"Sim, eu estava presente." Mas mal se pôde ouvir a palavra "presente". Pediram que repetisse. "Presente, presente", disse.

"Quem mais estava lá?" Ustath Rashid olhou de novo para o homem sem cabelo na cabeça. "Vamos ler uma lista", disse a voz calmamente "e você vai responder sim ou não."

Ouvi o rumor de papel remexido antes que a voz dissesse um nome. Ustath Rashid hesitou, olhou para a sombra, a sombra chegou mais perto, a cabeça ficou maior na parede. Lágrimas surgiram nos olhos de Ustath Rashid, que parecia sedento, seu pomo-de-adão subia e baixava, e então fez que sim com a cabeça. Mais nomes foram enunciados, e Ustath Rashid continuou a fazer que sim com a cabeça, às vezes até mesmo antes de um nome ser lido até o fim. Então ouvi o nome de Baba: "Faraj el-Dewani?". Era esquisito ouvir o nome de Baba na tevê. Ustath Rashid hesitou um pouco. Olhou para um lado, sua barba fez um barulho estranho ao roçar no colarinho da camisa. A voz releu o nome, dessa vez incluindo "Bu Suleiman" no nome de Baba, o que mais uma vez, como quando li o nome no livro que Ustath Rashid tinha presenteado Baba com sua "imorredoura lealdade", me deu a sensação de estar envolvido, de arrastar o meu nome para algo de que eu nada sabia. Então Ustath Rashid falou. Respondeu:

"Não."

Corri para mamãe, mas a encontrei adormecida. Ajoelhei ao lado da cama.

"Acorde, o nome de Baba está na tevê", sussurrei. Sua bochecha repousava em cima da mão, os lábios estavam tortos, a respiração ia e vinha em oscilações profundas. Estava com um cheiro forte. Tive vontade de abanar o ar perto dela.

Voltei para a tevê. A tela agora estava coberta por uma foto de flores cor-de-rosa. Era a imagem que significava que a transmissão estava temporariamente interrompida. Eu tinha ouvido dizer que o Guia tinha um interruptor na sua sala de estar, ao lado do televisor, e assim, toda vez que via algo de que não gostava, acendia a imagem das flores. Sentei e fiquei olhando as flores na esperança de que Ustath Rashid voltasse. Pensei se Karim estaria vendo. Eu já tinha visto aqueles interrogatórios antes na tevê. A intenção era mostrar para a nação os "rostos dos traidores". Ustath Rashid disse "não" quando mencionaram o nome de Baba. Eu sabia que isso era o contrário de traição.

Corri de novo para a mamãe. Pus o nariz junto aos seus lábios tortos e tive certeza de que ela havia tomado o seu remédio antes de dormir, talvez depois que eu a vi fechar as cortinas e acender a luz da mesinha-de-cabeceira, talvez ainda antes, talvez enquanto Moosa ainda estava em casa. Quem sabe ele também foi obrigado a jurar pela vida dela que não ia contar a ninguém? Senti a raiva arrepiar minhas bochechas. A garrafa do remédio de mamãe estava ao seu lado. Era grande que nem uma garrafa de água e não havia nada escrito nela, o líquido lá dentro tinha a mesma cor da água. Mamãe deixou a garrafa aberta na mesinha-de-cabeceira. Sem pensar, levei-a para a cozinha e comecei a derramar o líquido na pia. Parei para imaginar o que ela ia fazer quando descobrisse. Podia muito bem ir até o padeiro Madji e comprar outra, pensei. Esvaziei a garrafa toda.

Nesse momento, soou a campainha. Quem quer que fosse, ficou com o dedo apertado na campainha. O toque contínuo não acordou mamãe; ela não foi correndo até a porta, dizendo agitada, "Já vai, já vai". Na hora em que estava a meio caminho do corredor, ouvi minha voz gritar: "Tire o dedo da campainha". Fiquei surpreso ao ver como minha ordem foi rapidamente cumprida. Espiei pelo olho mágico. Era o mendigo Bahloul. Sua cabeça, com a barba e os cabelos compridos e emaranhados, esticada para a frente a fim de escutar. Quando abri a porta, hesitou, deu a impressão de que estava prestes a ir embora.

"Você não tem me dado dinheiro ultimamente", falou.

"Agora, não, Bahloul. Mamãe está dormindo e Baba está fora de casa, numa viagem de negócios. Vá embora."

"Você é bruto. Não planta nada para a vida futura. Uma palavra gentil é uma semente que na vida futura a gente encontra já transformada em árvore."

Não consegui pensar em nada para lhe dizer. Um cansaço estranho tomou conta de mim.

"Me dê comida", falou.

Deixei-o entrar. Bahloul nunca havia entrado em nossa casa. Quando saiu do ar livre, já em nosso vestíbulo, senti o seu cheiro, vi como a sua *jallabia* estava empoeirada e como seus pés descalços estavam pretos em contraste com o tapete. As unhas dos dedos do pé eram como bicos de pássaros ou coisas feitas de madeira. "Não", falei, e empurrei-o para fora. Fiquei surpreso ao ver como era fácil livrar-me dele, como Bahloul me obedecia de bom grado. Isso me deu uma sensação de culpa. Por isso falei, fingindo que era esse o meu plano desde o início: "Dê a volta por trás da casa. Vou deixar você entrar pela cozinha". Como ele não reagisse, acrescentei. "É melhor assim", e fechei a porta na cara dele.

Se uma família se recusava a dar dinheiro para Bahloul, ele falava mal dessa família, dizia que eram "malvados, sovinas, tapados, pensam que o Paraíso fica logo ali" e coisas assim. Contava para todo mundo que estava economizando para comprar um bote de pescaria, mas depois que comprou o bote continuou a mendigar. Um Masoud disse: "Claro, é mais fácil pedir esmola do que trabalhar. O bote era uma desculpa, agora que ele já conseguiu o bote, pago com o nosso dinheiro, vai inventar outro motivo para pedir esmola, aquela barata preguiçosa".

Quando cheguei à cozinha, ele já estava na porta, o nariz encostado no vidro, uma mancha de vapor se acumulava embaixo do nariz. Deve ter corrido, contente com a minha bondade. De repente senti afeição por ele. Deixei-o entrar. Peguei um pouco de pão, queijo, mel, e enchi um copo de leite. Ele comeu devagar.

"Tem um cheiro esquisito aqui", disse ele.

Minha pele arrepiou. Lembrei que eu tinha prometido para mamãe não deixar ninguém entrar em casa quando ela estava doente. Em silêncio, fiquei repetindo sem parar a mesma oração, aquela que ouvi Moosa dizer uma vez: "Ocultador, oculte nossas faltas".

Bahloul viu meus lábios se mexerem. Contraiu um olho, apontou o dedo para mim e disse:

"Eu vejo você, eu vejo você." Espiou em volta, desconfiado. "Você não deixou o diabo entrar, deixou? Quando o diabo entra, ele gruda em tudo."

"Vamos lá, Bahloul", falei. "Depressa."

"Me dê algum dinheiro."

"Não tenho dinheiro."

"Você não me dá nenhuma ajuda. Como é que vou virar um pescador?"

"Você já tem o bote."

"Você não enxerga. Você tem de cuidar da vida futura do mesmo jeito que cuida da vida de hoje. Botes de pesca são caros. Ou vai me dizer que acreditou nos boatos do Um Masoud? São mentiras, em parte verdadeiras, é claro. Todas as mentiras têm uma parte de verdade, mesmo assim, graças a Deus, nenhuma mentira é completamente verdadeira, não é mesmo. Eu consegui o bote, isso é verdade. Mas juro pelo túmulo do profeta que o bote ainda não tocou na água. Está boiando na areia. Eu durmo nele. Não tenho dinheiro para comprar redes. Preciso de redes para fazer armadilhas no mar." Tomou um gole de leite, a beirada do bigode ficou branca. "Pesca é coisa séria." Então seus olhos bateram na garrafa de remédio que eu tinha acabado de esvaziar. Deslizou lentamente na direção dela, cheirou, então olhou para mim. Agarrei sua mão e implorei: "Não conte, por favor. Prometa por sua vida que nunca vai contar para ninguém, nunca". Olhou para mim como se eu fosse mordê-lo. Sua mão, escura e cascuda de sujeira, tão áspera quanto uma casca de árvore, começou a tremer. Apertei-a e disse: "Prometa".

"Livre-me do demônio", bradou de repente para o teto. Recuei. "Deus!", urrou feito um cavalo e saiu em disparada pelo jardim. "Livre-me do demônio, mantenha-o longe de mim."

Corri atrás dele. Bahloul correu em volta da casa várias vezes, como um bicho apanhado numa armadilha. Eu corria no seu encalço. Numa das voltas, notou o portão do jardim como se o visse pela primeira vez, pensou em retornar na sua direção, mas, quando viu quão perto eu estava, soltou um ganido e passou direto. Sua *jallabia* inflava que nem um balão nas suas costas. Caí por terra, sem fôlego. Quando ele reapareceu e viu que eu estava sentado na sua frente, soltou outro ganido, virou-se e correu na direção oposta. Apanhei um punhado de pedras e atirei nele. Uma delas perfurou o balão da sua *jallabia* e emitiu um baque forte e satisfatório ao bater nas suas costas. Bahloul gritou feito um cavalo ou um macaco na selva. Envolveu a cabeça com as mãos, curvou-se e deu alguns pulos sem sair do lugar. Peguei mais pedras e joguei nele. Toda vez que eu errava, minha raiva ficava mais acirrada. Bahloul encontrou o portão e fugiu, berrando e correndo pela rua da Amora.

Eu nunca tinha assustado ninguém daquele jeito. Olhei-o correr, chegar ao fim da rua e depois tomar a direção do mar, da sua casa, do seu bote de pesca sobre a areia. De repente me assustei com o que ele poderia fazer da próxima vez que nos encontrássemos. Talvez então compreendesse que nada havia a temer, que sou um garoto, e ele, um homem, pensei.

Fiquei sentado na calçada por um tempo, riscando linhas no chão com o dedo. Tenho certeza de que Bahloul não vai contar, vai ficar assustado demais para falar, pensei. Quando me dei conta de como minha cabeça tinha ficado quente, voltei para dentro de casa.

11.

Algo em mim ficou envergonhado com o que eu tinha feito ao Bahloul. Era a primeira vez que via um homem adulto gritar daquele jeito. Fiquei contente por ninguém ter presenciado aquilo.

Fui ver mamãe. O quarto estava escuro e com cheiro de sono, mas ela não estava na cama.

"Estou aqui", ouvi mamãe falar da sala. "Onde você se meteu?", perguntou, diante da tevê, embora a tela continuasse a mostrar a foto das flores cor-de-rosa. Seu tom de voz, a maneira como estava sentada, dura e imóvel, na mesma hora me deixou preocupado. Era o jeito como ficava às vezes, eu já estava habituado, e que a predispunha para o conflito. "Por que derramou a garrafa na pia?"

"Eu não sabia o que tinha dentro", menti. "Pensei que você queria que eu limpasse a garrafa."

Ela deu um suspiro e acendeu um cigarro, jogando o isqueiro na mesinha de centro. "Estou vendo que não precisa de mim. É perfeitamente capaz de alimentar-se sozinho."

Ela se enganou, viu a comida de Bahloul que ainda estava na mesa da cozinha e pensou que era minha. Que alívio, pensei.

Fiquei ali parado por alguns segundos, vendo suas costas retas no ar, os joelhos juntos, seu cigarro ardendo na mão na frente do rosto, e imaginei o que eu podia fazer para deixar mamãe relaxada. Seus olhos continuavam fixos nas flores cor-de-rosa. Imaginei quando o Guia apertaria o interruptor outra vez e restabeleceria a programação normal. Eu o imaginei de pijama, tomando chá, indo pegar algo na cozinha, ou indo fazer xixi e, no caminho, ligando o interruptor que controlava a transmissão da tevê. Como vamos ver o Ustath Rashid quando reaparecer na tevê, pensei. Continuará na cadeira, ou algemado no chão, as bochechas vermelhas, um heróico filete de sangue escorrendo no canto da boca? Pensei em contar para mamãe a respeito dele, como estava sentado, tão parado como ela, agora, de frente para a câmera, os olhos piscando contra a luz. E como, quando chegou o nome de Baba, ele não o entregou para o homem grande, de cabeça careca, e disse: "Não". Que acordes heróicos essa palavra fez vibrar em meus ouvidos! Trouxe à minha memória um filme que contava a vida de um grupo de escravos nos Estados Unidos. A certa altura, os escravos largavam suas ferramentas, ficavam postados em silêncio e, lentamente, como um tambor em que batem para anunciar algo temível, começaram a bater palmas em uníssono. Escravos batendo palmas para os seus senhores brancos não faz sentido, pensei. Mas quando olhei para trás, vi Baba em atitude de admiração diante do filme. Algo no "não" de Ustath Rashid me fez recordar aqueles aplausos solenes, de pé, que os escravos ofereceram aos seus senhores. Assim que as flores tomaram a tela, na certa Ustath Rashid foi espancado, eu tinha certeza de que tinha levado "uma boa lição", "poupando o rosto", como Moosa disse a respeito das pessoas interrogadas que apareciam na tevê, mas seu corpo era "uma colcha de retalhos de feridas". Fiquei surpreso de o telefone não tocar. De outras vezes, quando víamos algum conhecido interrogado na tevê, várias pessoas telefonavam para dizer: "Você viu? Fulano apareceu na tevê". Eu tinha certeza de que ninguém tinha visto porque foi ao ar no horário da sesta, quando, debaixo da luz forte do sol, todo mundo ia dormir. Mesmo Karim e sua mãe na certa não tinham visto. Provavelmente eu era o único no mundo que tinha visto, pensei. De repente, me senti grato às flores cor-de-rosa e desejei que elas ficassem ali paradas até o interrogatório de Ustath Rashid chegar ao fim.

"Ligue para a padaria", ordenou mamãe. "Quando Majdi atender, passe o fone para mim."

Às vezes, quando mamãe estava de mau humor ou muito atarefada, pedia que Majdi mandasse pão e, se estivéssemos sozinhos, também o seu remédio. Ela disse o número do telefone dele e eu disquei. Quando Majdi atendeu, falei: "Só um instante, mamãe quer falar com o senhor". Ele não disse nada. Seu silêncio parecia saber, como se já estivesse esperando o telefonema. Imaginei a sua fisionomia mais séria, a mão remexendo embaixo do balcão largo e polvilhado de farinha, enquanto espiava em volta antes de pegar uma garrafa embrulhada num saco plástico preto.

"Boa noite", disse mamãe. "Preciso de dois pães." Havia muito pão na cozinha, eu tinha visto quando servi comida para o Bahloul. "Ah, e também uma garrafa." Suas faces ficaram vermelhas. "Não, não. Uma é o bastante", disse ela, num tom artificialmente formal.

Quando Majdi chegou, ela o fez sentar na sala de visitas porque era falta de educação simplesmente pegar ali na porta o que ele tinha vindo entregar e ficar por isso mesmo. Majdi parecia incomodado em estar ali. Sua calça jeans azul estava suja de farinha, o cabelo também estava cinzento de farinha. Lembro que pensei que gostaria muito que o meu cabelo ficasse logo cinzento, embora soubesse que o cabelo de Majdi não era cinzento de verdade, que quando ele tomasse banho toda farinha seria lavada e o seu cabelo ficaria preto e comum de novo. Suas mãos apertavam os braços da poltrona de um jeito que me fazia pensar no que Bahloul tinha dito: "Quando o diabo entra numa casa, ele gruda em tudo".

Mal tinha passado um minuto quando ele se levantou e disse que tinha de ir embora. Mamãe lhe pagou e levou-o até a porta. Depois ela foi para a cozinha, a forma negra da sua garrafa de remédio estava de pé em cima da mesa. Ela lançou um olhar impaciente na minha direção. Ficamos sentados num silêncio desconfortável. Comecei a bater com o pé na perna da mesa. "Pare", disse ela. Eu me senti, ali com ela, tão embaraçado como ficava quando tinha de fazer companhia a uma visita na sala de estar, enquanto mamãe fazia o chá. Ela acendeu um cigarro e fui para o meu quarto.

Deitei na cama, aninhando-me embaixo do lençol. Ir para a cama no meio da tarde sempre dava uma sensação estranha, mas dessa vez, por algum motivo, parecia certo. Lá fora, ouvi mamãe indo para o quarto, ouvi um líquido derramar-se num copo, o conhecido tilintar do gelo. Recordei o cigarro aceso na sua mão. Mamãe só fumava quando estava doente e, nessas horas, não deixava um cigarro apagar sem antes acender outro. Às vezes esquecia e ficava com dois acesos ao mesmo tempo, um no cinzeiro e o outro entre os dedos. Eu ficava aflito, com medo de ela pegar no sono com o cigarro aceso. Eu tinha acordado muitas vezes no meio da noite só para conferir se as guimbas de cigarro estavam apagadas no cinzeiro ao seu lado, espiava embaixo da cama para ver se algum cigarro havia caído no chão. Essa era uma das razões por que eu não podia deixá-la sozinha quando estava doente. Eu ouvia mamãe andar pela casa. Dava para saber quando estava aborrecida. Muitas vezes, durante aqueles dias vazios em que Baba estava fora, ela vagava sem rumo dentro de casa. E não cantava sozinha daquele jeito suave, distraído, que tinha muitas vezes quando tomava banho, pintava os olhos diante do espelho ou fazia desenhos no jardim. Aquele cantarolar que sempre fazia pensar numa garota sem consciência de si mesma, voltando da escola para casa, correndo os dedos pela parede: um segundo antes da Cafeteria Italiana, um segundo que se abrigava na luminosidade da inocência, antes da rápida força que, sem apelação, sem nem sequer uma chance de dizer "não", atirou-a para o mar, para a vida de mulher adulta e para a condição de mãe. Eu queria tanto fazê-la feliz, tão feliz quanto parecia quando Baba estava em casa. Só que não era felicidade o que lhe vinha nessas horas, mas algo semelhante à confiança: movia-se mais depressa e sua voz parecia mais segura de si. Será que um dia eu conseguiria inspirar isso em mamãe, eu me perguntava embaixo do lençol, na minha cama.

Peguei no sono e acordei desorientado, sem saber que horas eram. O céu estava escuro, o mundo estava em silêncio. Mesmo assim, sentia um conforto cálido por ter cochilado pela primeira vez. Na certa eu estava virando um homem, pensei. Percebi um cheiro esquisito na casa, mas a maré do sono era forte, me puxou e fui levado de volta para o calor e a magia da sua certeza.

Poucas horas depois, acordei morrendo, cavalos galopavam por dentro das minhas narinas, desciam pela minha garganta. Pulei para fora da cama e abri a janela. Fiz o mesmo em todos os cômodos da casa, abri as janelas e as portas sem saber por quê. Ela havia aberto o gás da cozinha.

Quando acordou na manhã seguinte, mamãe não conseguia entender por que eu estava tão nervoso, e não parava de repetir: "Que cheiro é esse, você deixou o gás da cozinha aberto, Slooma?".

Fechei com força a porta do meu quarto e me tranquei lá dentro. Pelo jeito como ela falou através da porta, parecia que de fato uma outra mulher havia deixado o gás da cozinha aberto para nos matar.

"Por que está tão zangado comigo? Como vou saber se você está bem se não fala comigo?"

Minha boca estava à beira de falar alguma coisa, mas a mantive fechada com a mão.

"Como vou saber que você não está morto?"

Tapei os ouvidos e fechei os olhos.

"Tudo bem", ela veio me dizer mais tarde, naquela manhã. "Pelo menos saia para comer um pouco. Já está quase na hora do almoço e você nem tomou o café-da-manhã." Quando ela se afastou, ouvi como dizia para si mesma: "Que garoto mais esquisito". Depois de um intervalo, voltou para perguntar: "E se o seu pai voltar para casa agora, o que ele vai dizer de nós?".

Ao meio-dia, enfiou um bilhete por baixo da porta do meu quarto. Dizia:

> Eu, portanto, espero que o meu querido filho me dê a honra da sua visita e estou mandando o meu vizir para tomar as providências da viagem. Meu único desejo é vê-lo antes de morrer. Se negar o meu pedido, não sobreviverei a esse golpe. Que a paz esteja com você!

Não tinha graça. Reconheci as palavras. Não eram dela, eram de uma carta que o rei Xariar tinha enviado para o irmão, o rei Xá Zaman, quando seu coração estava ferido de desgosto e ele pensava que ia morrer. Mamãe simplesmente substituiu a palavra "irmão" por "filho". Dobrei o papel em dois e empurrei-o de volta por baixo da porta. Após alguns segundos, ouvi mamãe pegá-lo.

À tarde, facas feriam o meu estômago e eu estava louco de vontade de urinar. Saí e fui direto para o banheiro, tranquei a porta. Não ouvi mamãe do lado de fora. Fui até a cozinha, enchi um enorme copo de leite, apanhei um pão e voltei direto para o meu quarto, deixando a porta entreaberta. Passavam das quatro, o horário do cochilo tinha terminado. Onde ela estava?

Fui para a rua ver se algum dos garotos estava por ali. Encontrei-os todos em volta de Adnan. Adnan era o único que estivera ausente quando Karim e eu brigamos. Se estivesse ali na hora, talvez eu tivesse agido de modo diferente. Não havia dúvida de que Osama, Masoud e Ali estavam contando para ele a sua versão da história. Karim estava encostado num carro. Quando me viram, pararam de falar. Ali deu um alô e Masoud olhou-o com firmeza. Todos haviam combinado me ignorar, pensei. "Vamos lá ver a escola", disse Masoud para os outros. Mas não era dia de aula, estávamos no verão. Para minha surpresa, todos o seguiram. Vi-os se afastando. Osama colocou o braço nos ombros de Karim, falava com ele enquanto caminhavam. Adnan andava ao lado deles, escutando Osama. Quando chegaram ao fim da rua, viraram e sumiram da minha vista, eu comecei a segui-los, andando devagar, chutando pedrinhas, com as mãos fechadas metidas nos bolsos do calção. Dobrei a esquina e eles ficaram de novo visíveis. À distância, seus vultos pareciam mais próximos uns dos outros.

Quando chegaram ao portão da escola, pararam. Pouco antes de eu os alcançar, Karim gritou: "O último a chegar nas amoras é mulherzinha", e como um rebanho vieram correndo na minha direção. Quando chegaram perto, pensei em sair do seu caminho, mas desconfiei que estavam querendo meter medo em mim, por isso não me mexi. Fechei os olhos e fiquei parado, tornando-me o mais magro possível, enquanto ouvia a sua respiração ofegante, sentia o vento da sua velocidade me roçar. Ouvi Karim gritar outra vez: "O último a chegar nas amoras é mulherzinha", e sabia que se referia a mim.

Fraco e doente, Adnan tinha ficado no portão da escola. Era da idade de Karim, mas não conseguia correr muito. Não tinha permissão de comer doces e se furasse a pele corria o risco de perder todo o sangue do corpo. Tinha de tomar duas injeções por dia e ele mesmo as aplicava. Certa vez, nós o convencemos a nos mostrar. “Se vocês rirem, dou um tapa na cara de cada um”, advertiu, antes de nos levar para o seu quarto. Nenhum de nós jamais havia entrado em sua casa. Adnan tinha livros sobre a sua doença que ocupavam uma estante inteira. Tinha um dicionário enorme aberto na sua escrivaninha com um lápis amarelo, e muito bem apontado, na dobra da costura. Não havia dúvida de que era o maior livro que eu jamais vira. Vidrinhos marrons de remédio se aglomeravam na sua mesinha-de-cabeceira. Cada frasco tinha o seu nome completo, Adnan el-Melhi, escrito à mão no rótulo. O quarto era impecável e a cama estava arrumada com tanto esmero que até me perguntei se seria confortável. Tinha uma caixa inteira de seringas na gaveta da escrivaninha e outra com miniaturas de esponjas amarelas em envelopes de plástico.

“Isso é para desinfetar a pele”, explicou.

“Por quê?”, perguntou Ali.

“Como por quê?”, retrucou Adnan. “Para que nenhum germe entre em mim, é claro.”

Ficamos juntos em volta dele. Baixou as calças, esfregou a pele com uma esponja, em seguida, sem nenhuma preparação, introduziu a agulha comprida bem fundo na pele da nádega. Nenhum de nós disse nada. Puxou a agulha para fora e apertou a esponjinha amarela no mesmo lugar. Sua nádega estava pontilhada de feridas marrons. Não queríamos nunca mais ver Adnan fazer aquilo.

Tive inveja de Adnan. Sua doença lhe conferia uma espécie de força especial e lhe dava algo que nenhum de nós tinha: um mundo privado que envolvia livros e seringas. Seu quarto era como uma pequena casa, com coisas que pertenciam só a ele. E embora suas feridas nas nádegas me fizessem agradecer ao Curandeiro por minha saúde, eu também rezava para ter uma doença que me desse aquilo que Adnan tinha, aquilo que o fazia parecer mais velho e mais independente do que qualquer um de nós e nos levava a procurar, silenciosamente, a sua aprovação, a aprovação do único entre nós que, com sua própria vida e sua própria literatura de doença, parecia não precisar de ninguém. Era por isso que se Adnan tivesse estado presente no dia anterior eu provavelmente não teria traído Karim. Adnan produzia esse tipo de efeito. O fato de estar mais perto da morte lhe dava mais idade e uma autoridade moral maior. A exemplo da minha heroína, Xerazade, ele também vivia sob o fio da espada. E assim o desafio — "O último a chegar nas amoras é mulherzinha" — não se aplicava a ele.

Adnan colocou o braço no meu ombro. Continuei a olhar para o pátio vazio da escola, nossa bandeira verde-escura enrolada sob o próprio peso no mastro alto. Recordei como ficávamos todas as manhãs perfilados em linhas paralelas sob o fraco sol do inverno, nossas mochilas de escola bem cheias nas costas, e esbravejávamos o hino nacional diante da bandeira preguiçosa, competindo com a música chiada que ribombava dos alto-falantes cinzentos em forma de cone, fixados em cada um dos cantos do pátio, tão no alto que nenhum de nós, mesmo se trepasse nos ombros do outro, conseguiria alcançá-los. Certas manhãs, eu me punha todo ereto, com os punhos tensos e as costas empinadas, e sentia as lágrimas pinicar os olhos enquanto cantava o nosso hino nacional tão alto que eu tinha de passar o resto do dia tentando engolir a ferida que depois aparecia na minha garganta. Noutras manhãs, eu ficava ali de pé, semi-adormecido, movendo a boca sem emitir nenhum som, tentando disfarçar os meus bocejos sob a cacofonia geral.

Adnan puxou-me pela manga e caminhamos de volta para a nossa rua. Não falou nada, mas eu sabia que estava tentando me consolar. Dava para ver os meninos juntos na entrada da nossa rua, arquejantes. Osama, que sempre vencia aquelas corridas, recostou-se na mureta de pedra que tinha a inscrição "amora". Ali estava de pé ao lado do irmão, com ar triste. Sempre chegava em último lugar, tinha de levar um cascudo na cabeça, dado por cada um dos meninos, e ser chamado de mulherzinha. Estavam todos olhando na direção da nossa rua, para algo que Adnan e eu não conseguíamos ver. Quando chegamos até eles, dei um cascudo em Ali e chamei-o de mulherzinha. Eu não tinha direito, não participara da corrida. Mesmo assim, não fiquei satisfeito e lhe dei mais um cascudo e chamei-o de mulherzinha três vezes. Ele tentou bater em mim, mas era fácil segurá-lo com um braço só. Adnan puxou-me para o lado e, com o ombro, empurrou-me para longe. Quando ficamos a uma distância de onde os outros já não podiam ouvir, ele disse: "O seu pai está em casa?". Adnan raramente fazia uma pergunta, eu não pude deixar de sentir-me importante.

"Está numa viagem de negócios", respondi.

Adnan olhou para a frente e disse, quase para si mesmo: "Sorte dele", e seguiu adiante, com o passo muito mais acelerado do que o usual.

Lá na frente, avistei o mesmo carro branco que havia levado Ustath Rashid. Dessa vez estava estacionado na frente de casa. "É o mesmo carro...", ouvi um dos meninos falar atrás de mim. Imaginei o que Karim estaria pensando. Eu esperava que ele corresse para o meu lado, pegasse o meu braço e dissesse: "Agora estamos unidos, irmão". Adnan passou pelo carro branco, olhando só para o chão, empurrou o portão do jardim da sua casa e deixou que ele fechasse às suas costas. Só consegui ver uma cabeça dentro do carro. Olhei para trás. Todos os meninos tinham ido embora, menos Karim. Ele estava parado, olhando para mim. Quis correr na sua direção, mas em vez disso virei-me na direção do carro e segui em frente. Tentei pensar em Xerazade, na sua coragem, mas por mais que eu pensasse continuava a ouvir as palavras de mamãe: "Você devia arranjar um outro modelo para imitar. Xerazade aceitou a escravidão para escapar da morte". Pensei em Sinbad, mas jamais gostei dele, porque era ladrão. Pensei nos escravos batendo palmas em uníssono, mas eles tinham uns aos outros, uma só pessoa batendo palma não ia dar certo; além do mais, eles também não tinham aceitado a escravidão para escapar da morte? Eu estava perto do carro agora. O homem me viu pelo espelho retrovisor. Quando cheguei à sua janela e vi seu rosto, gelei. Lembrei-me dele. Era o que tinha voz de velha e ficara de pé na porta da sala de estar, barrando a passagem, olhando de cima para mim, que estava sentado no chão ao lado da travessa de comida e balançava a cabeça e abanava a mão na altura do peito, como se dissesse "Não sou eu, juro, não sou eu". Foi ele que bateu em Ustath Rashid, que seguiu mamãe e a mim no carro, na praça dos Mártires. Sua pele era marcada por uns furinhos, iguais às pequenas marcas do meu cinzel. Seus olhos eram estreitos e a parte branca era opaca. Os lábios eram escuros, como se tivessem sido pintados de azul. Parecia ter comido amoras ou bebido sangue. Cachinhos compactos formavam um capacete na sua cabeça. Sorriu para mim.

"Suleiman", disse, em tom preguiçoso, como se meu nome fosse um chiclete em sua boca. "Enfim nos encontramos."

Eu não conseguia parar de olhar os seus olhos, uma força estranha dentro deles parecia me puxar. Pensei nas chamas do Inferno Eterno que lambiam as laterais da Ponte do Paraíso, pensei que soarão como uma voz familiar para os infiéis que vão voltar-se para elas do mesmo jeito que a gente não consegue deixar de virar-se quando ouve alguém chamar o nosso nome, porque o xeique Mustafá disse: "O medo só entra no coração daqueles que têm razão para temer".

"Quem é você?", perguntei.

Colocou a palma da mão no peito e disse: "Meu nome é

Xarif. Sou amigo do seu pai". Eu sabia que estava mentindo. "Não se lembra de mim?"

"Você revistou a nossa casa."

"Sim. Tinha uma coisa importante para perguntar ao seu pai." Olhou para a frente e sorriu para si mesmo. Pareceu quase embaraçado. "Acho que eu estava um pouco afobado."

"Então vocês não iam levá-lo embora como fizeram com Ustath Rashid?"

"Ustath o quê?"

Apontei para a casa de Karim.

"Eu vi você."

"Ah", disse ele, como se fosse algo de que mal se lembrava, depois riu. "Não, não, não. O seu pai não é assim. Ele é um grande amigo meu. A gente se conhece há muitos anos, como irmãos, de verdade. E foi ele quem me mandou falar com você. Ouvi falar tanto de você, Slooma."

Eu sabia que estava mentindo, mas como ele sabia o meu apelido? Lembrei como tinha empurrado a garrafa de remédio de mamãe contra a barriga dela. Ele sabia o nosso segredo, pensei, sabia e preferiu ficar calado.

"Ustath Rashid é um traidor?", perguntei.

"É", respondeu sem hesitar.

"E Baba, ele é..."

"Por isso estou aqui. Estou tentando defendê-lo, mas preciso de provas." A palavra "provas", cheia de agulhas.

"Era o que vocês procuravam ao revistar a casa?"

"Exatamente."

À diferença de mamãe e Moosa, ele respondia as minhas perguntas. Não me tratava como uma criança.

"Onde está Baba?"

"Não posso lhe dizer", respondeu, e enfiou a mão no bolso. "Ele me pediu para lhe dar isto aqui." Entregou-me uma das ardidas balinhas de menta inglesas de Baba. Dei um passo na direção dele. Então, no banco ao seu lado, preta e volumosa, vi uma arma. Recuei.

"Venha, venha", disse Xarif em tom calmo, na sua voz fina, áspera. E fui. Andei na sua direção. Ele me entregou a arma, primeiro o cabo, e disse: "Tome, pegue". Quando estiquei a mão, ele disse: "Os homens nunca têm medo. E você é um homem, não é?". O metal da arma estava tão frio quanto um peixe morto. Colocou-a no banco ao seu lado e disse: "Venha, tome aqui a balinha, foi Baba quem mandou". Minha cabeça estava praticamente dentro do carro, agora, e o cheiro de meia velha e cigarro me deixava tonto. O peso do fedor bateu em mim como um símbolo de masculinidade, e assim havia certa emoção no fato de eu estar tão perto daquilo. Talvez ser homem fosse ser pesado, pensei. O V do seu paletó safári deixava à mostra o início do seu peito. Sua pele estava queimada de sol, brilhosa de suor. Qualquer um que nos visse ali pensaria que éramos amigos. Peguei a balinha de hortelã. Karim tinha ido embora. Será que se foi embora magoado quando viu como eu e o homem que tinha levado o seu pai estávamos ficando amigos, fiquei pensando.

"Sabe, é muito ruim que sua mãe beba", disse Xarif, olhando para mim com um meio sorriso, os olhos quase desgostosos. "Ela pode ir parar na cadeia."

Pela minha expressão, viu que eu entendia. Eu queria pedir que não contasse a ninguém.

"O seu segredo está a salvo comigo."

Fiquei tão agradecido que podia ter beijado a sua mão.

"Mas você, Suleiman, vai ter de me ajudar."

"Faço qualquer coisa, qualquer coisa."

Ele olhou para a frente, sorrindo.

"Preciso de uma lista dos amigos de Baba, o maior número de nomes possível, para testemunhar em favor dele."

Minha cabeça disparou na tentativa de lembrar.

"Não posso testemunhar em favor dele?"

Xarif riu. "Não."

"Por quê?"

Por um momento, pensei que ele estava aborrecido, depois sorriu outra vez.

"Precisamos de homens adultos", falou, e o sorriso desapareceu. "Vamos lá, Slooma, você deve conhecer pelo menos um nome."

Fiz que sim com a cabeça, do jeito que as pessoas fazem quando se esforçam para se lembrar, mas querem nos dar a garantia silenciosa de que estão perto de capturar alguma coisa que está na ponta da sua língua. Nesse momento, se um nome tivesse a infelicidade de ser lembrado, eu o teria dito, revelado. Pensei no livro embaixo do meu colchão.

"Não consigo lembrar nenhum nome", falei.

"Como é que não consegue lembrar? Tente." Ficou irritado. Seu hálito era quente e cheirava a ferrugem.

Meu corpo tremeu. Fiquei surpreso ao ver como estava perto de chorar. "Eu tenho um livro", ouvi minha voz dizer. "Um livro que salvei do fogo."

Então ouvi chamarem o meu nome. Era mamãe. Vi o seu rosto pálido na sombra da nossa casa, parada na entrada. Corri na sua direção. Assim que entrei, ela bateu a porta. Ajoelhou-se e apertou minhas mãos com força. "O que você estava fazendo com aquele homem? Eu vi, não minta." Apertou com mais força. Nunca a vi tão assustada. "O que ele falou para você? Foi a primeira vez?" Empurrei-a para trás e corri. No instante em que a empurrei, ouvi como soltou um soluço, o som me fez ver uma pequena bolha vermelha num mar muito azul. Quando entrei no meu quarto, lembrei-me do soluço muitas vezes, e a cada vez meu coração doía. Eu queria que ela viesse atrás de mim. Queria pedir desculpas. Queria mostrar o que o homem tinha me dado, a balinha de menta inglesa que Baba comprava nas viagens; tinha de ser dele, porque não era possível encontrá-la em nosso país.

12.

Encontrei-a sentada à mesa, fumando. Sentei de frente para ela. Queria que falasse alguma coisa, ao menos repetisse: "Eu vi você, não minta", mas me ignorou. Olhei para o jardim através da porta de vidro, a terra varrida por sombras compridas. A gente pode ir para o telhado e ver como está o mar hoje, pensei. Ou então eu podia armar sua mesa de desenhar no jardim, onde ela gostava de desenhar uma laranja, uma ameixa, uma folha enrugada. Nunca tive paciência de posar para ela, mas agora eu estava disposto a experimentar.

"Ele tinha uma arma, sabe. Deixou que eu tocasse." Os olhos de mamãe levantaram-se para mim. "Eu queria saber o que Ustath Rashid fez. Você acha que é um traidor, acha que Um Masoud tem razão? Sei que ela faz muita fofoca, mas andei pensando no assunto e acho que é verdade: não *existe* fumaça sem fogo. Bem, isso é verdade, não é? Pode haver fumaça se não há fogo? Pode ter vapor, mas isso é outra coisa, não é?" Ela não disse nada. Olhou para mim, depois deu uma tragada rápida e nervosa no cigarro. Seus dedos tremeram de leve. A fumaça se derramou das narinas. "Ele disse que era amigo de Baba. Até me chamou de Slooma e me deu isto aqui." Coloquei na mesa a balinha de hortelã inglesa de Baba. O rosto de mamãe começou a mudar. No instante anterior ao choro, nosso rosto começa a se encolher, a ocultar-se do mundo. "Ele disse que Baba logo vai estar em casa. Por favor, não fique triste."

Xarif não tinha dito que Baba logo estaria em casa, nem disse "Não fique triste". Essas eram palavras minhas, que pus na boca dele como Moosa fazia ao acrescentar suas próprias palavras às matérias de jornal que lia em voz alta.

Mamãe balbuciou algo. Só quando recomeçou a chorar, repetiu: "Faraj, seu burro".

Pensei em dizer: "Baba não é burro", ou "Não chame Baba de burro", mas ela saiu da cozinha. Ouvi a porta do quarto bater e a chave fechar. Depois o telefone tocou na sala de estar. Ela destrancou a porta e veio correndo atender.

"Alô? Alô? Quem é?", falou ligeiro; em seguida seus olhos fixaram-se num ponto da parede, e adivinhei que alguém estava falando do outro lado da linha. "Sim, Bu Nasser, sou Um Suleiman." Virou-se. "Bu Suleiman não está." Olhou para mim, franzindo os lábios e balançando a cabeça devagar. "Com todo o respeito...", disse e foi interrompida. "Com todo... com todo o respeito, Bu Nasser, isso nada tem a ver comigo." Então, após um momento, acrescentou: "Nasser já é crescido o bastante para pensar sozinho. Você tem de resolver isso com ele". Olhou para mim outra vez, levantando as sobrancelhas, balançando a cabeça. "Mas acabei de lhe dizer, Bu Suleiman não está em casa. Não tenho a menor idéia de onde ele esteja. Escute, tenho certeza de que Nasser vai ficar bem", disse, e citou o Corão: "Diga: 'Nada acontecerá conosco senão aquilo que Alá determinou para nós' ". Em seguida, escutou o pai de Nasser. "Bem, Bu Nasser, se você pensa assim, deve dizer ao seu filho. Ninguém o está obrigando a trabalhar para o meu marido." Quando desligou o telefone, ficou com a mão pousada sobre o fone, em seguida ligou para Moosa. "Está ouvindo um eco? Bom, eu também não. Escute, o pai do Nasser acabou de ligar. Está preocupado. Quer saber até que ponto o filho está envolvido. Ele disse que se alguma coisa acontecer com o filho, vai considerar Bu Suleiman pessoalmente responsável." Olhou na minha direção, virou-se e começou a sussurrar em tom de segredo. "E havia um eco na ligação. Sim, é claro que sei o que isso significa. Ligue para Nasser e lhe diga o que o pai dele falou, e diga que estou aborrecida: o pai dele está nos ameaçando, nos atribuindo a responsabilidade pelo destino do filho..."

De repente lembrei o que o juiz Yassin dissera para Baba depois que Moosa largou a universidade: "Você arruinou o meu filho".

"Tudo bem, até logo", disse mamãe e desligou o telefone. Foi para o quarto.

Um pouco depois, o telefone tocou de novo e ela saiu. Dessa vez não veio correndo atender, mas andando de modo confiante e com o ar de segurança dos que crêem ser inocentes e justos. Ela quase atendeu, mas algo a deteve. Estalou os dedos e, como se a pessoa que telefonava pudesse nos ouvir, cochichou: "Atenda você".

Peguei o fone e ergui os olhos para ela. "Alô", falei.

"Slooma", era Nasser. Havia um eco; era uma ligação ruim. "Aqui é o Nasser."

"Eu sei."

"Como vai você, meu jovem? Como está a sua mãe? Posso falar com ela?"

Entreguei o fone para mamãe. Ela cobriu o fone com a mão bem apertada, contraiu as sobrancelhas e sussurrou: "Quem é?".

"É o Nasser", respondi e comecei a me afastar.

"Escute", sussurrou. "Tinha um eco na ligação?"

"Tinha."

Mordendo o lábio inferior, ela desligou delicadamente o telefone. Não perguntei por que fez aquilo, ou por que continuou parada junto ao aparelho. Depois de alguns segundos, o telefone tocou outra vez.

Ela estalou de novo os dedos e disse: "Diga para ele que não estou em casa, depois desligue, não fique conversando". Voltou para o seu quarto.

Peguei o fone e falei: "Ela não está em casa".

"Por que desligou o telefone?", perguntou Nasser. Ele soou magoado; o eco na linha dava à sua voz, um pouco trêmula, uma sonoridade estranha. Depois do que pareceu um intervalo interminável, ele disse: "Quando ela voltar, diga que liguei, está bem? E... diga também que lamento sobre o meu pai, lamento o que ele falou".

Nunca entendi por que tomei uma antipatia por Nasser desde o primeiro momento em que o vi. Por que eu sempre me mostrava seco enquanto ele era sempre gentil? Quando nos telefonava no *Eid* para nos desejar saúde e felicidade, Nasser sempre fazia questão de falar com cada um de nós. Baba entregava o fone para mamãe, sorrindo como se estivesse embaraçado ou orgulhoso, como se aquele Nasser fosse uma criação sua, como se fosse responsável por tudo o que Nasser dizia. Quando chegava a minha vez, eu sempre tentava me safar, mas Baba não aceitava dizer para ele que eu estava no banheiro ou brincando na rua. Contraía as sobrancelhas e acenava para que eu segurasse o fone que mamãe me oferecia. Nasser sempre falava do mesmo jeito, exclamando "Slooma!", como se estivesse do outro lado da rua, e depois: "Como vai você, meu jovem?". Eu respondia todas as suas perguntas da maneira mais rápida que podia. Quando ele me desejava saúde e felicidade eu lhe desejava o mesmo; quando ele dizia "Sou seu amigo, Slooma", ou "Se precisar de alguma coisa, pense em mim como num irmão mais velho", eu não sabia o que dizer e então não dizia nada, mas, ao devolver o fone para Baba, sempre sentia um estranho acesso de raiva queimar o meu rosto. E eu não havia desejado tantas vezes ter um irmão mais velho, um irmão mais velho como Karim ou Nasser?

Senti de repente, pela primeira vez, um calor de afeição por Nasser. Senti-me mal por ter mentido para ele, por isso falei: "Foi mamãe que mandou eu dizer que ela não está em casa".

Pensei ter ouvido Nasser dar uma risadinha, tentar conter o riso. Mas então ele gritou: "Quem está rindo? Você está rindo de mim?".

"Não estou rindo de você", falei, mas quem estava rindo agora riu mais alto ainda, por isso Nasser não conseguiu me ouvir.

Misturado com o riso, ouvi Nasser gritar de novo: "Quem está rindo? Estou perguntando".

"Qual é o seu sobrenome, garoto?"

"Suleiman Faraj el-Delwani."

"Você não", interrompeu a voz. "Você, o chamado Nasser. Qual é o seu sobrenome completo? Fale."

Isso não era raro. Muitas vezes, eu estava conversando com alguém no telefone e uma terceira pessoa entrava na ligação. E às vezes era eu essa terceira pessoa, que ouvia duas outras conversando, uma das vozes sempre mais distante do que a outra, e às vezes eu não conseguia resistir à tentação de ouvir, e uma ou duas vezes fiz ruídos de fundo, imitando um vento de tempestade ou explosões, e uma vez toquei para elas canções de Boney M. O que era fora do comum dessa vez era que, apesar de tudo o que era dito provocar um eco, a voz de Nasser e a voz do desconhecido tinham o mesmo volume. E já que na vida — como Baba me dizia — não se podia ouvir e falar ao mesmo tempo, o eco da minha voz voltava estranho e novo, e me dei conta de que eu nunca tinha me ouvido.

"Não fale com ele, Suleiman", ordenou Nasser. "Desligue, desligue já." Sua voz soou desesperada.

"Esse tal de Nasser não é lá muito simpático, não é, Suleiman", disse a voz calmamente. Eu ri, porque o que ele disse pareceu engraçado em contraste com o desespero de Nasser. O eco da minha risada soou sinistro.

"Não escute o que ele está dizendo. Desligue, já mandei", gritou Nasser.

Ouvi a outra voz dizer para si ou para outra pessoa a seu lado, ou talvez para mim:

"Esse tal de Nasser gosta de fazer essas brincadeiras."

"Desligue!"

"Não, eu não vou desligar, pode desligar se quiser." Minhas palavras voaram entre eles como uma flecha, sem serem interrompidas.

A voz explodiu de novo numa gargalhada. A linha de Nasser ficou muda. A voz parou de rir e ficou ouvindo, junto comigo, o interminável sinal de discar. Depois de alguns segundos, na hora em que eu ia desligar, ele disse: "Você é fantástico, garoto". Eu não sabia o que responder. "Diga-me", falou num tom como se fôssemos velhos amigos, "como é que vai a sua mãe? Você tem uma mãe tão bacana, sabe?" Senti o pescoço endurecer. Em seguida, ele riu e repetiu o que eu tinha dito para Nasser, *Foi mamãe que mandou eu dizer que ela não está em casa...* e riu outra vez. Meu coração acelerou e o tempo pareceu passar mais devagar. "Ah, sim", disse ele, recuperando o fôlego, "que mãe bacana você tem. Faz um chá ótimo, uma *harisa* fantástica. Não há nada como *harisas* feitas em casa." De repente lembrei como, no dia em que picava pimenta vermelha, mamãe me impedia de entrar na cozinha por causa do calor que, dizia ela, podia queimar os meus olhos. Ela usava luvas e enrolava um lenço na boca e no nariz, feito um assaltante. "Você deve ser grato por ter uma mãe como essa. Você é grato, Suleiman?" Fiz que sim com a cabeça duas vezes. "Diga a ela que eu também pego o meu remédio com aquele canalha do Majdi. Que deus abençoe o Majdi."

Bati o telefone. Meu coração disparou como um camundongo preso numa roda. Fiquei parado e tenso junto ao telefone, incapaz de me mexer. O aparelho tocou outra vez.

"Alô", falei, ouvindo o tremor na minha voz repetido pelo eco.

"Slooma?", Era Nasser. Ele sussurrava.

"Nasser. Ainda bem que é você? Quem é aquele homem? Como é que ele conhece a gente? Sabia de coisas que ninguém sabe. Quem é ele?" Agora éramos irmãos.

"Você desligou como eu mandei?"

"Sim."

"Bom menino. Agora escute bem, não tenho muito tempo, preciso que você dê um recado para a sua mãe." Ele ainda sussurrava. Não gostei de ele me chamar de "bom menino", mas eu nunca havia sentido tanta afeição por Nasser como naquela hora. "Diga a ela que estamos fazendo todo o possível para localizar Ustath Rashid, mas que não sabemos onde ele está, ele não apareceu aqui." Imaginei que falasse do apartamento da praça dos Mártires. "Estamos esperando por ele... você sabe onde ele está?"

"Por que não enfia esse telefone no rabo, seu merda?", a voz retornou.

"Desligue, Suleiman", gritou Nasser, e dessa vez desliguei imediatamente. Mas assim que desliguei o telefone tocou um sinal estranho e contínuo. Com receio de que fosse incomodar mamãe, tirei o fone do gancho. Era o mesmo homem. Sua voz estava clara, o eco havia desaparecido.

"Escute, garoto. Sabe o sobrenome completo do Nasser?" Não falei nada, mas então ele gritou. "Fale!"

"Não", respondi, e lembrei o interrogatório de Ustath Rashid na tevê.

"Sabe onde ele mora?"

"Não." Depois, com medo do que ele poderia dizer em seguida, falei: "Sim".

"Bom", respondeu o homem e pensei que tinha acabado, mas aí falou: "Escute, Suleiman, o negócio é o seguinte. Você me diz onde mora o Nasser e eu vou anotar aqui. Está bem?". Senti minha cabeça fazer que sim, como se ele pudesse me ver, e então ele falou. "Muito bem."

Depois de um breve silêncio, ele gritou:

"Fale, garoto."

"Sabe onde fica a praça dos Mártires?"

"Sei", respondeu em voz tão mansa que me espantou.

"Ele mora num dos prédios lá." Depois, numa frouxa tentativa de recuar, falei: "Eu acho. Não tenho certeza".

"Mas é claro que tem... é claro", disse ele, com segurança. Fiquei confuso. A pausa antes das palavras "é claro" parecia tão premeditada que me perguntei se ele queria dizer que era claro que eu *não tinha* certeza ou que eu *tinha* certeza. "E em que prédio na praça dos Mártires você não tem certeza que ele mora?", perguntou.

"Um que fica bem na praça." O silêncio dele era pesado, tão vazio que senti que eu tinha de falar mais. "Tem persianas verdes. O apartamento dele fica no andar do alto, com uma toalha vermelha no varal de secar roupa na frente da janela."

"Bom", disse o homem. Em seguida, acrescentou, e de novo eu não soube se falava comigo ou com alguém ao seu lado ou até para si mesmo. "A toalha vermelha é o código, que sacanas."

"Nasser é uma pessoa muito boa", acrescentei. Mas ele tinha desligado.

13.

A tarde estava se encaminhando para o anoitecer. Mamãe estava deitada no quarto, cochilando. Eu estava deitado na minha cama e, embora não pudesse vê-lo, sabia que Xarif ainda estava ali, leal, à espera, em seu carro branco, o sol empalidecendo à sua volta, na esperança de que eu me lembrasse de nomes e trouxesse o livro que tinha mencionado e o pusesse nas suas mãos, o livro que ainda estava enfiado sob o meu colchão, embaixo do lugar onde eu dormia e sonhava. O livro começara a me perturbar como uma pedra no sapato e senti que não poderia descansar até lhe entregar o livro ou livrar-me dele de algum modo.

A janela do meu quarto estava aberta. De onde eu estava deitado podia ver o céu azul e maciço acima do muro branco do jardim que o sol tornava dourado, a linha onde os dois se tocavam estava vermelha e preta, um efeito da luz. Olhar para o céu muitas vezes me dava sede; agora causava comichão num ponto do meu peito. Imaginei como seria voar, estar dentro do azul maciço. Um dia Baba ia me levar numa viagem de negócios, eu tinha certeza. Eu ia vestir paletó e gravata e andar ao seu lado feito uma sombra, a sua "mão direita". Quando embarcássemos no avião eu não ficaria admirado, porque voar já seria então uma coisa normal para mim. Sentaríamos e nem sequer olharíamos pela janela, ocupados com coisas mais importantes, escritas em colunas estreitas e compridas impressas nos jornais. Eu seria então um homem, com o peso do mundo sobre mim. Imaginei minha vida sem Baba, imaginei a mim mesmo fazendo todas aquelas coisas sozinho e a comichão no meu peito parou. Eu quase nunca fazia o que quer que fosse sozinho com Baba, e abrir mão dessa única fantasia me entristecia. Ele estava quase sempre fora de casa, e quando estava em casa em geral distraía-se com um livro ou um jornal. Eu ficava perplexo toda vez que o surpreendia olhando para mim com carinho.

A única atividade que Baba e eu fazíamos sozinhos era caminhar juntos até a mesquita às sextas-feiras. Embora mamãe jamais rezasse nem insistisse para que eu rezasse, ainda assim ficava orgulhosa de me ver vestido em minha *jallabia* e de boné, segurando a mão de Baba, perfumado e pronto para rezar: uma réplica de Baba em miniatura. Eu não esperava com ansiedade as preces da sexta-feira e sempre ficava contente quando elas terminavam, mas eu gostava mesmo era de andar ao lado de Baba. Lembro-me de segurar sua mão e apertá-la sob o sol radiante do meio-dia, enquanto nossas *jallabias* brancas reluziam no calor. Ele se mantinha sempre calado durante essas caminhadas, sem dúvida contendo a fala para escutar o Corão que ribombava no alto-falante do minarete, recitado pelo xeique Mustafá, tão alto que não dava para entender. Muitas vezes, durante as orações, eu ficava parado enquanto todos os fiéis curvavam-se. Enquanto via o lugar inteiro mudar de cor, eu me sentia assustado de ser o único que os via daquele jeito: um tapete de costas brancas curvadas para baixo, como gaivotas passando o bico no peito para arrumar as penas. Após as orações, Baba gostava de me apresentar aos amigos. Eles achavam simpático eu me vestir como ele. Eu nunca ia para as orações quando Baba estava fora.

Quando estava em casa, Baba parecia distante. De algum modo ele parecia mais próximo quando estava distante, mais vivo em meus pensamentos. Por essa razão, era estranho quando mamãe nos fundia num só, o que fazia ao usar o plural "vocês". "Vocês sempre me deixam sozinha", dizia, quando eu voltava depois de ter brincado na rua, referindo-se a nós dois, usando aquele "vocês" que nos tornava, a mim e a Baba, inseparáveis. Isso me obrigava a defendê-lo, e dizer: "Mas Baba está trabalhando para nós", quando na verdade eu não tinha a menor idéia, não sabia se ele estava trabalhando para nós ou não. Eu o defendia porque assim defendia a mim mesmo. Mas agora sei que isso, é claro, nos tornava indistinguíveis para ela, o homem que era o seu carrasco e o menino que havia selado o seu destino.

Às vezes mamãe dizia: "Todos vocês, homens", "Todos vocês, homens, são iguais", me associando não só a Baba mas a muitos outros homens. Eu nunca sabia o que responder a isso. Não podia, certamente, defender todos: todos os irmãos dela e o pai — os homens a quem ela chamava de "Alto Conselho" —, os homens que se reuniram para decidir o seu destino quando tinha catorze anos, depois que foi vista sentada diante de um rapaz na Cafeteria Italiana. E todos os outros homens que se encontravam na Cafeteria Italiana, onde as conversas tinham início e as coisas eram decididas. Aqueles eram os homens que iriam começar a falar se ela não casasse imediatamente. Os homens cuja ameaça de falar fazia minha avó dizer: "Se um escravo viesse propor casamento, um escravo tão preto como esta noite, eu daria você para ele". Eram aqueles os homens que o Alto Conselho imaginava que iam fofocar em voz baixa e dizer: "Olhe, olhe só quem está ali sentada com um rapaz, e tocam as mãos por baixo da mesa, agora por cima da mesa, a filha de uma boa família, criatura desavergonhada, o rapaz está vermelho feito um porco, tem mais vergonha do que ela", na Cafeteria, a Cafeteria de onde agora a vergonha ia recair em todos da boa família, se não agissem com rapidez, se não a casassem imediatamente, nem que fosse com um escravo. Mamãe me contou tantas vezes a história de como ela e Baba se casaram, a história daquele "dia negro". Toda vez deixava algo de fora ou lembrava uma coisa nova. "Tudo porque eu era muito bonita", começava às vezes, ou "Foi tudo por causa de Khaled, aquele burro do seu tio. Foi ele que me abandonou, me traiu; foi dele o punhal".

Khaled era o irmão de mamãe. Partira para os Estados Unidos a fim de cursar a universidade, e todos sentiam sua falta. Quando nasci, pediram a Khaled que escolhesse um nome. "Suleiman", ele lhes disse. "Como Suleiman, o Magnífico." Mais tarde, voltou com uma esposa americana que não gostava do sabor da nossa água. Chamava-se Cathy, tinha um cheiro diferente de todo mundo em nosso país, uma mistura de eucalipto e capim. Foi ela o motivo de eu imaginar, durante muito tempo, que os Estados Unidos eram uma floresta. Ela costumava trazer um livro quando a família se reunia. Não se juntava às mulheres na cozinha, ficava sentada sozinha e lia. Certa vez, ouvi tia Nora, a única irmã de mamãe, sussurrar que o que Cathy lia era o Livro Sagrado dela. Mas eu achava que não, porque o livro tinha a figura de uma mulher com uma blusa sem mangas, fugindo de um homem de terno preto e chapéu, com uma arma na mão.

Certa vez vi tio Khaled e Cathy discutirem embaixo da árvore de noz-de-cola em nosso jardim. Ele deu um tapa na árvore e ela cobriu os olhos com a mão. Pouco depois disso, os dois voltaram para os Estados Unidos. Senti saudades de Cathy. Eu gostava de ter alguém de cabelos amarelos na família. Os garotos me davam cutucões com o cotovelo e soltavam risadinhas toda vez que ela vinha nos visitar.

Antes dos Estados Unidos e antes de Cathy, tio Khaled morava em Trípoli e escrevia poemas dos quais metade da família se envergonhava e que a outra metade adorava. Quando perguntei a Baba o que ele achava, respondeu: "Um grande poeta, o seu tio. Muito importante".

E a única vez que vi Baba gritar com minha avó, a que tinha engolido o livro das *Mil e uma noites* inteiro, foi quando ela tratou com desleixo o baú de madeira com os escritos de tio Khaled. Enfiou-o na estante da cozinha, onde as galinhas espertas abriram o fecho a bicadas e devoraram os poemas.

"Ignorância!", gritou Baba. Depois: "Ignorância! Ignorância! Ignorância!", repetiu como um sino.

Minha avó pareceu perplexa, perplexa e um pouco encabulada, como se alguém tivesse soltado um pum muito alto no meio da sala.

"Não grite com ela", disse mamãe.

"Está feliz agora?", disse Baba. "O único exemplar de *O banquete das formigas* está na barriga das galinhas."

O banquete das formigas era um texto que o tio Khaled tinha escrito antes de partir para os Estados Unidos. Levou anos para escrever e parecia um poema longo, que contava a história do nosso país.

Mamãe disse: "Com banquete ou sem banquete, não levante a voz para a mamãe outra vez".

Baba olhou para mamãe, depois para a minha avó, depois para mamãe outra vez, antes de sair da sala.

Quando o tio Khaled voltou dos Estados Unidos e soube que seus poemas e *O banquete das formigas* tinham sido devorados pelas galinhas da família, ele riu, depois riu mais um pouco e riu de novo, até que seu riso levou-o para fora da casa, até a extremidade do jardim, onde ficou um longo tempo sentado e rindo. Recusou-se, durante o verão inteiro, a comer um ovo posto por qualquer uma daquelas galinhas. “Elas estão cheias de poesia”, brincava minha avó. Khaled sorria, mas não comia.

Mamãe culpava o tio Khaled por aquele dia negro em que foi obrigada a casar com Baba por causa do que Khaled tinha feito quando, em uma de suas visitas, vindo dos Estados Unidos, ele a viu junto com a amiga Jihan na Cafeteria Italiana, bebendo um cappuccino em companhia de dois rapazes. Mamãe e Jihan tinham catorze anos de idade, assim como os dois rapazes.

“O covarde. Se achando um americano esclarecido. Ele foi gentil. Cordial. Nos cumprimentou como se admirasse a irmã mais nova e sua amiga. Que menina tola eu era; até pensei que ele, com as idéias liberais que possuía, sentira orgulho da minha pequena rebelião. Pagou pelos nossos cappuccinos, cumprimentou nossos amigos. Quando saímos, chorei de felicidade e disse a Jihan como eu adorava o meu irmão. Ter um irmão como ele era a única coisa em minha vida que, de algum modo, se parecia com a vida de Jihan.” Jihan era a amiga de infância de mamãe, uma cristã da Palestina. Seus pais tratavam-na da mesma forma como tratavam os irmãos. “Meus sonhos foram por água abaixo. Quando cheguei em casa, todas as luzes da minha vida se apagaram. O Alto Conselho já estava reunido. Ah, sim, quando se trata da virtude de uma mulher, somos ferozes. Ferozes e mortíferos. E quando se trata da virtude de uma filha, somos ferozes, mortíferos e eficientes. Nesses assuntos, nossa eficiência rivaliza com a de uma fábrica alemã.” Um sorriso cruzou seu rosto e sumiu. “Sua avó agarrou-me pelo cabelo e me atirou no quarto. ‘Você me envergonhou, sua vagabundinha. Agora o seu pai vai pensar que não criei você direito.’ Eu não sabia do que ela estava falando. Foi como um pesadelo, não fazia o menor sentido. Mas logo eu soube que o príncipe-poeta tinha corrido direto para casa depois de me ver na cafeteria, e contado para o meu pai: ‘Sua filha tem catorze anos e já passa os dias nos bares com homens desconhecidos. Tremo só de imaginar o que virá depois. Case-a agora, senão ela nos envergonhará a todos'. Desconhecidos? Eram meninos, apenas meninos. 'Tremo só de imaginar?' Só um poeta teria a crueldade de usar uma expressão como aquela."

Quando ela me identificava com eles, dizendo: "Todos vocês homens são iguais" — falando isso e desviando o rosto de mim, como se naquele instante a mera visão da minha pessoa lhe causasse repugnância —, eu não defendia tio Khaled e todos os outros homens, mas sentia uma raiva quente arder na minha barriga. E à noite, depois que ela tinha parado de falar e gritar e fumar e já tinha pegado no sono em algum canto do chão ou numa cadeira, de onde eu não conseguia erguê-la, não conseguia carregá-la, porque eu tinha só nove anos de idade, e em vez disso eu ia para a cama sem me preocupar se tinha ou não escovado os dentes ou lavado o rosto, eu ficava lá deitado, com minhas roupas e de sapatos, que nem um caubói em viagem, imaginando como eu poderia ter salvado mamãe naquele tempo, quando ela só tinha catorze anos, antes de acontecer o que tinha acontecido, e eu adormecia brigando e gritando e fugindo para algum lugar lindo, verde, frio, como a Escócia, onde ninguém jamais poderia nos encontrar, cercados por vacas silenciosas com olhos grandes, vítreos e lindos.

Nessas horas, eu odiava a nossa casa.

E em certas noites o que eu imaginava não era bom. Tinha fantasias de vingança, repetia as ações várias vezes até que o céu negro ficava cinzento com a aurora. Isso me enchia de ansiedade. Mal conseguia esperar a hora de ser um homem. E não para fazer todas as coisas normalmente associadas à masculinidade e suas licenças, mas para mudar o passado, salvar aquela menina do seu dia negro.

O sol estava a caminho de se pôr, ardia morno, agora, no muro branco do jardim. O azul maciço, sem nuvens, parecia eterno. Deitado de lado, eu protegia os olhos, tinha uma mão na testa, a outra entre os joelhos. É assim que dormem os beduínos. A família de Baba era de beduínos. Ele também dormia assim: uma mão sobre os olhos, a outra entre os joelhos. Deve ter virado um hábito para ele, antes de ir para a universidade, antes de deixar para trás o lugar de vastas paisagens e de sombras assustadoras, antes de tornar-se um *afandi* de terno. E quanto a mim, assim me perguntava, que razão existe para eu dormir desse jeito? Quanto dele haverá em mim? Alguém pode se tornar um homem sem se tornar seu próprio pai?

14.

Na manhã seguinte, Bu Nasser chegou e não queria tirar o dedo do botão da campainha. Abri a porta e ele entrou.

"Levaram o meu filho. Onde está sua mãe?" Quando viu mamãe, disse: "A catástrofe aconteceu. Liguei para você ontem à tarde para prevenir. Agora é tarde". Falava como certas mulheres quando chegam a um enterro, oscilando de um lado para o outro.

"Acalme-se e conte o que aconteceu", disse mamãe.

"Procurei em toda parte, Nasser desapareceu."

Bu Nasser era muito mais velho do que eu imaginava, talvez tão velho quanto o meu avô. Em vez de abrir as cortinas da sala de visitas e deixar o calor entrar, mamãe acendeu as luzes.

"Suleiman", disse ela. "Vá buscar um copo de água para o seu tio." Esperei que ele fizesse o que todas as visitas fazem quando se oferece alguma coisa para elas, recusasse, mas o velho não disse nada, devia estar com muita sede. Fiquei parado do lado de fora, junto à porta, ouvindo.

"Ele estava do meu lado quando lhe telefonei. Ficou aborrecido com o que eu falei para você. Sempre fica aborrecido com o que falo, me disse exatamente o mesmo que você, que ele já era crescido o bastante para tomar suas decisões sozinho. Mas", acrescentou, agora num sussurro, "Um Suleiman, esse é um caminho perigoso. Essa gente não tem nenhuma piedade." Suspirou e disse: "Só tive a bênção de dois filhos, um menino e uma menina. Nasser é da Preciosa, que Deus tenha piedade da sua alma. A menina é do segundo casamento, tem só nove anos, jovem o suficiente para ser filha de Nasser. Ele é o nosso único abrigo neste mundo".

Ao longo de todo esse discurso, mamãe introduzia alguns bons votos: "Que Deus recompense o senhor. Que Deus os abençoe".

Então uma menina entrou timidamente na casa. A porta principal deve ter ficado entreaberta depois da entrada do velho. Tinha cabelos compridos e castanhos, a pele cor de canela por causa do sol, e os lábios ligeiramente abertos e rosados. Devia ser a irmã de Nasser, a que tinha nove anos, pensei, exatamente a minha idade e portanto velha demais para casar comigo. A diferença de idade aceitável tinha de ser no mínimo de três anos. Baba tinha a minha idade quando mamãe nasceu, velho o bastante para entrar na casa da família dela levando flores para a recém-nascida. Tinha vinte e três anos quando casou com ela, e mamãe tinha catorze. Com tal diferença, ninguém podia fazer nenhuma objeção nem dizer que ela ia ficar velha e estéril antes dele. Porque a gente precisava pensar no futuro. A mulher tinha de ser jovem e forte o bastante para ter filhos e servir o homem em sua velhice, e seus cachos de cabelo tinham de permanecer pretos feito carvão quando a cabeça do marido estivesse careca feito a lua. A menina olhou para mim e viu exatamente o que eu fazia. Fechou a porta após entrar, fazendo mais barulho do que o necessário.

"Quem está aí?", perguntou mamãe.

"Entre. Estamos aqui", disse o velho. Então, com voz suave, acrescentou para mamãe: "Deve ser Siham, minha filha".

Siham entrou na sala de visitas.

"Não falei para esperar no carro?", disse o velho.

"Mas por quê?", perguntou mamãe, de um modo que dava boas-vindas à menina. "Por que ficar sentada debaixo do sol quando ela pode ficar aqui conosco. Venha aqui, sente-se ao meu lado. *Mashaa* Alá, *Mashaa* Alá. Você é tão bonita. Que escola..."

Corri para a cozinha. Ri sozinho, por algum motivo.

"Slooma", chamou mamãe.

Corri para lá, mas pouco antes de chegar à sala de visitas detive-me e entrei devagar.

"O que é?", falei em tom calmo, enquanto ouvia meu coração bater forte.

"Venha conhecer a Siham, é a irmã de Nasser. Slooma gosta muito de Nasser", disse para eles. "Não é, meu querido?" Senti as faces corarem quando mamãe me chamou de Slooma e depois de "querido" na frente deles, na frente dela, Siham, a de cabelos castanhos. "O que é que a nossa jovem noiva gostaria de beber?", perguntou mamãe. Siham não disse nada. Não parecia encabulada, mas sim reservada. "Que tal uma Coca-Cola?"

"Fale", disse o pai, irritado.

"Sim, por favor", respondeu Siham. Sua voz tinha um prazer corpóreo, como o sol que esquenta a nossa pele depois de nadar no mar frio e calmo do início da manhã.

Saí para trazer a Coca-Cola para ela — tinha esquecido completamente o copo de água do velho —, mas aí o pai pediu que Siham me acompanhasse até a cozinha. E assim lá estava eu, andando lado a lado com Siham pelo corredor, sentindo o peito brilhar com a empolgação que, segundos antes, me fizera pular na cozinha. Abri a porta de vaivém do corredor para Siham passar, depois fui logo atrás dela.

"Você estava ali ouvindo escondido", disse Siham. Foram as primeiras palavras que me disse. Eu me ocupei em servir a Coca-Cola. Mas aí ela mesma veio em meu socorro. "Também gosto de ouvir escondida a conversa dos outros."

"Você gostaria de ver a minha oficina?"

Ela deu de ombros.

"Fica longe?" As sobrancelhas ergueram-se de leve.

"Não", respondi. "Fica no telhado. E também tem sombra." Entreguei a ela o copo de Coca-Cola cheio até a borda.

Siham levou a boca ao copo e sorveu. "Não vai servir um copo para Baba?"

Lembrei que o velho queria um copo de água, mas fiquei muito confuso para admitir a ela que tinha esquecido, então servi um copo de Coca-Cola para ele e andei depressa até a sala de visitas.

Eu tinha sonhado com aquilo muitas vezes, mas até aquele momento a menina dos meus sonhos era apenas a menina que mamãe fora um dia, antes de acontecer o que aconteceu, antes de ela ser obrigada a casar com o homem que viria a ser o meu pai. Era uma ansiedade infinita, medonha e desarvorada, além da razão e além da possibilidade de se realizar, semelhante a um cachorro doente que fica roendo as próprias patas. Mas isso, agora, era agradável.

Entreguei o copo ao velho. Eu tinha deixado derramar um pouco no caminho, o que fez meus dedos e o copo ficarem pegajosos.

"Ponha ali", disse mamãe, apontando para a mesinha de café. "A ligação estava grampeada, por isso não atendi o telefonema dele. Achei melhor assim. Melhor para ele, quero dizer", explicou mamãe.

"Nasser saiu às pressas, me deixou preocupado, nem disse até logo. Tenho certeza de que foi para o maldito apartamento na praça dos Mártires."

As palavras bateram em meus ouvidos. Parei do outro lado da porta.

"Fui até lá procurá-lo. Meu coração tremeu quando as pessoas me contaram que viram um jovem correr pela praça com uma máquina de escrever debaixo do braço, perseguido por um grupo de homens do Comitê Revolucionário."

Fiquei tonto, com enjôo.

Um dia fugi da escola com um menino mais velho. Nem lembro seu nome, não éramos amigos, a única coisa que nos unia era o desejo de fugir da escola. Quando fui apanhado e vergastado com uma vara de bambu na frente e atrás das mãos, menti e contei que tinha sido idéia dele. Na ocasião, não pareceu errado, mas quando mais tarde ele foi trazido para a sala e me viu, eu me senti péssimo. Eu o havia traído. Agora, era a mesma sensação. Como eu poderia casar com ela se havia traído o seu irmão, o homem que ia ser o tio dos meus filhos?

Voltei para a cozinha, arrastando os pés. Siham não estava ali. Seu copo vazio estava sobre a mesa do café-da-manhã. A porta para o jardim estava aberta. Saí e a encontrei lá. Parecia irritada.

"Onde é que você esteve?", perguntou.

"É por aqui", falei, e tomei a frente, subi a escada até o telhado, de cabeça baixa. Eu não tinha imaginado que seria assim. "Esta é a minha oficina", falei. O telhado estava abrasado pelo sol da manhã, minhas ferramentas espalhadas junto à caixa-d'água, agora que o meu balde estava estragado.

"Baba diz que seu pai fez cair a desgraça sobre a cabeça do meu irmão. Eu adoro o meu irmão. Seu pai não deve ser uma pessoa boa."

"Nasser é como um irmão mais velho, para mim", menti. Os olhos dela não paravam de piscar no telhado. "Também adoro o seu irmão." O ar estava parado. Pus o braço em volta dos ombros dela e senti um cheiro de laranja. Ela me virou as costas e desceu a escada correndo.

Quando cheguei à sala de visitas, encontrei-a parada, de pé, entre os joelhos do pai.

"O que houve, querida?", perguntou mamãe. "Quem perturbou você?"

Fiquei na entrada da sala, paralisado, a pele com arrepios de vergonha.

"Slooma, o que fez com a Siham? Você a aborreceu?"

Siham disse: "Eu sei quem é ele", e apontou para o quadro enorme do Coronel. Os ombros do traje militar cintilavam com as condecorações douradas. Acima dele, o céu sem nuvens, o azul luminoso e doce como um bombom.

Mamãe de repente pediu desculpas. Eu não queria ficar sozinho com eles. Quando Bu Nasser não estava olhando para mim, eu olhava para ele e para a filha, que observavam a fotografia, no alto. Ele era velho demais. Na certa, nunca veria a filha se casar; os filhos dela na certa nunca veriam o avô. Corri atrás de mamãe.

Ela estava de joelhos diante do cofre, rodava o botão do segredo, murmurava as palavras que Bu Nasser lhe dissera: "'A catástrofe aconteceu. Liguei para você ontem à tarde para prevenir.' Então, por que veio? O que espera que eu faça?". O cofre não abriu. Ela estava rodando muito depressa. Não existia margem de erro: qualquer variação mínima do segredo não deixava que o cofre abrisse. Tentou outra vez, repetindo o que tinha dito, na frente de mim e de Moosa: "Crianças brincando com fogo". A pesada porta de aço girou e abriu, indiferente, poderosa. Mamãe retirou um maço de cédulas de dez dinares e enrolou-as com força no punho cerrado.

Os dois ainda estavam mirando a fotografia do Coronel no alto da parede. Mas quando entramos na sala o velho levantou-se e disse: "Agora temos de ir".

"Fique para almoçar", sugeriu mamãe, com tamanha falta de sinceridade que o homem nem sentiu necessidade de responder. "Sinceramente", disse ela. "Fique." Mas o velho, segurando a mão de Siham, já caminhava rumo à porta. "Sinceramente", repetiu mamãe, enquanto os seguia para a saída. O velho apertou a mão dela e deu uma palmadinha no próprio peito. Siham imitou-o. Ver que ela imitava o gesto de uma pessoa tão velha deixou-me triste. Então mamãe enfiou rapidamente a mão no bolso do peito do velho. Com uma velocidade espantosa, o velho agarrou o pulso de mamãe. Seu reflexo ligeiro foi surpreendente, como se ele tivesse passado a vida inteira pronto para atacar. Então seguiu-se a discussão de costume:

"Garanto que o senhor deve aceitar."

"Não."

"Por mim."

"Não precisa."

"Então, se não for por mim, por Siham."

Siham levantou o olhar para os dois adultos e, com um olho fechado para escapar da luz do sol, deu outra palmadinha no próprio peito. Um gesto agora inadequado.

O homem hesitou. Mamãe percebeu a abertura e enfiou o dinheiro bem fundo no bolso dele.

"Em nome do que é mais sagrado para o senhor..."

O velho ficou imóvel por um momento; depois, como um homem vencido, balançou a cabeça, desalentado.

"O senhor não tem idéia de como todos vocês são caros a Bu Suleiman", disse mamãe.

Ele caminhou ao lado da filha rumo ao seu velho carro preto. Quando o carro partiu, deixou à mostra o homem do Comitê Revolucionário, Xarif, sentado em seu carro branco, sem se importar com o calor, leal à sua causa, a arma na certa ainda ocupava o assento do carona, ao seu lado. Sua segurança e juventude em frontal contraste com o velho triste. Xarif parecia alheio à idade e à pobreza, um homem que desafiava o mundo a enfrentá-lo.

Mamãe puxou-me de volta para dentro de casa. Toda vez que eu me virava para trás, ela dizia:

"Vamos, vamos."

Antes de fechar a porta, vi Xarif acenando para mim. Mamãe deu duas voltas na fechadura.

15.

No dia seguinte, mamãe acordou mais decidida do que feliz. Começou a fazer um bolo. Ficou calada o tempo todo, movia-se depressa e de forma precisa. Pensei: finalmente ela e tia Salma vão fazer as pazes. Mas depois de enfeitar o bolo com morangos, mamãe levou-o para o outro lado da rua, à casa de Ustath Jafer e Um Masoud. Fiquei parado na porta, olhando. Xarif também observava, de dentro do carro. Ele se transformara numa parte do cenário, eu já não me espantava de vê-lo ali. Mamãe apertou o botão da campainha, lançou um olhar de relance para Xarif e, com os dedos abertos, correu pelo vestido a palma da mão curvada. Como se não soubesse o que fazer em seguida, acenou para que eu me aproximasse. Pouco antes de eu segurar a mão fria e úmida de mamãe, Um Masoud abriu a porta.

"Oi", disse mamãe, com um ligeiro tremor na voz. "Ustath Jafer está em casa? Por favor, preciso falar com ele. É um assunto muito importante." Em seguida, entregou o bolo a Um Masoud e disse: "Fiz para você".

Desde então, essa visita ficou para sempre na minha memória. Toda vez que deparo com alguém que controla os fios do meu destino — um funcionário do serviço de imigração, um professor —, posso sentir as reverberações distantes daquele dia, minha estréia na arte escura da submissão. Talvez por isso eu sempre encontre um prazer vergonhoso em me submeter às autoridades. Até quando rezo — curvado, a testa contra o chão, as costas arqueadas sob o próprio peso, meu peito afundado entre meus ombros, minhas mãos espalmadas no chão, os dedos bem juntos e apertados, ouvindo o sussurro das minhas próprias preces —, muitas vezes me sinto arrasado de tristeza e, sim, de vergonha por me regozijar com isso, por ter prazer com a minha própria humilhação. E é também por isso que, quando finalmente acho que consegui satisfazer uma autoridade, surge uma sensação de repulsa por mim mesmo, que me aperta pela garganta. Sempre fui capaz de imaginar como é ser odiado de forma injustificável.

Ustath Jafer, a exemplo da maioria dos funcionários do governo, nos fez esperar. Ficamos sentados na sala de visitas, onde o rosto do Guia nos fitava do alto, numa foto muito menor do que a que Moosa tinha pendurado em nossa casa. A sala estava decorada na cor da revolução: as paredes eram verde-claras, os móveis forrados com um pano verde mais escuro, e além disso cobertos de plástico; assim, quando a gente se contorcia, fazia um barulho igual ao de um pum, e a gente tinha de se contorcer de novo para mostrar que não tinha soltado um pum. Uma mesinha de café ficava no meio, num lugar difícil de alcançar. Sobre ela, havia um cinzeiro vazio e uma caixa de lencinhos de papel com um lencinho cor-de-rosa apontado para fora, logo seguido de um amarelo. As cortinas estavam fechadas — também eram verdes — , e uma luz fraca ardia num pequeno lustre acima da mesinha de café.

Uma televisão enorme ficava num canto; talvez fosse tão grande quanto o meu piano. Mamãe ficou sentada bem reta, os joelhos juntos, as mãos em luta uma contra a outra: toda vez que o sangue afluía de volta a uma das mãos, ela a esfregava para o sangue ir embora. Um Masoud entrou e sentou-se a seu lado.

"Ele já vem", disse ela.

Mamãe olhou para ela e fez que sim com a cabeça.

"Por que teve o trabalho de fazer o bolo?"

"Não foi nada."

"Somos vizinhos...", começou Um Masoud, mas então, para meu espanto, mamãe começou a chorar. Um Masoud não pareceu surpresa; devia estar habituada a isso, pensei. "Na verdade, andei pensando, até falei com Jafer", prosseguiu. "Por que ela não vem nos ver, se sabe que podemos ajudar? Sei que nem sempre a gente se entendeu muito bem, mas..." Inclinou-se na direção da mesinha de café e puxou o lencinho de papel cor-de-rosa.

"Eu queria...", respondeu mamãe, tomando o lencinho de papel dos dedos inchados de Um Masoud.

"Nunca hesite, somos irmãs."

"Juro por Deus", disse mamãe, "sempre gostei de você", seus olhos arregalados, ansiosos para convencê-la.

"Não se preocupe", disse Um Masoud em tom displicente. Sua segurança era repugnante. "Os homens são assim. Gostam de aventura. O Guia sabe disso e é muito magnânimo."

"É mesmo?"

"Sim." Um Masoud tranqüilizou-a; em seguida, baixando a voz para um sussurro, acrescentou: "Escute o que vou lhe dizer. Uma vez, um homem estava determinado a matá-lo".

"É mesmo?", disse mamãe, fingindo incredulidade.

"Sim. O que a gente pode pensar? Era um louco. Ele tinha perdido a cabeça. Quando foi preso, o Guia sentou-se diante dele e perguntou: 'Por que você quer me matar, meu filho?'. Dizem que o homem derreteu feito gelo no fogo, chorou pedindo perdão e o Guia lhe perdoou na mesma hora." Mamãe pareceu espantada, esperançosa, ridiculamente ingênua. Um Masoud puxou o lencinho de papel amarelo e deu para mamãe. "Não quero me gabar, mas Jafer tem um lugar especial no coração do Guia. E Jafer, claro, é dedicado a ele de corpo e alma. Sim. Afinal, toda esta felicidade em que vivemos", disse ela, e abriu as mãos voltadas para o teto, "não é devida à generosidade dele? Não seria justo morder a mão que nos alimenta."

"É claro", respondeu mamãe, acrescentando, como fazem as pessoas nos casamentos: "Que Deus alimente os homens de boa vontade e afaste os invejosos".

"Da sua boca para os ouvidos de Deus", respondeu Um Masoud.

Ustath Jafer raramente se demorava em conversas com qualquer um de seus vizinhos. Não era inamistoso, mas reduzia as conversas a um mínimo e sempre adotava o ar de um tipo de homem que eu, mais tarde, viria a reconhecer logo, um homem que quer deixar bem claro o peso monumental das suas responsabilidades; deixar claro que era um homem que a benévola mão do destino empurrara para o turbilhão do seu tempo. Cumprimentava as pessoas com uma espécie de modéstia invertida, que parecia calculada para fazer os outros se sentirem humildes. Sempre andava de terno e gravata, o cabelo penteado e armado, cuidadosamente partido a fim de esconder as entradas. Usava óculos escuros de aros dourados, que raramente tirava quando apertava a mão dos outros. Não precisava mostrar-se ansioso para demonstrar sua lealdade. Era um alto funcionário do Mokhabarat, treinado em Moscou pelo KGB, preocupado com o quadro geral, mais amplo, com a mecânica da segurança, calculando quem ia ficar solto e quem ia ficar preso. A maioria de nós, crianças, fora induzida a ter medo dele. A maioria de nós admirava secretamente o seu poder, em comparação com nossos pais. Todos queríamos estar no lugar dele.

Ustath Jafer entrou na sala de visitas, onde mamãe e eu estávamos sentados à espera, como pacientes num consultório médico. Mamãe levantou-se, eu não. Ele veio direto na minha direção, esfregou meu cabelo e disse apenas: "Suleiman".

Levantei-me, meus olhos voltados para mamãe, na esperança de conseguir desviar de mim o olhar dele.

"Como vai?"

"Responda ao seu tio", disse mamãe.

Olhei para o chão e balbuciei: "Estou bem, Ustath Jafer".

Isso o fez estalar as mãos uma contra a outra e rir. Voltou-se, afinal, para mamãe. Apertou a mão dela sem fitar seu rosto, repetindo: "Sentem-se, sentem-se".

"Najwa veio especialmente para falar com você, Jafer", disse Um Masoud numa voz desnecessariamente alta, enquanto um sorriso movia-se furtivo em seu rosto. "Ela é nossa vizinha muito querida. O profeta nos ensinou a amar o próximo."

"Claro, claro", disse Jafer, em tom benevolente.

"Obrigado", respondeu mamãe, e repetiu sua afirmação: "Juro, juro que sempre gostei de vocês". E acrescentou: "Masoud e Ali são como meus filhos. Juro, não existe diferença entre eles e Suleiman". Em seguida, para meu horror, começou a chorar de novo.

Um Masoud olhou para o marido e contraiu os lábios. Parecia autenticamente comovida com mamãe.

"Vá fazer um chá para nós", disse em tom baixo, e Um Masoud saiu da sala. O tom de voz de Jafer mudou quando se dirigiu à esposa, foi ríspido e indelicado.

"Juro, Bu Masoud", disse mamãe, "estes dias têm sido um inferno."

Ele não lhe perguntou o que ela queria dizer, parecia entender, parecia saber de tudo.

"Ele é inocente. Se fez alguma coisa foi porque foi instigado por outras pessoas. Bu Suleiman sempre foi leal, ele não é desse tipo. Aconteceu que as outras pessoas, que Deus lhes perdoe, ficaram sussurrando nos ouvidos dele."

"Ele não devia ter dado ouvidos."

"Eu sei, eu sei", disse mamãe. "Mas o que se pode fazer, o diabo é ardiloso." Em seguida, com renovada esperança, mamãe disse: "Juro, desde que soubemos a respeito de Rashid, nada mais tivemos a ver com ele nem com a sua família". Recomeçou a chorar. "Por favor, Ustath, tem de acreditar em mim."

"Calma, calma", disse ele com uma voz tão suave que senti um estranho impulso de abraçá-lo. "Deus é grande. Capaz de tudo."

E isso foi tudo o que falou. "Deus é grande" e "Capaz de tudo".

Veio o chá, servido com o bolo que mamãe tinha feito. Recusei tudo, mas Um Masoud insistiu. Segurei o pratinho na mão e olhei para ele. Peguei o morango da cobertura do bolo e enfiei inteiro na minha boca. "É um menino muito bonzinho", disse Um Masoud. Ustath Jafer olhou-me de relance e gritou: "Masoud, Ali". Depois perguntou à esposa: "Onde é que eles estão?". "Estavam na casa de Osama", respondeu ela, "vendo televisão." Imaginei todos os meninos juntos lá, vendo um filme de caubói recém-lançado, que Osama sempre conseguia achar. Ele era talentoso para garimpar lançamentos. Meu coração revirou-se de ansiedade.

Um Masoud acompanhou-nos até a saída. Quando estávamos na porta, soltou uma exclamação. "Só um instante", falou, depois voltou com o pedaço de bolo que tinha me dado, sem o morango. "Tome, Suleiman, seja um bom menino e entregue para o homem sentado ali no carro." Depois, para mamãe, acrescentou: "Eles trabalham muito, ficam sentados o dia inteiro debaixo do sol". Mamãe fitou Um Masoud com ar perplexo.

Feliz porque o bolo não era para mim, levei-o para Xarif, que sorriu para mim e Um Masoud e depois pegou o pratinho.

Os garotos agora estavam saindo da casa de Osama, com os olhos sonolentos. Na certa, tinham visto o filme na sala de estar, às escuras, cada um ocupando um pedaço do tapete espesso, com almofadas dobradas embaixo da cabeça e o volume no máximo. Quando o herói beijou a heroína, eles devem ter soltado uns risinhos e jogado almofadas uns nos outros.

Andei com mamãe na direção de casa, mas aí, quando vi a sombra escura da entrada, resolvi ficar ali fora. Andei pelo jardim, sacudi um galho da laranjeira, não caiu nenhuma fruta. Fui até a calçada e fiquei lá, chutando uma pedrinha, na esperança de que um menino viesse me dizer alguma coisa, incluir-me numa brincadeira ou numa conversa.

Adnan tinha começado a empilhar pedras. Iam brincar de Seis Pedras. Sentei na calçada. Xarif estava devorando o bolo. Quando ficaram prontos para começar a brincadeira, apanhei uma pedrinha e joguei lá de longe para acertar na pilha de pedras e desmontá-la. Queria impressioná-los com a minha pontaria. Mas em vez disso a pedra acertou em Adnan. Todos viraram-se para mim. Osama, o poderoso Osama, partiu em minha direção.

"Está maluco?", berrou. Lembrei que se a pele de Adnan fosse perfurada, ele poderia sangrar até morrer. Osama, agora, estava bem na minha frente. "Você ficou doido?" Bateu com o dorso das mãos no meu peito e eu caí. Ouvi Xarif sair do carro. "Está querendo matá-lo?", berrou Osama, e chutou-me enquanto eu estava no chão.

"Já chega", ouvi Xarif falar e levei mais um chute. Onde estava Karim? "*Chega*, eu já disse", repetiu Xarif e agarrou Osama pela nuca. "Quando falo chega é chega." Osama jogou a cabeça para trás a fim de aliviar a dor. Xarif empurrou-o de volta para o resto dos garotos. Osama perdeu o equilíbrio e caiu. Olhou para mim com ódio nos olhos. Quando alcançou Adnan, pôs a mão no ombro dele, depois ajoelhou-se para examinar sua canela, o lugar onde minha pedra havia batido.

"Vocês não podem bater uns nos outros sem nenhum motivo", disse Xarif, e voltou para o carro, com uma pinta de glacê de bolo grudada no canto dos lábios.

Corri para a sombra de casa. Mamãe estava no quarto, com a porta fechada. Devia estar dormindo ou doente. Alguns minutos depois, ouvi uma ambulância entrar berrando na nossa rua. Espiei pela janela da sala de estar. Adnan estava apoiado com um braço em Osama, o resto dos meninos estava reunido em volta deles. Adnan mancou apoiado pelos braços brancos do médico, sua canela era uma bola de ataduras. Xarif ficou segurando a porta aberta da ambulância. Fechou-a com muito cuidado.

16.

O golpe do dorso das mãos de Osama ainda ecoava em meu peito. Eu tinha certeza de que ia ficar com um hematoma, que duas manchas azuis iam aparecer acima dos mamilos. Eu também tinha esfolado o cotovelo na calçada dura. Medo, porém mais ainda autopiedade, vibrava dentro de mim como uma corrente elétrica enquanto eu estava deitado na cama. Enrolei-me feito uma bola, de lado, e lembrei como o resto dos meninos, reunidos com preocupação em torno de Adnan, olharam fixo para mim. Karim era o único que não estava surpreso; ele já havia resolvido, ou assim parecia, que tipo de pessoa era eu. Masoud parecia chocado, mas também apreciando a emoção enquanto tomava todo cuidado com a canela machucada de Adnan. O seu irmão mais novo, Ali, fazia o de sempre quando ficava espantado com alguma situação: ele chorava, olhando o tempo todo para o irmão mais velho em busca de uma orientação. Adnan olhava com ar solene para a sua ferida, como se fosse a má notícia que já se esperava e que enfim havia acontecido, sem condenar nem aprovar o ataque de Osama contra mim. Talvez ele nem tivesse notado. Mas

Karim, no mínimo, parecia aliviado nesse dia, como se algo de que ainda se tinha dúvida houvesse, enfim, recebido uma confirmação. Talvez a dúvida seja pior que o desgosto; seguramente é mais valiosa que o amor.

Ao correr em meu socorro, Xarif dividiu as águas, criou uma contracorrente que me levaria para mais longe ainda de Karim. Somos arrastados por alianças, algumas delas já nascem conosco, a outras somos convocados, mas sempre em desacordo conosco. Lembrei como, ao me puxar da calçada pela mão, Xarif havia soltado um suspiro: "Slooma", a variante adocicada do meu nome, usada apenas por minha família, e que agora eu raramente ouvia, e ele falou quase num cochicho, amparando-me. E lembrei também como minutos depois ele fechou a porta da ambulância na frente da figura horizontal de Adnan, o volume da arma visível na abertura do paletó, aceitando a raiva de Osama, concordando que eu não era inocente, que Adnan era a vítima suprema e eu era o desalmado, na melhor das hipóteses um descuidado, uma criança, perfurando a pele que não pode se fechar sozinha.

A marca no meu cotovelo, que naquele tempo era duro e enrugado como a pele em volta do olho de um elefante, tinha a cor de uma beterraba, ardia, mas já estava fechada.

Deitado na cama, eu fazia força para lembrar os nomes. Só conseguia pensar em Ustath Rashid, Nasser e Moosa. Eu tinha certeza de que não era o bastante; porém a esperança comichava em meu peito. Mal conseguia esperar a hora de correr até Xarif. Levantei o colchão, peguei o livro e corri para fora, enquanto a boca repetia em silêncio, Rashid, Nasser, Moosa, as duas mãos bem apertadas contra o livro, espremendo-o como se fosse um peixe que tentava escapar. Mas Xarif não estava lá. Os garotos tinham ido embora. Um círculo de marcas de pneus estava riscado na rua de terra. Preocupado com Adnan, Xarif devia ter saído correndo atrás da ambulância, talvez tenha até servido de escolta para eles, pensei. Fiquei ali parado, sentindo um vazio. *Rashid Nasser Moosa*. Os nomes ainda estavam na minha cabeça, borbulhavam na minha língua, estranhamente desconhecidos, como se eu os ouvisse pela primeira vez.

Cuidado e atenção. Acho que era disso que eu sentia falta. Uma atenção firme, calorosa e imutável. Num tempo de sangue e lágrimas, numa Líbia cheia de homens cobertos de hematomas e com manchas de urina na roupa, afligidos por carências prementes e aflitos em busca de alívio, eu era uma criança ridícula, carente de cuidado e atenção. E embora eu não pensasse nisso nesses termos, minha autopiedade havia se degradado e virado uma auto-aversão.

Coloquei o livro embaixo do colchão, no meu quarto, e deitei de novo todo aninhado, de lado sobre a cama. Ouvi os grilos que agora picavam o ar lá de fora, perto da minha janela. O céu muito azul ia ficando pálido à medida que o cinzento o invadia. Ouvi mamãe entrar no quarto, mas fingi que dormia. Minha cama era estreita, feita para uma só pessoa, mas ela encontrou um canto ao meu lado e enfiou o rosto no meu pescoço. Ela sempre parecia presa, presa em sua própria casa, sempre incapaz de se preparar para qualquer outra coisa. Sua respiração ficou irregular. Senti suas lágrimas na minha pele, seu hálito tinha um cheiro quente e salgado, ardido por causa do remédio.

"O que vou fazer?", disse ela. "O que vou fazer o que vou fazer o que vou fazer o que vou fazer o que vou..."

"Mãe", interrompi. Sua voz era como areia subindo no ar, me assustou.

"O que vai acontecer se eles não puderem ou não quiserem nos ajudar?", perguntou de repente.

"Quem?"

"Esse Jafer e Um Masosud", retrucou zangada. Senti-me culpado. "Não quero viver, se eu tiver de viver assim."

"Quando eu for grande, vou levar você para a Escócia. Prometo, pela minha vida."

Então minha mente recuou para o tempo em que ela estava presa; qualquer fantasia sobre o futuro fazia renascer aquele sonho original: o resgate da garota que ela fora um dia.

"Mamãe, conte o que aconteceu depois que o tio Khaled viu você na Cafeteria Italiana." Foi a primeira vez que pedi à mamãe que falasse do seu passado. Normalmente, quando ela estava doente, eu ficava mudo que nem uma parede, hipnotizado e horrorizado.

Ela não disse nada.

Será que está pensando em como vai começar, pensei, ou está fingindo que não sabe do que estou falando?

Mamãe tomou um fôlego profundo e começou a sussurrar em meu pescoço. Senti um grande alívio derramar-se sobre mim. Eu podia ficar ouvindo mamãe para sempre. Quis virar-me e abraçá-la, mas tive medo de que, ao mexer, tudo fosse mudar.

"Sua tia Nora foi quem me contou", começou mamãe. "Ficou ouvindo escondida a primeira sessão do Alto Conselho", disse ela, e deu uma risadinha, aquele risinho estranho que ficava em algum ponto entre o riso e o choro. Eu sorri, grato por vê-la de volta ao terreno familiar. "Nossa maldição foi termos sete irmãos. Viviam todos em volta do seu avô. Khaled ficava no centro, é claro. O poeta acaba por ser ouvido, o poeta acaba por receber toda a atenção dos 'hipócritas'. Era assim que ele costumava chamá-los, porque zombavam dele, não conseguiam entender a sua sensibilidade, as suas idéias complexas, o poeta talentoso." Ela com certeza estaria doente. Mas, de algum modo, isso não tinha importância. Era bom ter mamãe ali, abraçando-me e contando histórias outra vez. Até o seu hálito de remédio era tolerável, mais do que tolerável, me fazia lembrar o passado, era agora parte de nós, parte das histórias. Porque se o passado tinha um cheiro era aquele, incisivo, acentuado e penetrante.

A parte do céu visível da minha janela estava escurecendo. Finos véus de nuvens acorreram e foram tingidos de laranja e violeta pelo sol poente que tomava seu último alento antes de afundar no mar. A brisa amena que batia no início do entardecer rodava agora delicadamente à nossa volta. Meus braços e pernas relaxaram e desejei, em silêncio, profundamente, que nada viesse nos perturbar, que o telefone e a campainha ficassem mudos. Desejei até que Baba retardasse o seu regresso. Os dois éramos prisioneiros, nossa casa e o passado eram a nossa prisão, mas era familiar, não era cheia de aflições sombrias e de alienação fria. Lembrei-me dos garotos, da ambulância, de Xarif, e apertei o braço de mamãe com mais força, obscuramente satisfeito com o mundo que me fora dado, grato por ser dela, feliz por ser ela a mãe porque, como havia confirmado xeique Mustafá, todas as mães vão entrar no Paraíso. Fiquei surpreso diante da facilidade com que as palavras do xeique jorraram de minha boca: "'Deus prometeu que todas as mães vão para o Paraíso, porque o sofrimento padecido pelas mulheres ultrapassa todos os tipos de sofrimento humano'".

"Um dia, quando eu tinha mais ou menos a sua idade", disse ela, "fiquei conversando com um garoto que morava numa casa vizinha. Ele falou alguma coisa e eu ri. O seu avô nos viu. Ainda recordo as lambadas da corda de cânhamo que me perseguiu rua abaixo, as pessoas na rua, seus olhos ferozmente curiosos, os meus gritos incontroláveis e medonhos, a corda emitindo um som de soluços atrás de mim e o misterioso silêncio de seu avô, o sorriso tenso que sempre tinha no rosto nessas horas. Corri para dentro de casa, chorando aos berros. Quando sua tia e sua avó viram o seu avô, gritaram, imploraram que parasse. Ele não disse nada, me perseguiu pelo quintal. Fiquei encurralada, sem saída. A mão dele caiu com o peso de um saco de areia na minha cara."

A descrição de mamãe do sorriso do vovô me fez lembrar o sorriso de Ustath Rashid na hora em que interrompeu a briga entre seus dois alunos em Leptis e o sorriso de Baba quando Nasser nos telefonava no *Eid*.

"Mais tarde, quando Khaled contou ao seu avô que tinha me visto na Cafeteria Italiana sentada à mesa em companhia mista, trancaram-me no quarto durante trinta dias e trataram de arrumar um noivo para mim às pressas. Khaled condenou a flor, a jovem, a burra, a ingênua de catorze anos à prisão perpétua."

"Durante um mês, fiquei trancada no quarto", disse mamãe, com ar sonhador. "Um mês." Seu braço me apertou mais ainda. Senti por ela um amor imenso. "Quando seu avô disse: 'Vai ficar aqui até contemplar seus atos mil vezes', pensei na nossa Xerazade. A palavra 'mil' trouxe à minha memória aquela mulher desgraçada. Mas, de algum modo, ao pensar nela não me senti tão só. Lembro-me de prometer a mim mesma que leria mais, ampliaria as minhas opções de companhia, mas parte do castigo consistia em deixar-me ali sem nenhum livro. 'Não dê a ela nenhuma munição', disse o seu avô. 'Uma mente corrompida torce tudo em seu próprio benefício.' Senti falta da leitura. Senti falta da escola. Mas, acima de tudo, senti falta dele, o garoto diante de quem eu estava sentada numa mesa da Cafeteria Italiana, eu nem me lembro do nome dele. Depois que Khaled pagou pelos nossos cappuccinos e foi embora, fiquei tão comovida que segurei a mão dele em cima da mesa, não por baixo, como estávamos fazendo antes, em segredo, mas ali onde todos podiam ver. Meus olhos estavam transbordantes de lágrimas de pura felicidade. O garoto, e como eu gostaria de conseguir lembrar o nome, tinha os olhos tão bonitos, até hoje posso vê-los, o garoto ficou mais encabulado do que eu. Corou de um modo tão bonito. Na minha prisão eu pensava nele, e pensar nele me tornava mais forte. Pensei comigo: 'Tudo isso não tem importância, porque ele e eu existimos no mesmo mundo, com os mesmos rios, mares e montanhas'. Que garota boba era eu. 'Onde quer que ele esteja', disse a mim mesma, 'e por mais que se esforcem para nos manter separados, não vão conseguir impedir que nós dois contemplemos o mesmo céu, a mesma lua e sejamos aquecidos pelo mesmo sol.' Pôr os olhos num desses objetos eternos me dava uma grande alegria; o sol, uma nuvem, o azul do céu me davam uma sensação de vitória sobre o castigo deles. Mas, no fim, foram eles que ganharam. Meu arsenal de personagens literários encolheu rapidamente daí em diante, até Xerazade me traiu. Agora sou incapaz de ler qualquer coisa mais longa do que um poema ou uma reportagem de jornal. Livros exigem uma dedicação excessiva."

"Quando me soltaram, fui para o jardim esticar minha vista e respirar ar puro. Meu único protesto durante aquele mês foi não tomar banho. Meus cabelos, que batiam no joelho, estavam embolados numa trouxa e sem cuidados. Meus olhos fixavam-se em objetos à distância, que se dissolviam. Poder esticar minha vista era como bocejar. Um hálito de ranço saía de dentro da minha blusa. Ao ar livre, o meu fedor era mais forte. Tinha cheiro de batata cozida. Eu me perguntava como seria o cheiro dele nas noites em que eu teria de ficar deitada embaixo do seu corpo. O impulso de chorar foi substituído pelo que entendi como raiva, mas que, agora sei, era ódio. Senti seu jugo veloz e repentino, quente e confiável, meu. Foi o que me instigou a falar em voz alta comigo mesma feito uma louca, revelando todos os meus pensamentos para o meu pai, que eu não sabia que estava do outro lado da parede, escutando. Ergui a voz numa discussão, como se a Líbia e a minha família tivessem aparecido diante de mim. 'O que quer que ela faça?', eu dizia para o vento. 'Morra? Suma da face da Terra? Proíbem que vá à escola, deixam-na trancada sozinha durante trinta dias e agora querem casá-la com um homem completamente estranho a ela, com um nariz grande. Que coisa fantástica!' Vi que ele vinha na minha direção com aquele sorriso estranho que antecedia qualquer surra, menos um sorriso do que uma expressão de dor. Seus lábios forçavam e afetavam os olhos, ele parecia quase arrependido. Dessa vez, a inevitabilidade do fato me esvaziou, não consegui reunir forças nem para falar e dizer 'não', muito menos para correr. Fiquei parada, sentada debaixo da treliça de parreira que sombreava uma área forrada com tapetes, onde às vezes nos reuníamos nos fins de tarde para tomar chá e comer amêndoas tostadas, ouvindo nossa avó recitar as *Mil e uma noites*."

Senti o coração tenso de medo por mamãe, imaginei se o meu avô bateria nela de novo com a mão que pesava como um saco de areia.

"Discutir sobre o nariz de um pretendente sugeria desejo, uma sugestão que eu preferia morrer a declarar na presença de el-haj Muftah, o seu avô."

Mamãe gostava de referir-se a seus parentes pela maneira como se relacionavam comigo: o pai dela era o "seu avô", o irmão dela era o "seu tio". Isso me dava a sensação de ser responsável, como se eu fosse culpado das ações deles, e tornava ainda mais singular o fato de serem todos eles completamente ausentes da nossa vida. A casa de meus avós ficava em Benghazi, de onde vinha a família, a doze horas de carro, onde meus tios, minha tia Nora e meus inúmeros primos também moravam. Sempre achei que era por causa da distância que nunca nos visitavam, porém mais tarde descobri que era o envolvimento político do meu pai que os havia assustado. As pessoas às vezes eram presas só porque se reuniam. Parecia muito normal na ocasião, como acontece com a maioria das coisas na infância, mas agora, pensando naquilo, me dou conta de como vivíamos isolados.

"Uma menina boa, virtuosa e casta", continuou mamãe, "só deveria se preocupar com o caráter do seu pretendente, não com o seu nariz. Uma surra, pensei, era agora inevitável. Mas havia algo no modo como ele prolongou o momento que me fez pensar que ele apreciava aquilo. Meu ódio se retesou em torno do meu coração. Então ele sentou ao meu lado, pôs o braço em volta dos meus ombros e falou de um jeito como nunca havia falado. Naquele instante, seu estranho sorriso ganhou um sentido novo. Uma vez que o sorriso sempre acompanhava as pancadas, eu o interpretava como uma expressão de lástima com relação a uma coisa que ele se sentia obrigado a fazer; achava que a inevitabilidade da situação abalava o seu espírito com a contradição entre amor e justiça. Nunca desconfiei de que tivesse prazer de bater em mim. De fato, embora sempre discordasse do castigo, eu também acreditava que, talvez devido a uma falta muito antiga que impedia pais e filhos de se reconciliarem, devia suportar o castigo assim como ele devia suportar aplicá-lo. E dessa forma passei a interpretar o seu sorriso como o sorriso de um homem em apuros, dilacerado entre o desejo e o dever, entre o que ele gostaria de fazer e o que tinha de fazer. Desse modo, eu o resgatava em minha memória. Porque jamais duvidei do seu amor. Mas daquela vez, quando sentou ao meu lado, o sorriso pareceu significar alguma outra coisa. Junto com a voz meiga e o abraço, ele também estava ali para me consolar. Eu chorei. Chorei porque a sua piedade era mais severa do que a sua justiça; chorei porque entendi que eu agora era propriedade de um outro homem, que me surrar já não era mais um privilégio que ele pudesse permitir-se. Aquele sorriso reprimido agora parecia a sua despedida."

"'Acha que eu poderia vendê-la?', disse ele, sentado ao meu lado embaixo da treliça da parreira. 'Acha que eu a entregaria a um homem que não a merece?' E foi assim que eu soube que havia acabado. Uma palavra foi dada e uma palavra foi recebida, palavras de homens que nunca poderiam ser tomadas de volta ou trocadas. Meus olhos já não bocejavam mais. Agora eu conseguia focalizar direito. Lembrei-me de pancadas e senti as costas ficarem mais altas ao me dar conta de que as surras haviam terminado para sempre. Baixei os olhos até o meu joelho que tocava o dele e fiquei surpresa ao ver como o corpo humano é capaz e resistente."

Lembrei como as minhas costas também tinham ficado mais altas depois que o carro branco parou de nos seguir. Então pensei em Ustath Rashid — eu não tinha a menor idéia do que estava acontecendo com Baba —, em como ele estava trancafiado, com o corpo machucado e sujo. Talvez ele também estivesse agora sentado junto a um de seus interrogadores, e eles, de repente, para imensa surpresa de Ustath Rashid, colocavam o braço em seus ombros machucados, depois sorriam para ele. E talvez ele também baixasse os olhos para as duas coxas, próximas uma da outra, e se admirasse ao ver como o corpo humano era forte. Toquei nos pontos do meu peito onde Osama me golpeara com o dorso da mão. Embora ainda doesse, a dor estava mais entorpecida, parecia menos penosa.

Lá fora, no jardim, os grilos faziam barulho. Do nada, um passarinho começou a cantar; em seguida, como que encabulado, percebeu que estava sozinho e emudeceu. Após um momento, a respiração de mamãe ficou mais profunda e mais demorada; tinha adormecido. Seu braço, ainda enrolado na minha cintura, ficou mole. Imaginei o que eu teria feito para salvá-la. Na minha fantasia, eu dava uma pancadinha no vidro da janela do quarto onde ela estava presa e a ajudava a pular para fora. Fugiríamos correndo para algum lugar onde ninguém pudesse nos encontrar. E, para evitar os mexericos, fingiríamos ser irmão e irmã, porque eu teria nove anos e ela catorze. Eu faria palitinhos de gergelim e venderia para crianças, entregaria a mercadoria na minha motocicleta grande. O dinheiro que eu ia ganhar gastaria em livros para ela. E um dia ela ia encontrar aquele rapaz com quem esteve na Cafeteria Italiana — talvez à beira-mar, ou num bar, sorrisos grandes, silenciosos, no rosto dos dois. E depois que tivessem encontrado muitos motivos para ficar juntos, depois que todos os livros do mundo tivessem sido lidos, seria a hora de eu nascer. Minha imaginação repetia o relato na minha cabeça — eu a salvava, fugia com ela, depois voltava para salvá-la de novo — até que o sono se enrolava à minha volta e eu afundava nele, sentindo o brilho escuro e morno da esperança expandir-se em mim.

17.

Na manhã seguinte, pulei da cama assim que os meus olhos abriram. Ainda podia sentir a sombra quente do braço enrolado em mim. A primeira coisa que fiz foi tomar banho — uma coisa que em geral tinham de pedir que eu fizesse —, depois vesti um calção, uma camiseta e sandálias. Ela já havia despertado e estava sentada com o jornal aberto à sua frente, sobre a mesa do café-da-manhã. Beijei sua mão e comecei a falar.

"Quando é que a gente vai dar uma volta de carro? Vamos até o Signor Il Calzoni."

Ela colocou o dedo na linha que estava lendo e disse: "Por que não vai brincar com seus amigos, habibi?".

Eu não queria ver os garotos. Fui brincar na minha oficina em cima do telhado durante um tempo, depois senti-me de repente preocupado com mamãe. Fui procurá-la. Não estava na cozinha e a porta do seu quarto estava fechada.

"Mamãe?"

O silêncio antes da resposta foi interminável.

"O que é?", perguntou.

Eu não sabia o que mais dizer.

"O que você quer?" Sua voz não estava normal. Meu instinto dizia para entrar e ficar junto dela.

"Sabe que horas são?"

"Que horas são?" Então ouvi mamãe dizer para si mesma: "Que pergunta!". Limpou um pigarro e falou, mais alto do que era preciso: "São nove horas. Vá brincar".

Saí para o jardim outra vez e fiquei deitado à sombra da árvore de noz-de-cola. A luz do sol filtrava através dos ramos e das folhas, queimava suas bordas de branco. Lembrei-me de um sonho que tive naquela noite. Do nada, ele voltou. Mamãe estava doente outra vez. Ria de mim porque eu não conseguia andar. Quando olhei para baixo, vi que não tinha pernas. Ela deu uma risadinha daquele jeito maluco que fazia quando estava doente. Compreendi então que eu tinha ganhado asas, asas compridas como a rua da Amora. Mamãe batia palmas e ria com tanta força que seus olhos lacrimejavam. Lembrar o sonho me deu uma desculpa para correr para ela.

Abri a porta sem bater. Estava deitada na cama, o jornal na mão.

"Acabei de lembrar um sonho, será que você pode explicar para mim?" Eu só pude dizer: "Você estava doente de novo", antes de ela me interromper.

"Para que chamar a desgraça?"

"Não estou fazendo isso. Foi um sonho."

"Não deixe que esses pensamentos ruins tomem conta de você."

Olhei para o chão.

"O que você vai fazer para o almoço?"

"Almoço? Ainda é muito cedo para o almoço. Está com fome?"

"Não", respondi, e saí do quarto.

Estava andando pelo jardim, quando avistei Xarif falando com Ustath Jafer. Corri para o meu quarto, apanhei o livro que estava embaixo do meu colchão e corri para fora. Fiquei parado ao lado deles, sem querer perturbar a conversa, mas incapaz de me acalmar. Os dois olharam para mim.

"O que quer?", perguntou Ustath Jafer.

Balancei a cabeça e me afastei. Pus o livro na calçada em frente à nossa casa e sentei em cima dele, fingi que estava desenhando na areia. Xarif fez que sim com a cabeça diversas vezes, enquanto Ustath Jafar falava, apontando para a nossa casa, depois para a de Ustath Rashid. Em seguida, fez um gesto com a mão para Xarif, como se dissesse: "Vá embora", e entrou na sombra escura da sua casa.

Xarif entrou no seu carro. Fui até ele.

"Este é o livro de que lhe falei", e lhe entreguei o livro de Baba, *Democracia agora*.

Pegou o livro, virou-o na mão, depois o devolveu.

"É um presente de Ustath Rashid para Baba."

"Humm", respondeu, sem interesse.

"Olhe", falei, abrindo o livro, apontando a dedicatória. Ele estreitou os olhos para ver. "Também tenho nomes." Ele pareceu não saber do que eu estava falando, ou não se importar. "Nomes para testemunhar em favor de Baba, lembra? Tenho Rashid", falei, e apontei para a casa de Ustath Rashid. "Nasser e Moosa."

"Nada de novo", disse ele, irritado, enquanto pegava a chave e enfiava na ignição. Eu podia ver a linha onde a pele seca e escura do seu lábio inferior terminava e onde começava a carne úmida e mais descorada da parte de dentro da boca. Olhei as incontáveis marcas de varíola na sua bochecha, cada uma de tamanho e formato diferentes, a pele dentro delas brilhosa e um pouquinho mais clara. Ligou o motor. "Se eu fosse você, não pensaria mais nisso", falou. "Seu pai foi muito cooperativo, derreteu feito manteiga." Fez um aceno na direção da casa de Ustath Jafer. "E agora um braço poderoso veio em seu socorro." Eu estava inclinado na direção do carro. "Vá embora", disse ele, e se foi sem se despedir.

Fiquei parado na rua, sem conseguir entender o que Xarif queria dizer com "cooperativo", "derreteu feito manteiga". O sol tinha roído todas as sombras, queimava a nossa rua de terra e a deixava branca. Parecia um grande esforço apenas manter os olhos abertos. Entrei em casa, grato por sua sombra fria, grato pelo telhado em cima de nós, e piscava os olhos para apagar os borrões de luz que ficaram estampados em minha retina.

Mais tarde, naquele dia, Moosa chegou. Estava muito agitado e era incapaz de ficar parado no lugar.

"Trípoli está sendo virada de pernas para o ar. Pegaram todo mundo, recolhem as pessoas como um rebanho."

"Onde está Faraj?"

"Não sei. Ligue a tevê. Rashid. Rashid vai ser julgado... *Julgado*? Quero dizer... os sacanas."

"Quando, quando?", perguntou mamãe. A incansável aflição de Moosa a havia contagiado.

Ele ligou o televisor na sala de estar e sentou-se no sofá. Ela sentou-se ao seu lado. Toda vez que mamãe tentava falar, Moosa erguia a mão no ar.

Ustath Rashid estava sentado, um foco de luz aceso em seu rosto. A transmissão era uma reprise da que eu tinha visto no horário do cochilo, mas agora era noite, todo mundo estava acordado para assistir.

"Você esteve presente na reunião?"

Ustath Rashid hesitou, em seguida fez que sim com a cabeça e disse:

"Sim, eu estava presente." Depois repetiu: "Presente, presente", dessa vez alto o bastante para que não houvesse dúvida. Em seguida, a cena mudava, não mostraram Rashid dizendo "Não" para o nome de Baba. Em vez disso, um homem agora estava sentado diante de uma escrivaninha com papéis espalhados. Parecia um locutor de noticiário, mas pelas roupas e pelo capacete de cabelo crespo vi logo que era um membro do Comitê Revolucionário.

"Elementos sombrios", disse ele, no tom agudo e rosnado em que as declarações do Comitê Revolucionário eram em geral transmitidas, "traidores que desprezam e invejam a nossa revolução, foram detectados. Nós, o Comitê Revolucionário, os Guardiões da Revolução, capturamos todos os membros desse grupo desencaminhado, também aqueles que lhes deram abrigo e recursos, e os puniremos com severidade." O homem olhou para a câmera e acrescentou: "O inimigo foi arrasadoramente derrotado. Longa vida ao Guia, longa vida à Revolução de Setembro". A câmera só ficou parada no homem durante o tempo necessário. Por fim, ele declarou: "Chega. Terminei". Então a tela ficou preta por alguns segundos antes que as flores voltassem, dessa vez acompanhadas por canções revolucionárias.

Eu estava de pé na porta da sala, na mesma porta onde Xarif tinha ficado, o mesmo Xarif que a essa altura já devia estar de volta, sentado em seu carro, diante da nossa casa, leal, eterno, seguro do seu lugar no mundo, saturado de um cheiro de homem. Entrei na sala e sentei no chão, entre o sofá e o televisor. Nenhum dos dois disse para eu sair. Ficamos olhando as flores cor-de-rosa e ouvindo as entusiasmadas canções da revolução, quando, sem explicação, a transmissão recomeçou. Tudo o que se podia ver era o céu escuro da noite e, no fundo da tela, cabeças que reluziam sob a luz dos refletores. Alguém sussurrou: "Zoom". E depois, em tom de irritação: "Zoom, recuar o zoom". A câmera deu uma guinada para baixo e agora só se podia ver o chão de concreto. Um pé entrou no quadro. Pude ver a costura puída no sapato de couro do homem e a figura de uma águia de asas abertas na estreita fivela de metal que ficava presa por cima. "Eu disse para recuar o zoom, seu imbecil. Anda." O pé recuou, a câmera ergueu-se e recuou o zoom.

"Estão no Estádio Nacional de Basquete", disse Moosa com voz suave, para mamãe ou para si mesmo.

"Qual? Onde?"

"O que fica no caminho do centro."

"E o que estão fazendo lá?", perguntou mamãe, alteando a voz.

Os interrogatórios eram sempre realizados em salas sem janelas. Moosa nada respondeu, e eu, com medo de que mamãe me mandasse sair para praticar minhas escalas no piano, não olhei para trás.

O Estádio Nacional de Basquete estava cheio. A câmera deu uma panorâmica nas arquibancadas; não havia nenhum lugar vago. A maioria dos espectadores vestia algo verde: a camisa, uma fita no braço ou na cabeça. Contra quem vamos jogar?, pensei. O basquete não era um esporte que me agradava, mas quando a Líbia jogava contra um outro país, qualquer que fosse o esporte, eu ficava atento, colado à tela do televisor. Uma vez fiquei seis horas parado, assistindo a uma partida de xadrez entre um líbio e um coreano no Campeonato Internacional de Xadrez de Moscou. Quando o coreano venceu, quase chorei de frustração.

A câmera, por fim, virou-se para a quadra. A mesa comprida estava no centro. Quem pôs a mesa ali tomou todo o cuidado para que o meio ficasse exatamente na linha do centro da quadra. Estava minuciosamente decorada ao estilo de uma mesa de entrevista coletiva: o tampo esmeradamente coberto por uma toalha de mesa branca, e na frente, escondendo os pés das pessoas sentadas, um pano verde descia exatamente até o chão. Três pessoas estavam sentadas à mesa comprida, dois homens e uma mulher. Havia uma garrafa de água e um copo vazio na frente de cada uma delas. Havia um microfone na frente do homem que estava no meio. Ele deu dois toques com o dedo no microfone, depois começou a ler em uma folha de papel que tinha na mão.

"O consumado líder revolucionário da revolução mundial por uma nova civilização, Muammar al-Kadhafi, líder do povo líbio, símbolo de esperança e de liberdade, o Filho do Deserto...", o homem ergueu os olhos, conferindo o estado de ânimo da multidão, "....porque", disse, alteando a voz, apontando o dedo indicador para o céu, "foi no deserto que nasceu o nosso líder, no deserto onde Deus falou para Moisés, no deserto onde o profeta Elias ouviu a voz mansa de Deus ordenar que ele devia opor-se à tirania de um soberano opressivo, no deserto onde Cristo preparou-se mediante o jejum e as orações para uma missão que havia de determinar a história do Ocidente, na solidão do deserto onde o profeta Maomé contemplou a ordem da criação e o estado triste do seu povo" — mamãe e Moosa não, mas eu disse "Paz e bênçãos sobre ele", depois do nome de cada um dos profetas —, "e foi também no deserto que o nosso Líder, o Guia, o Salvador da Nação, nosso Grande Professor e Benfeitor, o Pai do Grande el-Fateh da Revolução de Setembro, Muammar al-Kadhafi, nasceu, viveu, sonhou e refletiu."

A multidão levantou-se de um salto, aplaudindo. "Vire, vire", uma voz sussurrou, e a câmera virou-se para os espectadores, que aplaudiam contentes. Mamãe e Moosa ainda estavam parados e mudos.

"Esse que é o mais puro dos corações", o homem tentou prosseguir. Baixou os olhos e ergueu a mão, com o punho cerrado, acima da cabeça e golpeou o ar ritmadamente. "Esse..." Ele não conseguiu romper o bramido jubiloso dos espectadores. "Esse que é o mais puro...", disse, num tom de voz semelhante a uma sirene aguda, como a voz do xeique Mustafá, quando vacilava de emoção durante o sermão de sexta-feira. "Esse que é o mais puro dos corações, o emblema da perseverança, o símbolo da coragem, dedicação e autodeterminação, o nosso consumado Líder e Benfeitor, que nos ensina com abundância pelo exemplo, prevaleceu." Por um momento, ele perdeu a voz. A mulher à sua direita serviu-lhe um copo de água. Ele tomou um gole e continuou. "Povo, massas, irmãos, irmãs, hoje é um dia para festejar. Hoje derrotamos os elementos corruptos que tentaram solapar nossas conquistas e estorvar nossa marcha."

A multidão interveio, mais jubilosa e sôfrega, ansiosa para exprimir sua dedicação. Alguém tentou falar algo para o câmera. Ele não conseguiu ouvir e gritou: "O quê?". Nesse instante, os aplausos caóticos fundiram-se num hino, até o câmera e o homem a seu lado uniram-se ao hino: *El-Fateh, a revolução das massas! El-Fateh, a república!* Uma gritaria caótica reinou de novo, até que um outro hino se levantou: *Com o nosso sangue! Com a nossa alma! Defenderemos o nosso Guia!* A câmera moveu-se, a cena ficou borrada, depois focalizou uma das cestas de basquete. O zoom recuou depressa para a tabela da cesta, depois baixou para onde um homem, sentado em cima dos ombros de um outro, esforçava-se para amarrar uma corda. Em seguida, bateu com os calcanhares no homem sobre o qual estava sentado e ele se moveu. Quando estavam fora do quadro, a câmera recuou o zoom um pouco e mostrou uma corda que pendia de trás da tabela de basquete, balançando com um laço na ponta.

Olhei para trás, na direção do sofá. Mamãe e Moosa estavam sentados com as costas retas. As mãos de Moosa pendiam presas entre os seus joelhos e havia uma careta lúgubre em seu rosto, ao passo que o rosto de mamãe estava completamente inexpressivo. Eu nunca o tinha visto assim. Seu rosto não deixava passar absolutamente nada. Lembro uma vez em que Ustath Rashid mostrou para mim e para Karim um livro com retratos muito antigos de

Fayoum. Eram lindos, mas tinha uma coisa estranha neles. Então Ustath Rashid nos contou como tinham sido feitos.

"Como naquele tempo não tinham câmeras", explicou, "quando uma família perdia um ente querido, contratavam um pintor para fazer um retrato do falecido. E como ninguém gosta de se lembrar de um morto com o aspecto de morto, os pintores faziam todo o possível para que a pessoa parecesse viva. Davam-lhes lindas faces rosadas, grandes olhos redondos e às vezes até uma coroa de jasmins ou de folhas de oliveira."

Mamãe agora parecia um retrato de Fayoum, parada, de olhos muito abertos, linda, mas sem vida. Lembrei-me de uma curiosa frase de Ustath Rashid: "Se você olhar de perto, poderá ver a sombra da morte no retrato. São retratos incomparáveis, porque todos eles são destituídos de desejo".

A cantoria e os aplausos da multidão eram tão altos, tão histéricos e constantes que se fundiram em um ronco incessante, como o de um aspirador de pó gigante. Quando as pessoas se acalmaram, a câmera voltou a focalizar a quadra. Alguns metros à frente do comitê havia agora um outro homem. Tinha as mãos presas nas costas e estava sentado no chão, de pernas cruzadas, diante de um microfone num suporte. Não parava de olhar para trás, na direção da corda.

"Lá está ele", disse Moosa.

Então a câmera aproximou o zoom e pudemos ver que o homem algemado, sentado no chão do Estádio Nacional de Basquete, era Ustath Rashid. Sua testa brilhava de suor. Seu bigode também estava úmido, lágrimas prateavam suas faces. Não chorava de maneira honrosa, chorava que nem uma criança. Olhou para trás, na direção da corda, depois olhou para o comitê que estava ao seu lado e disse algo inaudível.

"Fale no microfone", ordenou o homem no centro.

Ustath Rashid olhou para o lado e viu um homem vindo de

trás. Ergueu os olhos para ele, tentou dizer alguma coisa. Se eu tivesse de adivinhar, diria que era algo como: “Eu beijo os seus pés, em nome de Deus, em nome dos seus pais”, porque, quando o homem colocou a mão no microfone a fim de ajustar a regulagem, Ustath Rashid tentou beijá-lo. Quando o homem afastou-se, Ustath Rashid olhou para trás, à procura dele.

“O que tem a dizer em sua defesa?”, perguntou o homem no centro da mesa.

Ustath Rashid olhou para ele e chorou de novo. Conferiu a corda pendurada, em seguida voltou-se para o homem, erguendo as sobrancelhas, contraindo os lábios, protestando como uma criança culpada.

“Estamos lhe dando uma chance para defender-se. Se é inocente, fale”, disse o homem com um sorriso, inclinando-se para trás na cadeira e olhando para o homem e para a mulher ao seu lado, que pareceram compreender o seu humor.

“Inocente, inocente... inocente.” Ustath Rashid aferrou-se à palavra.

“Mas temos aqui uma confissão”, gritou a mulher no microfone. A multidão ficou agitada. O homem no centro inclinou-se para ela e parecia dizer: “Deixe que eu cuido disso”. Ela fez que sim com a cabeça, de um modo solene, ajeitou a blusa, em seguida tornou-se repentinamente surpresa, satisfeita, e acenou para alguém na multidão.

“Está querendo dizer que não confessou?”, perguntou o homem, segurando uma folha de papel na mão.

Ustath Rashid balançou a cabeça e depois fez que sim, contorcendo o rosto de novo, inclinando a cabeça para o lado.

“Eu confesso, eu confesso”, repetiu, e depois, tomando um fôlego profundo, suspirou: “Eu confesso”, como se, sob a severidade da luz dos refletores, sentado no piso de plástico enrugado e colorido do nosso Estádio Nacional de Basquete, construído segundo os mais altos padrões internacionais, ele precisasse ouvir a palavra de novo, por si mesmo. Em seguida, pareceu despertar. Olhou para a mesa: "Misericórdia", disse, inclinando a cabeça e repetindo a palavra algumas vezes, enquanto olhava para trás, para a corda pendurada, antes de recomeçar a chorar.

A multidão enlouqueceu, como se essa palavra fosse a prova definitiva pela qual todos estavam esperando. Um sapato veio voando e pousou ao seu lado. Ele olhou para o sapato, olhou para a multidão e chorou, repetindo algo inaudível agora. Talvez estivesse dizendo "Misericórdia", ou "Eu confesso", ou "Inocente", ou talvez ele também tivesse visto algum conhecido, um rosto amigo.

Dois homens vieram por trás dele e o levantaram segurando por baixo dos braços. Ainda vestia a mesma camisa branca que era grande demais para ele, a que estava usando no interrogatório da tevê. Parecia fazer súplicas aos homens que o arrastavam para a corda pendente. Fez-me lembrar a maneira como uma mulher tímida resiste aos pedidos dos amigos para ir dançar, contraindo os ombros na direção das orelhas e abanando nervosamente o dedo indicador na frente da boca. Agora a multidão pulava, pulava e uivava, *Enforquem o traidor! Enforquem o traidor!* Quando os homens o puseram embaixo da corda, tentou de novo beijar a mão de um deles. Seus lábios agora estavam finos como palitinhos de alcaçuz quando puxados pelas duas pontas. Alguém atrás dele fazia sinais ansiosos, pedindo ajuda; então apareceu uma escada. Era uma escada larga, de alumínio e de aspecto robusto. Ela cintilava sob a luz brilhante. Parecia nova em folha, retalhos de plástico rasgado estavam grudados em volta dos seus pés. Fizeram Ustath Rashid subir a escada. A cada degrau, ele se virava e pedia clemência. Foi empurrado para a frente com uma estranha ternura, com um simples toque no seu cotovelo. Mas, depois de algumas vezes, o homem que o cutucava pareceu esgotar a sua paciência. Subiu ao seu lado e puxou-o pelo braço. Ustath Rashid agora estava na metade do caminho. A corda roçava o seu rosto e o fazia piscar. O homem colocou a corda em volta do pescoço de Ustath Rashid e apertou-a. Em seguida, brandiu a mão no ar ao lado de sua orelha como se dissesse: "Pronto, está feito", ou "Estão vendo como é fácil?", e desceu pela escada. O corpo de Ustath Rashid arqueou-se um pouco.

"Está desmaiando", disse Moosa, do mesmo jeito lento, demorado, em que vinha fazendo seus comentários até então.

Mamãe nada disse.

Moosa tinha razão. Ustath Rashid escorregou da escada e foi segurado pela corda. Isso causou um clamor; a multidão estava pronta. Ele foi amparado, lhe deram alguns tapas no rosto, depois o viraram para a câmera. Pudemos então ver que suas calças estavam molhadas. Algo amarelo surgia de dentro da sua boca e parecia crescer. Ninguém enxugou, ninguém lhe trouxe um copo de água, uma escova e uma pasta de dentes para lavar a acidez ardente e voraz. Sua cabeça não balançou de nojo, ele parecia estranhamente confortável com o seu vômito.

A câmera virou-se para os espectadores. Estavam brandindo os punhos no ar e gritavam. Várias mulheres ululavam. E de repente, como uma onda que se levanta, o clamor do aplauso tornou-se mais alto e mais furioso. A câmera virou depressa e vimos Ustath Rashid pendurado na corda, a escada brilhante de alumínio tinha sido afastada um ou dois metros para o lado, longe demais das suas pernas, que rodavam. A multidão agora transbordou sobre a quadra. Alguns espectadores jogaram seus sapatos em Ustath Rashid, uns dois homens abraçaram e penduraram-se em seus tornozelos, depois acenaram para que outros viessem fazer o mesmo. Pareciam crianças satisfeitas com um balanço que tinham acabado de montar. Todos pareciam felizes. Olhei para trás. As faces de Moosa estavam prateadas. Eu nunca tinha visto

Moosa chorar. Mamãe olhava para a tevê com ar inexpressivo. Virei-me e continuei a assistir. Depois de mais alguns segundos de caos, as flores voltaram, imóveis e cor-de-rosa, com o hino nacional que tocava confiante ao fundo. Quando olhei para trás de novo, mamãe e Moosa tinham ido embora.

Encontrei-a sentada à mesa do café-da-manhã, fumando um dos cigarros de Moosa. Ele estava enchendo de água um bule de chá. Sentei ao lado de mamãe.

"Loucura", disse ela, com o cigarro trêmulo na mão. O silêncio que se seguiu parecia concordar com ela... "Em vez de implorar, ele devia ter falado alguma coisa", acrescentou.

Moosa colocou o chá sobre a mesa.

"Viu como a multidão reagiu?", perguntou mamãe.

"Loucura", confirmou Moosa.

Desse modo os dois repassaram os detalhes do que tínhamos acabado de ver, e nessa rememoração havia algum consolo. Mencionei as calças dele, que tinham ficado escuras de urina. Mamãe não havia notado esse detalhe, mas Mossa tinha. Fiquei contente quando ele me confirmou. Ela viu o vômito. Isso pareceu convencê-la de que estávamos certos quanto à urina.

"Coitada da Salma", disse ela.

"Que Deus lhe recompense e lhe dê paciência", disse Moosa.

"Amém", respondeu mamãe.

Pensei em dizer "Coitado do Karim", mas não disse.

18.

Naquela noite, a chuva caiu durante horas. Charcos cobriram a nossa rua e refletiam as luzes da casa. Nosso telhado virou uma piscina rasa de água de chuva. Caminhei dentro dela, desfrutando a resistência da água contra meus pés descalços. Deitei na cama e recordei o episódio sinistro, pensei de que modo poderia ter sido diferente, mas não consegui imaginar um final feliz. Fechados ou abertos, meus olhos continuaram a ver o vulto magro de Ustath Rashid balançando em pleno ar, a mancha escura de urina aumentando na virilha, seus tornozelos tremendo pela última vez, como as ovelhas esperneiam depois de serem abatidas, os homens abraçados às pernas dele, as mulheres ululando no ar da noite.

Mamãe também ficou abalada. Quando, a certa altura da noite, acordei assustado e fui deitar ao seu lado, ela me deu um tranco: "Não", disse ela, com as mãos contra o meu peito, a voz soturna, mas insistente no escuro. "Vá embora. Vá dormir na sua cama." Depois, como se retomasse o controle de si mesma: "Habibi".

* * *

Na manhã seguinte, mamãe tinha ido embora. Um medo sem fundo me impeliu de um quarto para outro à procura dela. Então ouvi suas chaves na porta da frente. Ela entrou, chamando o meu nome.

"Ainda não está vestido?" Estava toda de preto, o rosto sem maquilagem, o cabelo preso numa bola. "Depressa. Você tem de se despedir." Ela estava juntando sacos plásticos vazios. "Salma e Karim vão para Benghazi. Ela tem um irmão lá, ele veio buscá-los, dirigiu o carro a noite inteira. Lembre-se de dar as suas condolências." Em seguida, apontou com o dedo indicador e disse: "Fale assim: 'Que Deus recompense você e tenha misericórdia de Ustath Rashid'".

Fiquei com a mesma sensação de vazio na barriga que eu tinha nas manhãs em que tomávamos a vacina antigripe na escola, quando todos tínhamos de ficar em fila com a manga arregaçada até o ombro, vendo os que estavam na frente chorar de dor. Uma vez, fugi correndo e fui perseguido por dois professores, que me arrastaram para o início da fila: "Dê a vacina neste aqui agora, para a gente não ter de correr atrás dele outra vez", disseram para a enfermeira. Por algum motivo, a perspectiva de ver Karim depois do que havia acabado de acontecer com o seu pai me assustava da mesma forma. "A dor adora o vazio; ela só quer ouvir o próprio eco", dizia mamãe.

Fui atrás dela, de pijama, e quando tomei coragem bastante, falei: "Quero ficar aqui".

"Não quer se despedir de Karim? Pobre menino, parece que teve uma noite horrível. Está com os olhos inchados como dois tomates."

Eu não sabia o que dizer. Imaginei o rosto dele, e imaginá-lo me deu vontade de correr ao seu encontro.

"Você é que sabe", disse ela, afinal. "No fim das contas, é amigo *seu*." Mamãe estava ocupada, juntando outras coisas agora: guardanapos, uma garrafa de água. "Mas se quiser vê-lo, tem de se apressar, estão pondo as malas no carro." Como não respondi, ela disse: "Devo dizer que você ainda está dormindo?". Fiz que sim com a cabeça.

Ela saiu e eu caminhei devagar, sem rumo, pela casa. Saí para o jardim. Era de manhã, mas o sol estava tão forte como se fosse meio-dia, deixava tudo branco. Lembrei-me das palavras de Salah Abd al-Sabur: *Meio-dia, tu enches meu coração de medo e pavor, mostras-me mais do que eu quero ver.* As poças de chuva tinham sumido, em seu lugar a terra estava um pouco mais escura. Subi no telhado para espiar a casa deles. O jardim de Karim estava vazio. Todas as janelas estavam fechadas e as cortinas também. Havia um carro parado na frente da casa, as laterais respingadas com borrifos de lama seca. É uma viagem de doze horas até Benghazi. Eu podia ver um par de joelhos embaixo do volante, joelhos de homem. Então o ouvi gritar: "Vamos logo!". Mamãe apareceu, saindo da casa deles, andava depressa, carregava os sacos plásticos que havia juntado, agora cheios, estufados. O homem saiu do carro, bateu a porta com força às suas costas. "É inacreditável como eles estão demorando!", exclamou, irritado. Abriu o porta-malas para ela. "Vão sair num instante", disse mamãe, enquanto colocava cuidadosamente os sacos plásticos no carro. Devia ser o tio que mamãe tinha mencionado. Mamãe ficou parada ao lado dele, esfregando uma mão na outra. Os punhos do homem eram visíveis dentro dos bolsos. Imaginei como Karim iria se dar com o tio. Então apareceu tia Salma. Também estava de preto. Abraçou mamãe e soluçou. Mamãe abraçou de volta e disse: "Paciência, querida, paciência". O homem berrou outra vez. "Karim, o que está fazendo aí dentro?" Imaginei Karim andando pela casa, quem sabe sentindo o cheiro do travesseiro do pai pela última vez. Então ele apareceu, andava devagar e não prestava a menor atenção no tio. Abriu a porta do carro e sentou-se na frente, no banco ao lado do motorista. Olhava para a frente. Pude ver o perfil do seu rosto. Senti que a qualquer momento Karim ia virar e olhar para mim, e então eles partiram. Vi a poeira se avolumar atrás deles.

Mamãe passou o dia inteiro ao telefone, atendendo ligações dos parentes. Atendi os primeiros telefonemas. "As pessoas estão fazendo mexericos", diziam. "Andam falando que o homem de ontem, Deus me livre, era seu vizinho e amigo de Bu Suleiman. Todos torcemos para que não seja verdade."

Então, no início da noite, Um Masoud trouxe de volta o nosso prato de bolo, de cristal, todo coberto de biscoitos. "Não vim de mãos vazias", disse ela, sorrindo com ar malicioso. "E não estou falando dos biscoitos. Trago notícias." Avançou e entrou na cozinha. A fisionomia de mamãe ficou suspensa entre a esperança e a angústia. Então Um Masoud virou-se para nós, sorrindo. Mamãe correu para perto dela.

"Acalme-se, menina, acalme-se", disse ela, rindo. "Primeiro, faça um chá para nós."

E sem hesitação mamãe lançou-se à tarefa. Vi Um Masoud sentar-se em nossa cozinha e imaginei se era assim que o seu marido, Ustath Jafer, agia com ela. Um Masosud parecia deleitar-se com o silêncio que tinha de ser mantido enquanto mamãe preparava o chá. As mãos de mamãe tremiam enquanto colocava as xícaras na mesa.

"Bem", começou Um Masoud. "Jafer telefonou e..."

"O que ele disse? Encontrou-o?"

Um Masoud sorriu, e quando mamãe perguntou: "Onde ele está?", ela levantou a mão e fechou os olhos. "Bem, não sei de todos os detalhes. Mas tenho certeza de que você o verá muito em breve."

Mamãe começou a chorar. "Obrigada, obrigada", disse ela.

Ao sair, Um Masoud disse: "Talvez ele não esteja com bom aspecto", e então, olhando para mim: "Você sabe como os pequeninos podem ter pesadelos".

Mamãe ficou andando pela sala, de um lado para o outro. Lavou os braços até os cotovelos, e lavou os pés, pôs uma toalha sobre a cabeça e abriu um tapete de orações. Seus lábios moveram-se como se pronunciassem as palavras, ela não parecia à vontade sentada sobre os joelhos. Quando o telefone tocou, correu para atender. "Sim, Um Masoud. Este é o telefone dele", disse mamãe. "O seu nome é Moosa Yassin."

Em seguida, ligou para Moosa. "Fique perto do telefone. Vão ligar para você para buscar Faraj. Ligue para mim assim que tiver alguma notícia."

Fumou sem parar, apesar de não estar doente. Quando falei que estava com fome, fez um sanduíche para mim, com o cigarro entre os lábios. Não conseguia ficar parada.

Por volta das dez horas, Moosa ligou.

"Alguma notícia? Por que está ligando, então? E se telefonarem e a sua linha estiver ocupada? Desligue."

Estava ficando tarde. Eu mal conseguia ficar de olhos abertos. Ela me pôs na cama e quando me deu um beijo na testa pareceu se demorar muito.

Na manhã seguinte, mamãe veio ao meu quarto.

"Boas notícias", falou, abrindo a cortina. A luz da manhã era brilhante e severa. Ela abriu a janela. Os pássaros cantavam sem parar e pareciam ansiosos. O rosto de mamãe estava tomado por algo que parecia felicidade. "Uma coisa maravilhosa aconteceu. Deus cuidou do nosso caso." Deu uma volta pelo meu quarto, recolhendo e dobrando as roupas. "Temos de sacrificar uma ovelha, não, um boi, e convidar Jafer e Um Masoud e seus dois filhos. Que pessoas boas são eles."

A campainha tocou. Não foi o toque especial de Baba.

"Louvado seja Deus", disse mamãe. "Você fique aqui. Não saia do quarto."

Fechou a porta do quarto após sair. Ouvi a voz de Moosa debater-se sob um grande peso. Imaginei se estaria trazendo mais um quadro do Guia — talvez agora, pensei, tivéssemos de pendurar um retrato em cada quarto da casa. "Espere", sussurrou mamãe. "Tudo bem, traga-o para cá." Ouvi que entraram no quarto de mamãe e fecharam a porta. Ficaram lá dentro por um tempo. Então ouvi um deles sair do quarto. Fui até a cozinha e encontrei Moosa sentado ali. Parecia muito distante, como alguém que tivesse sobrevivido a um acidente. Sua camisa tinha manchas escuras marrons. Quando lhe perguntei o que eram, falou: "Só um pouco de sangue, só isso". Depois de um breve silêncio, acrescentou: "Perdi um dente".

Ouvi que mamãe ia e voltava do quarto para o banheiro algumas vezes, e sempre fechava a porta do quarto.

"Vou passar aqui mais tarde", disse Moosa, e saiu.

Fui até o quarto de mamãe e bati na porta.

Pensei ter ouvido a voz de um homem primeiro, e em seguida ela sussurrou: "Não se preocupe, não se preocupe".

A porta abriu-se o bastante para ela se espremer no vão. "O que foi?", perguntou-me.

"Quem está aí?"

Pegou-me pela mão e me levou para a cozinha. "Preste atenção, Suleiman. Vou lhe dizer uma coisa muito importante. Baba está em casa. Está um pouco doente por isso precisa de sossego e silêncio."

"Baba está... Ele..." Todas as palavras que eu tentava pronunciar despedaçavam-se em minha boca. Mas ela compreendeu.

"Sim, sim. Mas não está se sentindo bem. Está descansando. Você não deve incomodá-lo, não deve incomodá-lo de maneira nenhuma", disse, e se afastou, de volta para o quarto.

Quando fui usar o banheiro, vi que o espelho acima da pia estava coberto por um lençol branco. Levantei uma ponta e não vi nada de diferente no espelho.

Após um tempo, mamãe veio perguntar: "Onde está Moosa? Para onde ele disse que ia? Numa hora como esta, devíamos ficar juntos".

"Ele falou que ia passar aqui mais tarde."

"E disse quando?"

"Mais tarde. Só disse mais tarde."

"Numa hora como esta, devíamos ficar juntos", repetiu.

"Por que o espelho do banheiro está coberto?", perguntei.

"Ele sabe que preciso falar com ele. Detesto quando vai embora sem dizer nada."

"Por que cobriu o espelho?"

"Você tirou o lençol?", perguntou, aflita.

Balancei a cabeça.

"Não toque no lençol."

Não me deixou nem pôr os olhos em Baba.

"De manhã", disse mamãe, parada entre mim e a entrada do quarto.

A porta ficou entreaberta, mas tudo lá dentro estava preto.

Não ouvi a respiração pesada de Baba, nem o quarto tinha cheiro de sono, mas tinha o silêncio de uma pessoa lá dentro.

"Baba?", chamei.

"De manhã", repetiu ela e me empurrou para longe. "E não chegue perto dele. Se ele ficar mais disposto, vai levantar para falar com você."

A princípio não pensei nada, mas quando estava escovando os dentes lembrei que era noite de quinta-feira, que no dia seguinte era o dia de folga de Baba e fiquei intrigado, sem entender por que mamãe não queria que eu o acordasse, quando nas manhãs de sexta-feira eu sempre corria até a sua cama e me jogava em cima dele. Baba ficava sentado, com o susto, e arquejava.

Como pode ter sido tão fácil? O que faltou no Estádio? O que não interveio para salvar Ustath Rashid? Talvez tenham sido todos os filmes de caubói com a sua lógica de final feliz que me faziam pensar assim, talvez não tivesse sido Deus, mas sim aqueles filmes que inventaram a esperança e a promessa de que, no último instante, quando o herói já estava com a corda em volta do pescoço, de repente, e com a Majestade de Deus, um tiro viria do nada e cortaria a corda. O herói daria um chute no homem ao lado e o resto do bando — os *covardes* — pulariam em suas selas e partiriam morro acima. Todo mundo no cinema pularia, gritaria, bateria palmas, se abraçaria, como numa partida de futebol. Desceriam lágrimas pelo meu rosto, mas não teria importância, porque muitas bochechas, também as de homens adultos, brilhariam de lágrimas. Relembrei a alegria daqueles momentos e como pareciam queimar em meu peito até abrir um buraco. Onde estavam os heróis, as balas, o bando que fugia em disparada, o final feliz que nos fazia sair da escura sala de cinema com as faces rosadas de alegria, dando tapinhas nas costas uns dos outros, contentes porque o nosso homem tinha vencido, porque Deus estava do seu lado, porque Deus não o deixou sozinho na hora do apuro, porque o mundo funcionava do jeito que esperávamos que funcionasse e não falhava? Algo esteve ausente no Estádio, algo com que não se podia mais contar. Além de me fazer perder a fé de que "coisas boas aconteciam com pessoas boas", a execução televisionada de Ustath Rashid deixou em mim outra impressão, mais duradoura, uma impressão que sobreviveu até a minha idade adulta, uma espécie de pânico silencioso, como se a qualquer momento o tapete embaixo dos meus pés pudesse ser puxado. Depois da morte de Ustath Rashid, perdi a ilusão de que eu, mamãe ou Baba estivéssemos imunes de ser queimados pela loucura que tomou conta do Estádio Nacional de Basquete.

19.

A princípio, pensei que tinha acordado muito cedo, porque a luz da minha janela faiscava como a luz do romper do dia e não ouvi o barulho de ninguém em casa. Fiz xixi, apreciando o jato da minha urina, a espuma cristalina que ele fez surgir. Fui ver que horas eram no grande relógio do corredor. Onze e meia. Senti um pavor esmagador ao pensar que mamãe e Baba tinham ido embora sem mim. A porta deles estava entreaberta. Através do vão, vi suas formas enterradas nos lençóis. As cortinas estavam abertas, mas a janela estava fechada. Nunca tinha visto os dois dormirem até tão tarde. Quis dizer: "Vamos acordar, seus dorminhocos", mas não falei. Achei que sentia um cheiro esquisito, que vinha do quarto. O grande espelho da cômoda de mamãe também estava coberto com um lençol branco e o espelhinho de mão estava deitado, virado para baixo. Por que esconder os espelhos, pensei.

Fui à cozinha e sentei-me à mesa do café-da-manhã. Era quase meio-dia. Será que não vão acordar nunca mais? E se os dois tivessem morrido enquanto dormiam? Imaginei minha vida sem eles e, ao imaginá-la, senti um tremor de ansiedade na minha barriga. Embora eu não o compreendesse, nem soubesse como admiti-lo e nem ousasse fazê-lo, aquilo não era uma coisa fora do comum; muitas vezes eu fantasiava como seria perder as pessoas a quem eu mais amava: imaginava o enterro, as pessoas de luto, eu sozinho, órfão, vestido de preto. Fui ver se estavam vivos.

Entrei no quarto. Fiquei chocado ao sentir como era horrível o cheiro lá dentro. Fazia-me lembrar o fedor de um cachorro morto que eu e os meninos tínhamos encontrado um dia no caminho de volta da escola, com um enxame de moscas zumbindo em torno da barriga inchada. Mas então vi as costas de mamãe subir e descer com a respiração. Baba estava deitado ao seu lado, totalmente coberto pelos lençóis.

Fui sentar de novo à mesa do café-da-manhã. Depois de alguns minutos, ouvi um deles entrar no banheiro, depois a descarga da privada e o chiado da cisterna. Quando ouvi a porta do banheiro abrir, levantei a cadeira ao meu lado e deixei-a cair. Queria que fosse Baba. Mas mamãe entrou, piscando os olhos contra a luz. "Bom dia", disse ela, enquanto abria a geladeira e bocejava. Apertou a garrafa de água contra os lábios e vi o líquido engordar sua garganta a cada gole. Respirou fundo e, voltando os olhos para o teto, disse: "Sobrevivemos à loucura".

"Baba ainda está dormindo?"

Fez que sim e me deu um beijo na cabeça. Não beijei sua mão. Ela encheu o bule de água e estalou a faísca do acendedor várias vezes, até que a boca do fogão acendeu.

"Está muito cansado", respondeu, bocejando. "Ficamos acordados conversando quase a noite toda, só dormimos depois que clareou."

"Sobre o que conversaram?"

"Nada."

"Onde ele estava?"

"Fora, a trabalho."

Senti minha garganta se contrair de raiva.

"Quando vai acordar?"

"Vai acordar quando acordar."

Senti um turbilhão de coisas se revolvendo na cabeça, antes de ouvir minha própria voz berrar: "Quando é que ele vai acordar?". Então todo o ar saiu de dentro de mim, sugado por um mundo que não tinha ar nenhum. Fiquei sufocado, minhas unhas cravaram-se no tampo de madeira da mesa.

"O que houve? Calma. Respire. Olhe para mim, olhe para mim. Isso. Fique olhando para cá. Passou. Você está bem, agora. Respire, habibi, respire."

Ela serviu um copo de água e insistiu para eu beber.

"Você sempre mente. Não sou mais criança e você sempre me conta mentiras." Quando olhei para mamãe, ela não estava com raiva. Parecia preocupada e afetuosa. "Nunca mais me mande praticar escalas no piano. Eles mataram Ustath Rashid. Baba também está morto?" Ela pareceu espantada com a minha pergunta. "É por isso que não posso ver Baba? Ele começou a apodrecer, é por isso que o quarto cheira mal?"

"Não. Não." Então suspirou de novo. "Espere aqui, volto logo."

Depois de um intervalo, ouvi mamãe chamar:

"Slooma, venha cá, seu pai quer falar com você."

Fui ao encontro dela e parei na entrada. Fiquei intranqüilo porque as cortinas agora estavam fechadas e lá dentro estava escuro como se fosse de noite. O fedor de morte era insuportável.

"Venha", disse ela.

Entrar no quarto me deu a sensação de entrar no mar. A única luz vinha de trás de mim e batia no chão.

"Feche a porta", disse ela.

A escuridão ficou mais densa. As grossas cortinas de veludo francês não deixavam entrar a luz do dia. "Cadê vocês?", perguntei.

"Estamos aqui", respondeu ela.

Baba, se estava ali, se estava vivo, estava silencioso como uma pedra.

"Cadê o Baba?" Eu quis acender o interruptor de luz.

"Estou aqui", disse ele. Sua voz me espantou. Era espessa, profunda, distorcida pelos dentes e pelo nariz entupido. Porém o mais apavorante era que eu conseguia reconhecer Baba naquela voz. Era Baba, Baba depois que já não era mais Baba, talvez até, pensei em meu medo e em minha confusão, Baba depois que parou de estar vivo.

"Por que não posso ver você?", perguntei, enquanto o medo me impelia a acender a luz no interruptor ou abrir as cortinas pesadas.

"Você pode sim, habibi", respondeu ele. "Mas não agora. Amanhã, talvez", um fio de desgosto se retorcia em sua voz.

"Por que não agora?"

"Porque Baba teve uma dor de cabeça horrível e a luz o incomoda", respondeu mamãe, depressa. Eu sabia que estava mentindo.

"Aonde você foi, Baba?"

"Não atormente o seu pai com perguntas intermináveis", disse mamãe. "Eu já disse que ele está com dor de cabeça."

Depois de alguns segundos de silêncio no escuro, as palmas das mãos frias de mamãe baixaram em meus olhos e em meus lábios. Ela me virou e me empurrou para fora.

Levou-me até a cozinha e disse: "Viu? Seu pai está bem". Pôs a mão no meu rosto. "Agora vá brincar no jardim, habibi", e sorriu como se eu tivesse feito uma coisa boa, como se eu tivesse acabado de tocar no piano para as suas visitas uma das suas músicas prediletas, alguma composição de Abd al-Wahab ou de Fareed al-Atrash.

O sol do meio-dia estava vertical. Assim que ele caiu na minha cabeça, senti a pressão. A dúvida de que o homem na cama de Baba fosse mesmo Baba também me oprimia, e me senti incapaz de fugir dela.

"Mas é claro que é Baba."

"Como é que você sabe?"

"Porque está lá dentro e a sua mãe diz que é."

"Mas você sabe como ela mente."

"Não diga isso. Ela protege a verdade e faz isso apenas para o seu bem."

Caminhei embaixo das árvores, na sombra, em volta da casa. Quando cheguei à janela do quarto deles, vi as cortinas abertas.

"Mas pensei que a luz do dia incomodasse Baba", ouvi minha própria voz dizer.

Eu não conseguia enxergar lá dentro por causa do reflexo no vidro. Cheguei mais perto, protegi os olhos da luz com as mãos em concha e vi um homem nu sentado na cama, suas costas cheias de riscos entrecruzados, escuros e reluzentes, de alguns escorria sangue. De repente, ele se virou para mim. Seu rosto horrível me fez tombar para trás. Caí junto ao pé de noz-de-cola. Seus olhos estavam fechados, cheios de ar, ou água, ou sangue, como tomates podres e rompidos, e seu lábio inferior estava tão inchado e roxo como uma berinjela. Eu o ouvi gritar com sua horrível voz borbulhante: "Najwa, Najwa, feche as cortinas". Mamãe apareceu na janela. Olhou para mim por um momento — meu coração batia com força. Eu estava imóvel no chão, ofegante, sem fôlego — e então, com um puxão, fechou as cortinas. "Está vendo só?", sussurrei para mim mesmo. "Não é o Baba." Corri para dentro de casa. Fiquei parado na frente da porta do quarto deles. Bati. "Quem está aí?", gritei, minha voz cheia de medo. Não responderam. "Se não responderem, juro que vou abrir a porta", falei e empurrei a porta.

Fui correndo para as cortinas e as abri com um puxão. O monstro nu estava de novo embaixo das cobertas, fingindo dormir, fingindo ser Baba. E mamãe estava sentada na cama, ao seu lado, olhando para mim. Parecia quase assustada. Eu queria lhe dizer: "Não se preocupe, tudo vai ficar bem". Em vez disso, abri a janela. De algum modo, senti que nós, mamãe e eu, ficaríamos mais seguros assim. O ar novo pareceu lavar o quarto.

"Baba não quer que você o veja desse jeito", disse mamãe.

De repente, o vulto embaixo das cobertas ergueu-se sentado na beirada da cama, de costas para mim, envolvendo o corpo no lençol branco, que estava manchado com riscos finos de sangue. Lentamente, comecei a reconhecê-lo: o cabelo preto e ondulado, as discretas elevações dos ombros, o pescoço que massageei muitas vezes e em que muito mais vezes ainda afundei meu rosto para beijar e emitir o ruído de um pum, que causava uma comichão e sempre o fazia rir. Lágrimas me sufocaram.

"Baba?", tentei dizer.

Ele se encolheu.

"Leve-o daqui, por favor."

"Agora não adianta. Ele viu você."

"Baba?"

"Sim", falou asperamente, como se o esforço para falar fosse um castigo para ele. "Leve-o embora, ele vai ter pesadelos."

"Eu quase nunca tenho pesadelos."

Após alguns segundos, durante os quais pensei que eu devia sair, do contrário o mundo não continuaria a existir, Baba falou. "Meus olhos não estão funcionando direito. Estou... doente." Então balançou a cabeça e acenou com a mão atrás das costas. Pensei em correr para beijá-lo mil e uma vezes. "Najwa", disse ele, e o gesto da mão finalmente fez sentido, "por favor, leve-o daqui."

20.

Mais tarde, naquele dia, Moosa chegou. Onde ele andava, perguntou mamãe, e por que não disse nada antes de ir embora? Ele achou que ela e Baba precisavam ficar sozinhos depois de uma experiência tão traumática, explicou.

"Você disse para Suleiman que ia voltar mais tarde, não deve dizer que vai voltar mais tarde quando não tem nenhuma intenção de fazer isso. A última coisa de que preciso agora é me preocupar com você."

"Como vai, campeão?", Moosa perguntou-me, seu sorriso débil cheio de esforço.

"Tem um monstro aqui em casa", pensei em dizer para ele. Mas Moosa parecia distante. Seus olhos correram de um lado para o outro, pela sala, e então ele saiu andando na direção do banheiro. Mamãe e eu o seguimos. Curvou-se sobre a pia e começou a lavar as mãos.

"Como está Bu Suleiman?"

"Felizmente, todos os ferimentos são superficiais", disse mamãe. "Quebraram uma costela, mais nada. Só que ele está com um aspecto...” Balançou a cabeça e soltou um suspiro profundo. Eu, por algum motivo, fiz o mesmo. Lembrei como Siham copiara o gesto do seu pai idoso. Moosa reparou no lençol que cobria o espelho acima da pia. “Ele mandou que eu cobrisse os espelhos. Não quer ver a si mesmo. Também não quer que Slooma o veja”, disse mamãe, enquanto corria os dedos pelos meus cabelos, como se ela e eu tivéssemos conversado sobre tudo aquilo antes, compartilhado os detalhes e recontado um para o outro tantas vezes que nenhum de nós poderia de fato dizer qual dos dois tinha contado primeiro a história para o outro.

Moosa não estava mais com a camisa manchada de sangue que vestia no dia anterior, mas ainda parecia ansioso para se lavar, como se tivesse acabado de chegar de um longo passeio de carro pelo deserto. Abaixou o colarinho da camisa que cobria o seu pescoço grosso e comprido. Ensaboou o rosto e a barba, as orelhas e o pescoço, depois jogou água fria sobre eles. Mamãe e eu demos um passo para trás para não ficarmos molhados. Enxugou-se com energia, depois tirou um pente do bolso de trás, estufou as bochechas e penteou a barba. Quando terminou, olhou para nós por um instante, em seguida saiu do banheiro. Bateu duas vezes na porta de Baba. “Bu Suleiman?”, chamou, e abriu a porta só o suficiente para poder entrar e depois fechou-a. Mamãe e eu ficamos parados do lado de fora. Ouvimos tudo o que Moosa dizia; falava alto, como se Baba fosse surdo.

“Como está?”, perguntou. Mamãe colocou a orelha colada na porta. “Graças a Deus você está a salvo. Parece muito melhor do que ontem. Vai voltar logo ao normal.” Então Baba deve ter feito uma pergunta. “Não se preocupe. Todos eles estão bem. Todos compreendem, ninguém põe a culpa em você, você teve de fazer o que tinha de fazer.” E aí, após uma pausa, Moosa perguntou: “Quer que eu traga um copo d’água?”. E a porta se abriu.

Mamãe ficou surpresa. Moosa olhou para ela por um instante, depois passou encolhido pela porta e fechou-a. Fomos atrás dele até a cozinha. Moosa encheu um copo de água e sorveu-o de um gole. "Ele sabe a respeito de Rashid?"

"Não sei", respondeu mamãe. "Eu não lhe contei."

Moosa enxaguou o copo de novo, encheu-o e voltou ao encontro de Baba, mas assim que saiu da cozinha, como se tivesse ouvido um balão explodir num quarto próximo, deteve-se por um segundo e depois continuou. Ouvi-o bater duas vezes na porta e dizer, no mesmo tom alto e otimista: "Bu Suleiman?".

Durante todo esse período, Moosa não me fitou nos olhos tempo suficiente para que eu pudesse lhe dizer ou perguntar qualquer coisa. Seus movimentos eram mecânicos. Eu queria muito descrever para ele, segundo por segundo, o que tínhamos visto juntos na tevê. Lembrei o consolo que havia no ato de recontar, quando, logo depois, ele, mamãe e eu ficamos sentados à mesa do café-da-manhã. Havia muitos detalhes que tínhamos deixado passar, detalhes que na hora notei e agora eu queria saber se ele também havia notado, como aquela mancha escura de urina que mamãe não tinha visto. Havia o jeito como Ustath Rashid fora delicadamente empurrado para subir a escada, com um simples toque de cotovelo, e a repentina frustração que dominou o homem ao pé da escada quando Ustath Rashid se mostrou relutante. Eu mal conseguia esperar, estava seco para que voltássemos a contar e recontar tudo aquilo, muitas e muitas vezes, assim como contávamos as cenas de um filme de que havíamos gostado. E aquele homem que andava pelo Estádio Nacional de Basquete, no meio do caos, caminhava tranqüilamente de um canto da tela para o outro, segurando debaixo do braço uma máquina de escrever preta e danificada, como se fosse um cachorrinho; será que algum deles tinha notado aquilo? Eu estava louco de vontade de perguntar a Moosa para onde ele achava que aquele homem estava indo, o que ele ia fazer com uma máquina de escrever quebrada, e por que naquela hora, e ali? Não passou pela minha cabeça, então, que pudesse ser a máquina de escrever de Nasser, uma prova resgatada da perseguição.

Mamãe encheu de água um bule de chá e colocou-o numa das bocas do fogão. Movia-se com segurança agora que Baba estava em casa. Quando voltou os olhos para mim e viu que eu olhava para ela, sorriu, chegou perto e me beijou na bochecha. Apesar de parecer cansada, seu rosto estava rosado e os olhos rebrilhavam. "Dessa vez foi por um triz; agora tenho de me concentrar em você."

Eu não tinha a menor idéia do que mamãe queria dizer, mas me vi sorrindo para ela em resposta.

Ouvimos que alguém entrou no banheiro e trancou a porta. Após alguns minutos, Moosa apareceu, veio andando na direção da cozinha, com o lençol branco em uma das mãos. Jogou-o para o lado. "É melhor que ele se veja tal como está de fato", disse; o lábio inferior tremia e as lágrimas alagavam os olhos. Deu meia-volta e saiu. Mamãe olhou para mim como se eu soubesse por que Moosa se comportava daquela maneira. Ela o seguiu, depois ouvi suas vozes na sala de estar. Fiquei do lado de fora, diante da porta.

"Não consigo olhar para ele", disse Moosa. "A traição nos olhos dele... desculpe, desculpe... a voz dele me fere, isso é pior do que a morte... me perdoe... este é o dia mais negro da minha vida."

Depois de um demorado silêncio, mamãe disse: "Ontem mesmo você estava pronto a morrer por ele, agora gostaria que ele tivesse morrido por você".

"Há dois dias que não durmo e..."

Senti uma presença atrás de mim no corredor. Virei-me, mas não vi ninguém ali. As paredes compridas e cobertas pelos intermináveis passarinhos que bicavam os mesmos ramos intermináveis, as portas de vaivém fechadas e silenciosas no fundo, o relógio que batia monótono, como duas pessoas que discutem.

"Mataram os estudantes mais próximos de nós. Rashid está morto, ao passo que Bu Suleiman... As pessoas andam falando, dizem coisas terríveis sobre ele."

"Deixe que falem. Eles seriam os primeiros a entregá-lo se fosse o contrário."

"Rashid não, ele não. E a esposa, a pobre mulher, agora sofre as conseqüências."

"Que Deus a recompense."

"Não sei como responder a eles, não sei o que dizer."

"Vá embora", disse mamãe, de repente. "Está na hora de você voltar para o seu país."

"Este é o meu país. Morei aqui metade da minha vida."

"O único motivo de você ainda estar vivo é que este não é o seu país."

"Havia tanta esperança, tanta esperança. Três anos atrás, oito mil estudantes em Benghazi e quatro mil em Trípoli. Doze mil estudantes marcaram posição com firmeza num país analfabeto de menos de três milhões de pessoas. Não tivemos sucesso naquele momento. Foram necessários três anos para a esperança renascer, só para ver os poucos que se atreveram a ser sacrificados pelo resto. Um deles, o meu amigo Muhammed...", falou e chorou.

A voz de mamãe também ficou chorosa. "Pare, Moosa, por favor. Louve o Profeta."

"Ele me pediu notícias, perguntou se eu sabia onde estavam Bu Suleiman e Rashid. Não tive coragem de lhe dizer. Ele estava telefonando lá da universidade, com os outros, por trás das barricadas. Não tive coragem de lhe dizer o que estava acontecendo aqui fora." Então, com voz conturbada, como se culpasse mamãe, falou: "Eles deram a vida pelo seu país".

Após um longo silêncio, mamãe disse: "Eles não estavam

lutando por mim. Que Deus tenha piedade de suas almas e recompense suas famílias, mas não estavam lutando por mim". Em seguida, em tom de súplica, acrescentou: "Se você quer nos ajudar, faça as malas e vá para a sua terra, para a sua família, no Cairo".

Moosa deu um suspiro. "Recebemos uma ordem de deportação."

"Quando têm de partir?"

"Amanhã. Papai está furioso. Partiu hoje mesmo."

De novo, senti uma presença atrás de mim, dessa vez acompanhada de uma respiração abafada, exausta. Antes que eu pudesse me virar, uma mão me pegou pelo ombro e me enterrou debaixo de um pano frouxo. Imediatamente, apertei os braços em volta da cintura de Baba e fui de novo engolido por aquele fedor. Eu apertava e ele se encolhia. Balbuciou alguma coisa que não consegui entender. Então me dei conta de que era o meu nome. Quando tentei me safar do pano para ver o seu rosto, ele me apertou com mais força. Mamãe e Moosa vieram ver que barulho era aquele. Baba afrouxou um pouco sua pressão e eu pude erguer o rosto e olhar para ele. Seus olhos e seus lábios tinham ficado maiores, mais vermelhos e mais azuis. Outros detalhes que eu não notara antes estavam agora visíveis e, de certo modo, eram mais perturbadores. O olho esquerdo estava completamente fechado, mas o direito, perto da ponte do nariz, estava aberto e vermelho feito sangue. Uma rede de pequenas veias roxas mapeavam áreas das bochechas e do queixo. Numa das têmporas, havia uma pequena queimadura, um círculo amarelo e vermelho. Eu não podia ver o outro lado do rosto, mas imaginei algo que combinasse com esse lado. Sua *jallabia* estava desabotoada no peito, e os mesmos pêlos iguais a arames, que em outros tempos eu puxava, brotavam incólumes.

"O que está fazendo fora da cama?", perguntou mamãe.

"Esta ainda é a minha casa, não é?" O lábio inferior, inchado e roxo, tremia e distorcia suas palavras.

"Venha, sente-se", disse ela, apontando para a sala de estar.

Mas ele se afastou. Caminhei atrás dele, meu braço enrolado na sua cintura. O tique-taque do relógio soava muito mais vigoroso do que os nossos passos. Soltei-o e corri para o relógio. Abri a portinha de vidro e imobilizei o pêndulo. Baba estava no mesmo lugar em que eu o havia deixado, inclinado para um lado. Corri para junto dele e, quando o abracei, ele se encolheu outra vez, apertando os braços em volta de mim. Quando passamos pelas portas de vaivém do corredor, Baba parou por um momento, como que aliviado por estarmos sozinhos agora. Então falou, em voz baixa, como um segredo: "Vamos para o jardim".

O sol estava a uma ou duas horas de se pôr, e sua luz era suave e alaranjada.

"Leve-me lá no seu telhado."

O telhado é seu também, pensei. É o nosso telhado. E embora eu o segurasse e andássemos lado a lado, eu me sentia muito distante de Baba. Apertei-o com um pouco mais de força e ergui os olhos para o seu rosto machucado sob a morna luz do sol poente.

Esperei até que ele estivesse com os dois pés no primeiro degrau antes de passar para o degrau seguinte. E não sei por que numa de nossas paradas falei: "Um de cada vez e a gente chega lá", e na mesma hora torci para que ele não respondesse, porque qualquer coisa que dissesse me deixaria sem graça.

A vida poderia muito bem ter passado inteira enquanto subíamos aqueles degraus, que eu nem teria ligado.

O telhado me fez lembrar a hora em que queimamos os livros dele. "Vamos comprar livros novos para você, Baba." *Democracia agora* ainda estava sob o meu colchão. Quando chegamos lá em cima, saí debaixo do seu braço, coloquei as mãos sobre a cerca e desci correndo para pegá-lo. Quando voltei, meu coração batia tão depressa que eu mal conseguia falar. "Tome", falei, e colocando as mãos dele em volta do livro, sussurrei: "Salvei este aqui. Não conte para mamãe nem para Moosa". Baba segurou-o na altura do peito com uma das mãos, curvou-se e apoiou a outra em meu ombro, e ficamos olhando o mar. Baba esticou o pescoço. Então ouvi sua respiração se alterar. "Mal consigo enxergar", murmurou.

"O mar hoje está calmo", falei, na esperança de distraí-lo. "Um bom dia para nadar, Baba. Um bom dia para ficar deitado de costas e boiar."

A luz faiscava ligeira sobre a água, como gaivotas que se juntam em volta da comida que o mar ciumento fica escondendo delas. Baba tentou olhar na direção da casa de Ustath Rashid, mas os olhos miraram muito para cima. "Talvez a gente vá nadar", falei, e voltou de novo a esperança de que ele não respondesse. Então Baba se virou e eu me virei junto, como "duas metades da mesma alma, duas páginas abertas do mesmo livro". "Vamos andar embaixo das árvores", disse ele.

Descemos e caminhamos sobre os desenhos que o sol baixo projetava sob nós. Vi a escada encostada no muro, no local em que a deixei depois de comer as amoras. Soltei-me de Baba e subi. Quando estava no meio da escada, olhei para baixo e vi que Baba se recostava no muro, segurando as costelas. Comecei a catar amoras, ajustei meus olhos a fim de enxergar apenas as pequenas criaturas vermelhas. Andei de quatro em cima do muro alto, fuçando os galhos, até encontrar um bom cacho de amoras, maduras, vermelhas, quase pretas, cheias de sumo e cada uma tão grande quanto um besouro. Ele estava sentado no chão, com as costas apoiadas no muro, segurava uma pedra pequena — uma pedra muito parecida com as que eu havia jogado em Bahloul, e que quando acertaram nas suas costas deram uma pancada muito satisfatória —, e Baba dava estocadas com a pedra na terra ao seu lado. Quando cheguei ao chão, mostrei-lhe as amoras nas minhas mãos em concha e disse: "Amoras, Baba, amoras. Os anjos roubaram as amoras do Paraíso para deixar a nossa vida mais fácil. São as coisas mais doces que existem". Peguei uma delas e enfiei entre seus lábios inchados. Como ele não se mexeu, falei: "Mastigue".

Mexeu o queixo para baixo e para cima algumas vezes, depois cuspiu a fruta na mão. Não consegui entender. Comi uma e estava deliciosa como sempre. "Você não gosta?", perguntei. Seus lábios deformados lhe davam um ar de repugnância. Jogou na terra a amora mastigada, esfregou a mão na *jallabia* e, apontando a pequena queimadura redonda na têmpora, falou, sugando o ar: "Eles apagaram os cigarros bem aqui". Olhei para as amoras na minha mão.

21.

Baba ficou no quarto a maior parte das duas semanas seguintes. Certa manhã, acordei e ouvi ele e mamãe rindo. Estavam normais, como se nada tivesse acontecido, suas vozes leves e flutuantes de amor em casa. Então ouvi mamãe cantarolar distraída para si mesma, como fazia quando tomava banho ou pendurava roupas ou pintava os olhos no espelho ou desenhava no jardim. Aquele canto que sempre fazia lembrar uma menina sem noção de si mesma, voltando da escola para casa, correndo os dedos pelo muro, alguns momentos antes da Cafeteria Italiana, antes de Baba, antes de mim e dessa vida. Ouvi-la deixou-me inquieto. Fazia muito tempo que não a ouvia cantar assim.

Após um breve intervalo, a porta do meu quarto abriu e Baba entrou. Fingi estar dormindo. Meu coração disparou, batia forte embaixo dos ouvidos. Senti que Baba sentava-se ao meu lado, na cama.

"Slooma", disse, em tom delicado, a voz bem melhor, quase normal, agora. Como não reagi, ele se levantou e saiu do quarto. Então ouvi a voz de mamãe se erguer e baixar na cozinha.

Após me manter prisioneiro em meu quarto durante alguns minutos, levantei-me e fui ao banheiro. Quando saí, não sabia em que direção ir: para a cozinha, onde podia ouvir suas vozes e o ruído dos talheres roçando nos pratos, ou de volta ao quarto para dormir mais — talvez eu pudesse dormir o dia inteiro, pensei.

"Slooma", mamãe chamou, alegre.

Estavam os dois sentados à mesa do café-da-manhã. Baba tinha um sorriso no rosto. Imediatamente, eu quis lhe perguntar por que sorria, mas não perguntei. Abriu os braços e disse: "Venha, Slooma". Seu cabelo estava penteado, e ele cheirava a água-de-colônia. Devia ter tomado banho; as feridas nas costas deviam ter sarado o bastante para poder tomar banho.

"Graças a Deus, Slooma", disse mamãe. "Baba está muito melhor hoje."

Dei graças a Deus em voz alta para mostrar como estava satisfeito. Ele me soltou do abraço e segurou meu rosto entre as mãos. Suas mãos tremiam, seus olhos estavam quase normais. Olhei dentro deles, mas era difícil encontrá-lo lá.

Depois do café-da-manhã, mamãe foi ler o jornal para ele. Lia apenas as notícias internacionais, e toda vez que o nome do nosso país ou do nosso líder era mencionado, ela o murmurava depressa. Quando Baba me via olhando para ele, sorria.

"Acho que hoje vou desenhar", disse mamãe, ao dobrar o jornal.

Baba olhou para mim. Comecei a sentir-me nervoso, nervoso como a gente se sente quando fica sozinho com um estranho num elevador.

"O que vai fazer hoje, Suleiman?", perguntou Baba.

Dei de ombros.

Mamãe voltou com vários lápis na mão. Havia uma fruteira cheia de frutas no centro da mesa. Ela pegou uma de cada vez, revirou-as na mão e por fim escolheu uma laranja. Saiu para o jardim, dizendo: "Volto já, para pegar uma cadeira e uma mesinha. Sim, vou precisar de uma mesinha. Ah, estou tão agitada".

Baba e eu ficamos sozinhos de novo. Assim que ele tomou fôlego para falar, a campainha da porta tocou.

Corri para atender. Era Ustath Jafer.

"Oi", ouvi Baba dizer atrás de mim.

Apertaram as mãos. Era a primeira vez que Ustath Jafer nos visitava.

"Estou feliz de vê-lo de pé e bem-disposto."

Baba levou-o para a sala de estar, sem sorrir, mas ligeiramente ruborizado. Quando acendeu a luz, reparou um pouco admirado no grande retrato do Guia. "Sou grato pela sua ajuda", disse ele, num tom quase ausente. Voltou-se para mim. "Peça à sua mãe que prepare um pouco de chá."

Fui encontrar mamãe pondo a mesinha e a cadeira no jardim.

"Ustath Jafer está aqui."

O rosto dela se iluminou.

"Baba quer que você faça chá."

"Mas é claro", disse ela, e andou depressa para a cozinha.

Fui para o quarto. Senti a necessidade de ouvir o mundo. Peguei o meu rádio e deitei-me com ele na cama.

> As forças revolucionárias [era a voz do Guia] podem e têm o direito de empregar o terror para eliminar todo aquele que se opuser à revolução. Agora podemos de fato dar por encerrada a velha sociedade líbia e construir uma nova, na qual os elementos revolucionários ajudam-se mutuamente na luta contra todos os movimentos anti-revolucionários nas universidades, nas fábricas e nas ruas.

Então soaram os aplausos da multidão, incontroláveis, tão altos que se tornaram uma onda sonora que afogava tudo o mais, e como ela se transformava em tudo e não tinha sentido, eu quis muito que a voz do Guia voltasse. Rodei o botão da sintonia algumas vezes, mas sempre que voltava deparava com o ruído vazio e cerrado da multidão.

Resolvi ir nadar. Vesti o calção de banho, apanhei meus pés-de-pato e corri para fora da casa. Mamãe estava de volta ao jardim, desenhava a sua laranja, cantarolava para si mesma. Viu-me de calção de banho, os pés-de-pato embaixo do braço.

"Tome cuidado", disse ela, segurando um desenho feito a lápis, de uma laranja duas vezes maior do que a laranja de verdade.

"Até logo", falei, e saí.

"Quando você voltar, vou ter feito outra. Talvez descascada e com a casca do lado. Lembro que vi uma pintura assim, de um artista europeu. São muito interessantes com as frutas, aqueles europeus. Eu só queria saber por quê", ficou pensando, enquanto olhava os desenhos.

A terra estava quente. Pensei em voltar e pegar minhas sandálias. Era uma boa caminhada até chegar ao mar. Mas deter o ímpeto dos meus pés parecia exigir mais esforço do que mantê-los em movimento. Pensei em calçar meus pés-de-pato, mas isso me faria andar tão lento e desajeitado quanto um pombo. Tentei manter-me o mais perto possível do muro das casas, mas o sol estava vertical, a sombra era estreita e minguada. Era mais rápido andar no sol. Eu andava que nem um inseto, meus cotovelos se levantavam até as orelhas, minhas costas se arqueavam, meus pés se recurvavam contra o calor. Eu saltitava ligeiro como se estivesse apertado para fazer xixi. Várias vezes, parei para sentar e dar um refresco para os meus pés, eu os esfregava e soprava. Pensei na ponte crepitando acima das chamas do Inferno, a ponte pela qual todos temos de passar a fim de chegar ao Paraíso. Eu tinha o mar como a minha meta, o meu paraíso. Quando cheguei à rua Gergarish, a rua larga que segue junto à linha do litoral até o centro da cidade, pude ver o calor ondulando acima do asfalto. Atravessei-o correndo, atravessei a areia também correndo e só parei quando cheguei à areia lisa e encharcada na beira da praia. Meus pés, enfim, experimentando um êxtase de alívio. Marolas baixas enrolavam suas cristas brancas e espumantes sobre a superfície azul-turquesa da água, o vento estava quase parado. Olhei para a areia seca atrás de mim e pensei como iria voltar andando.

Na ponta do píer, onde as águas estavam claras como vidro, tinha alguém sentado balançando os pés dentro da água. Por um momento, antes de lembrar que ele e a mãe tinham se mudado para Benghazi, desejei que fosse Karim. Quando cheguei mais perto e me dei conta de que era Bahloul, quase ri. Ele parecia perdido em devaneios. Nunca o imaginei sentado assim, numa contemplação solitária. O píer estalava embaixo dos meus pés. Quando cheguei onde ele estava não pude conter um risinho, e ele se virou com o rosto desfigurado pelo medo. Parecia estar tremendo. Essa reação me irritou. Bati o pé contra as tábuas do píer e grunhi "Grrr" para ele, e me veio à memória aquele secreto acesso de poder que experimentei quando o persegui pelo jardim, joguei pedras em suas costas, ouvi as pedradas baterem com um baque que me dava prazer, as pancadas que o faziam soltar berros medonhos, feito um cavalo. Bahloul se levantou, pareceu pensar num jeito de fugir. Como poderia estar encurralado com todo aquele mar às suas costas? Fingi que ia atacá-lo. Ele se virou de modo solene para o mar e, após uma breve pausa, pulou na água. Houve algo de exagerado na sua queda, como se estivesse pulando de uma grande altura. E só então compreendi por que Bahloul não lançara seu bote ao mar; por que, embora tivesse economizado e comprado um bote, ainda não começara a pescar. Bahloul não sabia nadar.

Ouvi seus braços se debaterem inutilmente. Tirei meus pés-de-pato e corri até a ponta do píer. Estiquei a mão para ele. Queria salvá-lo — e ele também sabia disso —, Bahloul tentou mover-se na minha direção. Estava engolindo água. Sua *jallabia* se abria à sua volta feito um balão e atrapalhava seus esforços. Lembrei as advertências de mamãe sobre mergulhar para salvar um afogado. "Nunca faça isso", dizia ela. "Um afogado está tão ansioso para se manter vivo que pode facilmente levar você para o fundo com ele." Estiquei o braço o mais que pude, mas Bahloul estava afundando. Quando desisti de tentar salvá-lo, um acesso de energia dominou-o. Esperneou e debateu-se na água até conseguir agarrar um dos pilares do píer. Estiquei minha mão, mas Bahloul cuspiu nela, olhando em volta como se esperasse que outra pessoa viesse salvá-lo. Só que não havia ninguém, ninguém a não ser eu. Sem pensar, me vi empurrando-o para baixo com o pé. Seu cabelo emaranhado era áspero e estava encharcado. Bahloul tentou defender-se agarrando o meu tornozelo e chutei-o no rosto. O sangue esguichou do seu nariz para a água. O mar salgado é bom para as feridas, eu sabia muito bem disso. Ele começou a soltar aqueles berros iguais aos de um cavalo, agora ainda mais alto. Empurrei-o de novo para baixo a fim de calar sua boca. De repente, sem nenhum aviso, sua resistência se desfez. Puxei minha perna de dentro da água. Depois de um silêncio que pareceu durar para sempre, Bahloul voltou à tona de um jato, tossindo e vomitando, sujando a água clara. Agarrou-se outra vez ao pilar do píer. Olhou para mim com uma mistura de medo e indignação.

"Como está o nariz?", perguntei.

Mas ele não respondeu, agarrado ao pilar e mantendo-o entre nós dois.

Pensei em pedir desculpa, mas peguei meus pés-de-pato e fui embora. Meu coração nunca doeu com tanta saudade, saudade do meu verdadeiro amigo, agora a doze horas de distância, em Benghazi.

22.

Os dias que se seguiram pareciam sufocados pelo pavor. Tudo o que neles era dito parecia sem sentido e vazio. Muitas vezes eu sentia uma raiva muda subir dentro de mim e ouvia a porta bater com força às minhas costas, quando minha intenção era só fechar a porta. Nas primeiras vezes em que isso aconteceu, fui até onde estavam mamãe e Baba e olhei para eles, esperando que um dos dois me desse uma bronca, mas nem um nem outro fez isso. Quando eu ajudava mamãe a pôr a mesa para o jantar, deixava os pratos cair com muito barulho. E muitas vezes atirei meu sapato contra a parede quando o laço do cadarço não queria se soltar. Eu sentia uma onda silenciosa, nervosa, envolver aqueles ataques repentinos, dando-me a sensação de que a minha influência sobre este mundo talvez não fosse tão insignificante quanto eu pensava. E às vezes, quando eu estava no banheiro e tinha dado a descarga, ouvia, no chiado da cisterna enquanto enchia, a voz de mamãe me chamando. Nas primeiras vezes em que isso aconteceu, saí afobado do banheiro, gritando: "O que é, mamãe?", e o silêncio parecia interminável, até que eu ouvia a voz dela perguntando: "O que foi, algum problema?".

Moosa não nos visitava. Uma vez telefonou, a ligação cheia de estalos. "Slooma", ouvi Moosa falar. "Onde está a mamãe?" Não era o jeito dele, falar assim tão pouco. Mamãe veio correndo ao telefone, depois estalou os dedos e apontou para a caneta e o bloco de papel. Entreguei-os para ela. Escreveu alguma coisa rapidamente, perguntando: "É uma boa escola? Tem certeza?". E então a ligação foi cortada.

Numa noite excepcionalmente acalorada, acordei de um sonho ruim. Não havia uma história, só um profundo pavor quente que causava tremores no meu peito. Vi uma luz suave que vinha da sala de estar. Não conseguia ouvir o ronco de Baba. Mamãe estava esparramada no sofá, as cobertas jogadas para o lado, a janela toda aberta. Um grilo lá fora picava a noite. Não havia espaço para eu deitar ao lado de mamãe. Fiquei de pé por um momento, pensando nas minhas opções, então deitei em cima dela. Abracei-a. Ela acordou com um tranco repentino. "Em nome de Deus", sussurrou ligeiro, a mão contra o meu peito, os olhos me espiando entrefechados. "Suleiman? O que está fazendo aqui? Teve um sonho ruim?" Levou-me pela mão de volta ao meu quarto, acendeu a luz da cabeceira, beijou-me na testa e saiu.

Ela nunca ficava doente. Nunca vinha para a minha cama para sussurrar suas histórias secretas do passado. Parecia bastante feliz com Baba. Certas manhãs, eu até ouvia os dois rirem juntos, mas quando me viam, paravam. Sua nova vida juntos, em que Baba nunca saía de casa e mamãe nunca ficava doente, afastavame deles, e pela primeira vez desejei que o verão terminasse logo e as aulas começassem.

Certa noite, fui acordado por um gemido estranho. Fui ao quarto deles e vi Baba de novo em cima de mamãe. Mas dessa vez era diferente. Mamãe não estava parada, indefesa, com o rosto virado, uma das mãos secretamente estirada a seu lado e aberta, voltada para o céu. Seus olhos estavam colados aos de Baba e suas pernas enrolavam-se em torno dele, e o gemido não era só de Baba; os dois dividiam a dor, parecia. Daquela vez, nem pensei que talvez devesse intervir. Nada, pelo visto, poderia detê-los. Eu queria dar um passo para a frente e entrar no quarto. Talvez parassem, se me vissem, pensei. Eu queria que parassem, ou que se detivessem por um momento.

Corri para fora pela cozinha, bati a porta às minhas costas e subi para o telhado, escondendo-me onde ficava a minha oficina. O céu estava cheio de estrelas, vi as estrelas se embaçarem atrás das minhas lágrimas, mas não havia lua. Estou a salvo, pensei, eles não seriam capazes de me ver, mesmo se subissem até aqui. Esperei, respirando da maneira mais silenciosa que pude, abraçando meus joelhos e o cheiro salgado da pele deles. Recordei as palavras do xeique Mustafá: "Estes corpos são o nosso veículo, eles vão perecer, ao passo que nós vamos prosseguir". Achei que Baba, seminu, com uma toalha enrolada na cintura, fosse subir ao telhado, chamando meu nome com raiva, seguido pela mamãe, que ia suplicar para ele não me machucar. Mas ninguém veio. Enxuguei meu rosto e voltei. De repente, o escuro me assustou, e corri, corri, na esperança de que uma mão surgisse e me segurasse pelo pescoço. Esgueirei-me até a cozinha e fui, na ponta dos pés, para o meu quarto. A luz do quarto deles ainda estava acesa, estavam acordados, falando, conversavam algo em sussurros que mamãe, em especial, mal conseguia conter, não zangada, mas ansiosa, quase agitada. Bati a porta do quarto com força às minhas costas.

Após alguns minutos, mamãe entrou e me observou sob a luz fraca que vinha do seu quarto. Olhei-a de volta no rosto, não fingi que estava dormindo, não fingi nada. Ela fechou a porta depois de sair e voltou para Baba. Ouvi que retomavam a conversa de sussurros.

Na manhã seguinte, senti o peso de mamãe afundar ao meu lado, na cama, depois os seus dedos no meu cabelo.

"Você vai viajar", disse ela. "Para o Cairo, para visitar Moosa e a família dele, e vai ver as pirâmides."

"Mas Moosa está aqui", falei, e minha voz soou mais velha por causa do sono.

"Ele partiu duas semanas atrás. Mandou dizer a você que está ansioso para vê-lo no Cairo."

Virei-me de costas para ela.

"Qual o problema, não quer ver as pirâmides? São muito maiores do que Leptis."

"Não quero ir", gritei.

Baba entrou e me abraçou.

"Vamos, Slooma", disse ele.

"Muita gente morre de vontade de ver as pirâmides", disse mamãe.

"Não quero as pirâmides."

"Você sempre quis viajar de avião, não é?", perguntou Baba.

Fiz que sim com a cabeça. "Mas as aulas vão começar daqui a pouco."

Os dois olharam um para o outro, e como que ponderando cautelosamente o que dizer, Baba falou: "Você vai adorar o Cairo", a voz cortada pela amargura.

23.

Levaram-me de carro ao aeroporto, discutindo o trajeto: Baba queria tomar o caminho direto, mamãe insistia em tomar o caminho da praça dos Mártires. Tinha uma coisa lá que ela queria comprar para mim, disse mamãe. Puseram-me sentado ao lado de Baba, mamãe foi no banco de trás. A única vez que andamos de carro desse jeito tinha sido quatro anos antes, quando eu tinha cinco anos e eles me trouxeram para casa, de volta do hospital. Eu vestia uma *jallabia* branca, a parte que ficava na frente da minha virilha tinha uma mancha azul e vermelha de iodo. Eu mantinha as pernas abertas para aliviar a dor, sentado no banco da frente, onde havia mais espaço, mamãe atrás, batendo palmas, cantarolando as músicas de costume. Lembrei como eu tremia do choque, da violação.

A praça dos Mártires estava entupida de gente. O sol vasto feito o mundo. Baba estacionou ao lado da praça.

" Só vou demorar um minuto", disse mamãe, cruzou a praça e sumiu.

As mãos de Baba estavam agarradas no volante. Tinha desligado o motor, mas o pisca-pisca ainda estava aceso. Ele olhava para a frente com o rosto apático.

Observei a praça, pensando em Nasser. Lembrei o que seu pai falara em nossa casa: "Me disseram que viram um jovem correndo pela praça com uma máquina de escrever debaixo do braço, perseguido por um grupo de homens do Comitê Revolucionário". Imaginei-o com a máquina de escrever, preta e lustrosa, a mesma que ele trazia debaixo do braço quando o vi seguindo Baba rumo ao seu "quartel-general", o seu esconderijo na praça, correndo descalço, os olhos arregalados de medo, a camisa cheia de ar, e hesitante por um momento — "Por aqui? Não, por ali?" — antes de dobrar rumo ao mercado, na esperança de desaparecer no meio da multidão, quando um de seus perseguidores o segura pela camisa, o que o obriga a desviar-se tão depressa que a máquina de escrever voa para o lado, a mesma máquina de escrever em que ele havia tentado, a pedido de Baba, ensinar-me datilografia, e agora as mãos acima da cabeça, já prevendo o que vai acontecer, que nem Ustath Rashid pouco antes de levar um pontapé nas costas — agora vejo que prever talvez seja a raiz, a fonte de toda desgraça —, berrando que nem um cavalo, como fez Bahloul, o mendigo, caindo ao chão, os outros perseguidores o alcançando, chutando-o com competência, e ele berrando, chamando pelo pai, para vir salvá-lo, porque ainda era cedo demais, e implora, chora, a certa altura seu rosto se torna visível em meio à floresta de pernas, um risco de sangue acima do olho, o lábio inferior estufado que nem uma berinjela, como o de Baba. Por que sentíamos tanto respeito ao ver o sangue? Por que o sol é tão implacável?

"Onde está Nasser?", perguntei em voz alta. Baba pareceu acordar de seus pensamentos. "Onde está Nasser?", gritei para ele. "Também o mataram?"

Ele me fitou, seus olhos assustados. Pensei em estalar as palmas das mãos na frente dele, mas em vez disso abracei-me a ele. O seu corpo rendeu-se. Segurou-me, dobrou-se sobre mim. Lembrei-me de Ustath Rashid quando abraçou Karim desse mesmo jeito, no ônibus, no caminho de volta de Leptis, a linda Leptis. "Não quero ir embora, não quero ver as pirâmides", tentei dizer, mas minha voz foi abafada pelas roupas de Baba.

Em seguida, ouvi a porta de trás abrir, o peso de mamãe balançar o carro. Ela aguardou em silêncio, sem perguntar "O que houve, qual é o problema?". Depois falou: "Vamos embora", e com isso Baba e eu nos separamos. Ele ligou o motor. Era um barulho agradável, um ronco regular, confortador, comandado por revoluções amenas. Acendeu o pisca-pisca para o outro lado e partiu. Quando tomou a direção reta, o pisca-pisca apagou-se obediente. Olhei para trás, para mamãe, ela trazia no colo um grande saco de palitos de gergelim, os óculos escuros cobrindo os olhos.

O aeroporto estava vazio. Eu me sentia nervoso como no primeiro dia da escola. Cadeiras de plástico laranja perfilavam-se como escoteiros sobre o piso de mármore escuro. Só me dei conta de que mamãe não trazia bagagem quando Baba levantou a minha mala pesada e pôs na esteira rolante do check-in e lembrei que mamãe tinha dito: "Você vai viajar", "você", não "nós". Dei uma bronca em mim mesmo por não ter notado esse detalhe antes, quando eu ainda podia me agarrar ao portal de casa, ao portão do jardim, quando eu podia ter corrido na direção do mar.

Baba agora estava ocupado, falando com uma mulher de uniforme. Ela trazia no uniforme um broche com o formato de uma asa, preso à lapela. Baba apontou o dedo para ela, depois colocou dinheiro na sua mão. Ela fez que sim com a cabeça, tocou-o no braço e afastou-se, sorrindo o tempo todo. Então Baba enfiou as mãos embaixo dos meus braços e me levantou para envolver-me no seu abraço.

"Nós vamos até lá para ver você", disse Baba, apertando-me com muita força.

Mamãe, parada ao seu lado, mantinha a mão sobre a boca, os olhos escondidos atrás dos óculos escuros pretos. "Você vai voltar para casa em breve", disse ela, fazendo que sim com a cabeça, como que para se tranqüilizar.

"Por favor, não chore, Slooma", disse Baba.

Em seguida, fui levado pela comissária de bordo, que parecia saber de tudo. Olhei para trás e vi mamãe nos braços de Baba. Lá estavam eles, as duas pessoas que eu mais amava, as duas pessoas que eu tinha certeza que fariam tudo para esconder de mim a verdade, juntas nos braços uma da outra, no aeroporto vazio, desaparecendo. Está na hora de dar adeus com a mão? Mas eu já não conseguia vê-los. Em todos os lugares que eu olhava, eles não estavam.

A verdade não podia ficar escondida, ela era ardilosa, de espírito astuto, insinuava-se no seu próprio ritmo indiferente, e só causava admiração por ter sido sempre algo tão familiar, tão conhecido. Eu sabia que ia ser despachado sozinho para o Cairo, que o nome da escola que mamãe tinha anotado, com o telefone preso entre a orelha e o ombro, era o da minha futura escola, eu o sabia antes de me dar conta de que mamãe não tinha trazido uma bolsa de viagem para o aeroporto, eu sabia disso quando gritei "Não quero ir embora, não quero ver as pirâmides", colado à barriga de Baba, enquanto mamãe ia comprar os palitos de gergelim com a intenção de adoçar minha boca, encobrir o sabor amargo, iludir a minha dor. Eu sabia disso e não corri para o mar. E quando fui, por fim, conduzido ao meu assento no avião, o avião em que até aquele momento eu havia imaginado entrar junto com meu pai, como dois homens, ambos de terno, atarefados com as coisas do mundo, pesados como todos os homens, eu sabia que jamais veria meu pai de novo, que ele ia morrer enquanto eu estava abrigado, sozinho, num país estrangeiro, para crescer longe da loucura.

O estrondo e o trovão do avião na hora da decolagem deixaram-me assustado, antes que eu olhasse em volta e visse como os demais passageiros estavam calmos. A aeromoça que me afastara de mamãe e me sentara na poltrona do avião, a aeromoça em cuja mão delicada Baba havia enfiado um montinho de dinares bem dobrados, não parava de sorrir para mim e me trazia doces com aviões desenhados na embalagem. As nuvens eram algodão, o azul era tremendo, o mundo lá embaixo era a página de um atlas vivo, com carros que pareciam minhocas, janelas mudas que refletiam luzes. A Líbia era o litoral, de um lado, o implacável deserto amarelo que se estendia para o interior da África, e do outro lado, o azul encrespado e borrifado de espuma da minha infância mediterrânea.

Quando aterrissamos no Aeroporto Internacional do Cairo, a minha aeromoça levou-me pela mão. As moças que trabalhavam no free shop rodearam-me, beijaram-me, depois limparam as marcas de batom de minhas bochechas. Cada uma tinha um cheiro diferente, não era como o cheiro de mamãe. Enchi os bolsos com mais balinhas embaladas com figuras de aviões. Meu coração pulou quando avistei Moosa, a sua cabeça acima da multidão, os braços acenando numa meia-lua. Abracei-o e tive de me conter para não pedir que me mandasse de volta. Ele apertou a mão da minha aeromoça, curvando-se com timidez. Ela me deu um beijo de adeus. "Quando é que ele vai voltar?", perguntou. Moosa hesitou, depois respondeu: "Em breve, se Deus quiser".

Cairo era verde, populosa, agitada por turbantes de agricultores e por mulheres com vestidos curtos franceses. Um infindável labirinto alinhavado por carros, pelos olhos arregalados de burros nervosos e pelos gritos dos vendedores ambulantes: clamorosa, incansável e sombriamente efusiva. Gostei de imediato da cidade. Moosa a conhecia bem, contou-me histórias durante todo o trajeto do aeroporto, histórias sobre os vários bairros por onde passávamos. Paramos na famosa ladeira da Montanha Muqattam, Moosa pôs o carro em ponto morto e me admirei ao ver que o carro continuava a subir. Era o único lugar no mundo, disse ele, onde as coisas são puxadas para cima pela força da gravidade. Depois parou numa loja de sucos e me deu um enorme copo de caldo de cana.

O juiz Yassin prontamente assumiu o comando de meus afazeres. E logo após minha chegada, Moosa arrumou um emprego numa das novas pedreiras que sulcavam o deserto egípcio em busca de cascalho e areia. O emprego parecia adequado a ele: pedras, tratores grandes, jipes, a escala monumental do terreno. Isso também o ajudava a manter-se distante do jugo do pai. Após algumas semanas, Moosa voltava para casa a fim de ter uma semana de repouso, o cabelo empoeirado, as mãos ressecadas, o pescoço bronzeado pelo sol, e encontrava o olhar decepcionado do juiz Yassin, pesaroso porque seu filho mais velho, em vez de seguir os passos do pai, desperdiçava o tempo como um capataz de pedreira.

Minha vida se passava sobretudo em companhia dos pais de Moosa. O pai, o juiz imponente, gostava da maneira obsessiva como eu me dedicava aos estudos e assim não media despesas nem esforços para me amparar. Ele era gentil, generoso e muitas vezes recordava seus tempos na Líbia. Eu adivinhava que estava querendo me agradar. Mas a Líbia ficava cada vez mais distante, ao fundo, e começou a ter pouca importância para mim. Tudo o que me unia a ela eram os telefonemas, cada vez mais raros, de meus pais. O meu sotaque estava rapidamente se tornando cairota e parei de tentar adaptar minha pronúncia quando falava com meus pais ao telefone. Baba, em especial, não gostava disso. "Você virou um comedor de letras."

Integrei-me de maneira muito fácil à minha vida nova no Egito. Minha idade jovem e o auxílio do juiz ajudaram-me a tornar isso possível. O seu vasto círculo de amigos e conhecidos tornou-se meu também, e aqueles velhos juízes egípcios de beiços úmidos que se reuniam na sua varanda em Trípoli, anos e anos antes, perto de nossa casa, no bairro que o juiz gostava de chamar de Gorgi Populi, tratavam-me com uma afeição especial. As portas, num país repleto de portas fechadas, abriam-se sem esforço, facilitando o meu progresso e a definição de quem eu ia ser.

O espantoso era como eu logo me senti livre da Líbia. Se um de meus amigos tentava zombar de mim por causa das minhas "origens beduínas" ou do nosso time de futebol ruim, eu sorria só para lhes agradar, mas na verdade eu nada sentia, nem sombra do entusiasmo que no passado me fez chorar depois de assistir durante seis horas a uma partida de xadrez em que um líbio perdeu para um coreano, no Campeonato Internacional de Xadrez em Moscou. O nacionalismo é fino como um fio de linha, talvez por isso muitos tenham a sensação de que precisa ser zelosamente protegido. Eu nem procurava nem evitava os líbios que moravam no Cairo. Mesmo depois que eu soube que estava fichado na embaixada. Fui classificado como um "desertor" por não ter retornado para cumprir o serviço militar. Então, quando eu estava velho demais para servir o Exército, mas era ainda jovem demais para ser perdoado, um outro decreto estabeleceu que, se eu voltasse, teria de passar o mesmo tempo na prisão. E a exemplo de todos os líbios que não voltam, a sombra da suspeita caiu decididamente sobre mim, reforçou-se mais ainda mediante um outro decreto, sancionado quando eu tinha catorze anos, que prometia que todos os "Cães Desgarrados" que se recusavam a voltar seriam perseguidos e presos. Esses decretos se tornaram cada vez mais desesperados. O passo seguinte do governo foi negar aos meus pais o visto para deixar o país, mantendo-os reféns, por assim dizer, até que o Cão Desgarrado voltasse.

Por que nosso país nos deseja de modo tão feroz? O que, afinal, poderíamos lhe dar que já não tivesse tomado de nós?

Eu tinha saudade deles, do meu quarto, da minha oficina no telhado, do mar, de Karim. Do que eu mais sentia falta era o cheiro da nossa casa. Uma vez, mas só uma vez, quando ainda era menino, chorei e gritei, atirando coisas na parede e no chão como fazia antes para impedir que Baba partisse em mais uma de suas intermináveis viagens de negócios. O juiz Yassin reagiu com nobreza. Simplesmente fechou a porta do quarto que me foi cedido em sua casa, e depois, mais tarde, mandou a empregada me trazer um copo de caldo de cana gelado. Enterrei a cara no cheiro penetrante de lavanda do travesseiro, lamentando a falta da minha família: enfiar a cara no pescoço dela, beijar a mão dele.

A medicina veio a ser a minha profissão. Sou agora um farmacêutico. Um preparador de remédios. Minha relação com a doença é puramente formal. Passo a maior parte de meus dias num jaleco branco, atrás de um balcão, numa farmácia com ar-condicionado, no Cairo. Tem um toque irônico. Depois de tantas esperanças de me tornar um historiador da arte como Ustath Rashid, um homem de negócios que voa pelo mundo como o meu pai, um pianista, virei farmacêutico numa cidade onde é quase impossível pôr os olhos em qualquer rua sem ver pelo menos um letreiro luminoso de farmácia, com uma serpente coleante em volta de uma taça de martíni. Tenho plena consciência de que mesmo essa escolha foi influenciada por ela, por aquilo que ela chamava de "sua doença" e "seu remédio", o líquido incolor fornecido pelo padeiro, por baixo do balcão, e que ainda é ilegal na Líbia. Às vezes me pergunto o que Madji, o padeiro, pensa dela, hoje.

Sofro de uma ausência, uma ausência sempre presente, como um órfão que não está inteiramente seguro do que perdeu e do que ganhou com a sua perda forçada. Por exemplo, sinto-me ao mesmo tempo surpreso e repugnado por meu sentimento exagerado quando me despeço de pessoas de quem não sou íntimo, prometendo reuniões impossíveis. O Egito não substituiu a Líbia. Em vez disso, há este oco, este vazio que tento alcançar, como uma pessoa assustada com o escuro, em busca de um fósforo para riscar. Vejo o mesmo em outras pessoas, este vazio. Minha expressão se modifica constantemente, como a de uma prostituta que espera em nosso carro enquanto atravessamos uma rua movimentada a fim de comprar um maço de cigarros para a noite. Quando voltamos e rasgamos o papel celofane, antes que ela tenha tempo de nos ver, nós a avistamos de relance, temporariamente encarnando um outro papel, de irmã, de esposa ou de amiga. Com que presteza e finura convocamos esses personagens ficcionais, iludindo o mundo e o que poderíamos ter sido se não tivéssemos atrapalhado o curso das coisas, se tivéssemos ficado só esperando para ver o que aconteceria conosco.

24.

Ela às vezes telefona para descrever uma refeição que preparou para os irmãos e as irmãs e para os pais idosos. Depois que Baba repudiou as próprias convicções políticas, ou depois que elas foram repudiadas dentro dele, os parentes demonstraram sua aprovação voltando a visitar meus pais. De fato, mamãe tornou-se a preferida da família e arranjou casamentos convenientes entre alguns de meus intermináveis primos, cujos nomes eu jamais tentei decorar.

"A comida estava tão deliciosa", dizia ela, "que merecia a sua boca." E eu me ouvia pensando como alguém pode saber o que minha boca merece?

Depois que ficou claro que o caminho para fora da Líbia raramente permitia uma volta sem humilhação, ela começou a se arrepender por ter me enviado para o exterior, começou a me falar sobre Osama, Masoud e seu irmão Ali, Adnan, Karim, que, sim, embora tenham sido obrigados a prestar o serviço militar, "Deus foi bastante misericordioso" e terminou a guerra antes e assim nenhum deles foi mandado para o Chade. Reagi com calma a esse arrependimento, mas de fato senti um aperto de raiva na garganta.

"Foi a melhor coisa que você fez, me mandar para o exterior", eu dizia, com plena consciência de que a ligação estava grampeada, de que minhas palavras eram zelosamente registradas em minha ficha, com os comentários do intrometido a postos na escuta, talvez rabiscados na margem, guardados para a eternidade.

Eu odiava notar como a confiança dela havia decaído com o tempo, ver o jeito como refletia sobre o passado e como se curvava diante dele com arrependimento. Eu queria que ela tivesse de volta a sua segurança, e até mesmo aquela segurança imprudente, férrea, que a fez mandar-me embora, contra as objeções do marido e contra os apelos dela mesma.

Em 1979, alguns dias depois de eu ser embarcado para o Cairo, toda a população líbia teve três dias para depositar todo seu dinheiro no Banco Nacional. A moeda nacional foi reformulada, segundo informaram, a fim de celebrar o décimo aniversário da revolução. Pessoas depositaram bolsas cheias de moedas, outros maletas cheias de cédulas, e alguns um caminhão cheio de dinheiro, para depois serem informados de que as retiradas bancárias individuais seriam limitadas a mil dinares por ano. Meus pais foram gravemente afetados por isso, as despesas mensais fixas já ultrapassavam esse montante. No ano seguinte, as contas de poupança privadas, no que a rigor a maioria das contas tinha se transformado, foram suprimidas e meus pais viram o dinheiro desaparecer como "sal na água". Isso significou que, mesmo quando lhes era permitido, durante meus primeiros anos no Cairo, meus pais não tinham dinheiro para me fazer uma visita; e, o que foi mais grave ainda, não era possível arcar com o custo da minha educação e do meu sustento, e ele portanto tinha de ser coberto integralmente pelo juiz Yassin, que se mostrou cordial durante todos esses momentos. "Você e eu somos um só, homem. Suleiman é como se fosse meu filho", disse ele para o meu pai no telefone.

Papai ficou sem opção senão procurar emprego. Arranjou um trabalho de "operador de máquina" numa das fábricas nacionalizadas. Era uma fábrica de massas. Ele e mamãe pareciam tratar o caso como uma novidade. No começo, fui estimulado pela grande animação deles, e também sorria quando recebia um pacote de macarrão com a linda caligrafia dele na embalagem plástica: "Uma lembrança", e depois, entre parênteses, "Minha máquina lacra a embalagem". Eu ficava admirado como ele parecia aceitar bem esse destino ingrato. Parecia encontrar algum prazer naquilo, gostava do horário, dizia mamãe, o começo bem cedo e o fim ao meio-dia. Ela disse que ele tinha começado a traduzir um livro do italiano.

"*Discorsi sopra la prima deca de Tito Livio*, de Niccolò Machiavelli", disse-me ele com orgulho, apreciando nitidamente os *erres* e os *os*. "Só *Principe* e *Dell'arte della guerra*", prosseguiu, "existem em traduções aceitáveis para o árabe. Mas creio que os *Discorsi* esclarecem as idéias desse filósofo mal compreendido. Ele escreveu esse livro dezoito anos depois do *Principe*. Tinha sessenta e dois anos, era muito mais sábio e não tinha o bafo dos Médici na nuca." Fez uma pausa, pude ouvir a voz dela ao fundo. "Sua mãe não tem a menor idéia do que estou falando", disse ele, um sorriso bem claro na voz. Pude ouvir o riso dela. "Pelo menos", disse ele, "ajuda a manter vivo o italiano."

Porém, mais recentemente, quinze anos depois de eu ter partido, em maio deste ano, 1994, Baba foi preso. Houve uma confusão, a princípio; correram boatos sobre um desfalque. Como seria possível dar um desfalque sendo um operador de máquina, isso nunca vou saber. Então a verdade veio à tona. Após quinze anos como operador de máquina no setor de embalagem de uma fábrica de massas, Baba resolveu certo dia levar um livro e ler alguns trechos para os colegas trabalhadores da fábrica, não os *Discorsi*, mas *Democracia agora*, o livro que eu havia salvado das chamas. Mamãe ficou furiosa.

"Como ele fez uma coisa dessa?", disse ela no telefone. "Será que o seu pai esqueceu em que tipo de país vivemos? E onde ele foi encontrar esse livro? Nós não queimamos?"

Eu sabia que era melhor não falar nada, mas a tentação de informar o espião que nos ouvia foi grande demais. "Fui eu que salvei o livro", falei. Após um silêncio vazio, ela deu um grito, como uma criança que protesta. "Por quê? Slooma, por quê?" E eu, com plena consciência de que a ligação estava grampeada, de que travávamos uma conversa em três direções, com a terceira parte muda, falei: "O livro é meu, a culpa é minha, Baba nunca acreditou nessas idéias", ciente de que tais palavras não salvam ninguém, apenas comprometem.

Havia de fato um componente de mistério e loucura na maneira como papai se comportara. Ele, mais do que a maioria, deveria saber que "as paredes têm ouvidos", que denunciar seus concidadãos é o esporte nacional da Líbia, que os Médici bufavam na nuca de todo mundo. Será que ele, na tenra idade de quarenta e oito anos, tinha ficado senil? Será que tinha conseguido se iludir para acreditar que ainda podia mudar as coisas? Será que passara a preferir a morte à escravidão, ao contrário da minha Xerazade, e se recusava a viver sob a espada?

Comecei a receber telefonemas dos irmãos dela, o Alto Conselho, insistindo para que eu voltasse, prometendo que eu seria poupado da pena de prisão destinada aos desertores, que eles cuidariam disso, que "amigos em altos postos" dariam um jeito de limpar minha ficha, riscar as palavras *Cão Desgarrado*. Passei a pensar nisso, pensar seriamente. Sobretudo porque mamãe começou a parecer deprimida, recordando todas as oportunidades perdidas: a educação e as carreiras que ela poderia ter seguido. A solidão parecia trazer à sua memória todas as coisas que ela havia perdido. Então, certa vez, telefonei e ouvi aquela voz antiga, alterada, as palavras se arrastando, o mesmo risinho nervoso que se situava em algum ponto entre o riso e o choro. Senti o quarto girar à minha volta. Desliguei o telefone. Quando ela telefonou de novo, na manhã seguinte, e ouvi a sua voz nervosa, verdadeiramente embaraçada, desliguei novamente. As mensagens, as incontáveis mensagens que ela deixou, eu as apaguei sem ouvir seu conteúdo. Ela não chegou ao ponto de ligar para o juiz Yassin, ou de pedir a um de seus irmãos ou ao seu pai que ligasse para mim.

Então aconteceu uma coisa incrível. Recebi uma carta de Karim. O selo revelou-me que vinha da Líbia. Pareceu uma intromissão cruel na vida que eu levava no Cairo, onde eu era bonito e independente o bastante para ficar cercado por todas as ilusões de imortalidade, um desejo muito semelhante ao de ficar livre do passado. A caligrafia refinada, nervosa, as letras modestamente invertidas, riscadas com uma sólida caneta de ponta de agulha, sem dúvida ritmadamente revolvida entre os dedos com um zelo obsessivo, em busca de regularidade e coerência, me fez sentir saudades do meu amigo de infância.

Caro Suleiman,

Durante muito tempo sua mãe se recusou a me dar o seu endereço. Apresentava diversas razões, nenhuma delas me convencia. Um dia falou que o juiz não permitia que você recebesse cartas. "Mesmo assim, me dê o endereço", falei. "Não vou escrever para ele, vou visitá-lo." "Pare de me atormentar, Karim, não quero que você o perturbe", respondeu ela. Então, depois disso parei de perguntar, e me contentava só de ouvir sua mãe dizer que você estava bem. Sinto saudades suas, caro amigo. E agora lamento que, quando finalmen-

te consegui escrever, é para lhe dar notícias que enchem meu coração de dor.

Sua mãe está mal. Não sai de casa há semanas. Eu a visito — não se preocupe, a única coisa que falta na vida dela é ver você, eu cuido para que não lhe falte nada. Empilhados na mesinha-de-cabeceira dela estão envelopes selados endereçados a você. A princípio ela os escondia de mim, mas ultimamente tem andado muito mal. Às vezes nem me reconhece, pensa que sou você. Aproveitei a oportunidade e copiei o seu endereço. Espero que esta carta chegue até você. Espero que esteja bem. Espero que ainda se lembre de mim.

Neste país, não entendemos as enfermidades do coração. Tudo o que eu digo a ela, por mais doce que seja, tenho certeza de que é tão sem sabor quanto algodão cru. Ela precisa de você. Ligue para ela logo.

Seu amigo e irmão
Karim

Eu queria receber notícias dele, o que acontecera com ele e o resto dos meninos. Eu queria saber se ele ainda se lembrava da minha traição. Eu tinha sabido, por intermédio de mamãe, que Karim e tia Salma, com receio de perder a casa depois que Kadhafi decretou que todos tinham direito de requerer a posse de uma propriedade vaga, voltaram de Benghazi para a rua da Amora. Afora isso, eu nada mais sabia da vida de Karim. Eu detestava a maneira como mamãe e o seu passado, a sua "doença", injetavam tanta ansiedade no mundo que nem o meu amigo de infância e eu tínhamos tempo de cultivar as recordações. E assim, mesmo aquela carta, com a caligrafia cuidadosa e delicada, enviada contra a vontade dela, eu me recusei a responder.

Então, no dia 1º de setembro, foi anunciada uma "anistia", para comemorar a revolução que originalmente pusera atrás das grades os agora perdoados. Papai foi um beneficiário dessa misericórdia deformada e mamãe voltou à sua vida sóbria, de novo atarefada com suas obrigações, com o casamento a que havia resistido e sem o qual agora não conseguia viver. Ele ficava em casa e às vezes me telefonava, dizendo: "Eu só queria ouvir a sua voz", e assim eu falava demoradamente a fim de satisfazer o seu desejo. Quando ele passava o fone para ela, eu percebia um alheamento peculiar infiltrar-se na minha voz. Ela tentava, sempre, romper a distância, trazer-me de volta, levar-me a falar com amor.

Um mês depois da sua libertação, e cruelmente poucos dias depois da suspensão da proibição das viagens para o exterior — o que me deixou ao mesmo tempo exultante e nervoso com a idéia de voltar a vê-los —, meu pai morreu.

Já passaram quarenta dias agora. Hoje as pessoas de luto, segundo o costume líbio, podem tirar as roupas pretas, tocar música, assobiar e cantarolar sozinhos, enquanto pintam os olhos diante do espelho.

Ele morreu duas mortes, ambas existiram simultaneamente no meu coração. A primeira foi a que minha mãe contou.

"Ataque do coração, de noite, enquanto dormia", disse ela e, para me consolar, acrescentou: "Morreu sem sofrer", o que quer que isso signifique.

Eu podia ouvir ao fundo a voz penetrante do xeique Mustafá, a casa cheia de pessoas que lamentavam o morto. Não perguntei se ela estava ao lado dele quando aconteceu, ou se o ronco de papai a expulsara para o sofá. Não perguntei quais tinham sido as suas últimas palavras. Nada parecia ter importância. Ele estava morto.

Então ela pareceu confusa. Queria livrar-se do telefone, dar atenção às inúmeras pessoas que tinham vindo oferecer sua compaixão. "Tudo está bem", disse ela, afobada. "Não se preocupe, habibi. Mais tarde conversamos, está bem?"

Como é tolo ainda ser o menino de longe, aquele que interrompe os movimentos da vida e que tem sempre de ser posto a par do que acontece, tem de ser ativamente incluído.

"Siham", chamou ela. "Você se lembra de Siham, a irmã de Nasser? Está aqui, ela quer falar com você", e veio a voz de Siham, tímida, agitada, curiosa.

"Suleiman? Oi, como vai? Lembra de mim?"

"Sim... Claro", respondi, espantado ao ver com que nitidez eu me lembrava do seu cabelo castanho, dos seu macios lábios de virgem, e também encabulado pelo calor que, depois de tantos anos, ruborizava minhas bochechas. "Como vai?"

"Estou noiva", respondeu, feliz.

Fiquei aliviado por ela não ter dito os lugares-comuns de costume, fazer votos de que Deus me compense pela perda do pai. Não quis perguntar sobre o seu velho pai, eu tinha certeza de que ele estava morto ou então moribundo. "Como vai Nasser?"

"Está muito bem, muito bem", respondeu, agitada. Aquela melancolia misteriosa que tinha quando menina parecia ter dado lugar a uma leveza, a uma curiosidade aguçada e radiante. "Na Índia", disse ela, satisfeita de contar uma novidade.

"Índia?", falei, incapaz de esconder a surpresa que os líbios residentes no exterior sentiam quando sabiam que um compatriota conseguira atravessar os portões, livrar-se das intermináveis restrições e decretos, experimentando uma sensação de triunfo por saber que ainda existe um fio que liga seu país ao resto do mundo, e ao mesmo tempo sentindo ciúmes por não ter permissão para voltar. "O que ele anda fazendo por lá?"

"É o adido cultural da nossa embaixada", respondeu com orgulho.

Nasser na certa fora perdoado. Sem dúvida um beneficiário

de uma das anistias arbitrárias. Após ter sido classificado de "conspirador" e "traidor", tornou-se um membro de destaque da comunidade diplomática, alojado na "nossa embaixada" em um dos países mais importantes do mundo. Será ele o nosso Otavio Paz, me perguntei.

"Que bom", respondi. "Ótimas notícias." Depois, após uma pausa embaraçosa: "Você vai visitá-lo?".

"Talvez na lua-de-mel", disse ela, rindo para alguém ao lado.

"Quem é o noivo felizardo?"

"Bem, não vou contar para você", respondeu, em tom de caçoada. Por um momento, tive a idéia absurda de que podia ser eu, que mamãe, com o seu talento para arranjar casamentos, já havia combinado tudo. "Você o conhece muito bem", disse. "Olhe aqui, ele quer falar com você. E, ah, Suleiman, lamento muito pelo seu pai. Era um homem muito bom. Todos nós perdemos um pai."

"Alô? Suleiman?", uma grave voz masculina falou. "Não consegue me reconhecer? Ele não consegue me reconhecer", disse de novo para Siham. "Sou eu, Karim."

Tive a impressão de que eu havia perdido a voz. Fui dominado pela alegria ou pelo desgosto? Ridículo sentir qualquer um dos dois.

"Escrevi para você. Não recebeu minha carta?"

Daquela distância, só culpa e tristeza pareciam possíveis.

"Desculpe", respondi, e de imediato senti a necessidade de repetir minhas desculpas.

"Que Deus compense você e tenha piedade de Ustath Faraj", disse ele, e pela emoção em sua voz pude perceber que falava a sério.

Nada respondi, não consegui me obrigar a dizer o mesmo sobre o pai dele. Eu sentia uma grande gratidão e uma inveja causticante. Ele estava lá sob todas as formas em que eu não podia estar. Sabe lá o que teria acontecido comigo, com Baba, com Siham, se eu ainda estivesse lá? Imaginei o novo casal passeando por uma praia, talvez em Goa, talvez em Trípoli. Em seguida, visualizei os dois já mais velhos, morando na rua da Amora, atarefados com os filhos, porque os filhos modificam tudo, reinventam a vida e tornam cor-de-rosa os dias negros, ou pelo menos era o que eu ouvia dizer. Duvido que algum dia eu descubra. Eu queria lhe dar os parabéns, desejar-lhe uma vida próspera e feliz com a noiva, mas de algum modo senti-me sem forças. Será isso alguma piada divina, pensei, fazer Siham casar com o meu amigo de infância; não seria possível casá-la com um outro? Mas fazia sentido, é claro: o irmão de Siham era amigo do pai de Karim. Minha mãe talvez tivesse orquestrado a aproximação do casal, quem sabe? Talvez papai também tenha, talvez ele tenha cuidado do órfão Karim como se fosse seu filho; cuidar de Karim como o juiz Yassin cuidou de mim; talvez o mundo seja justo e ponderado, afinal; ninguém ganha e ninguém perde, ou ninguém ganha e todos perdem por igual. Eu podia ver meu pai apertando a mão do seu antigo funcionário, o adido cultural da embaixada, para ler a *Fáteha*, para abençoar e selar o noivado. Eu poderia ter dado a ela uma vida melhor, longe do país de onde todos querem fugir. Mas as águas refluíram e lavaram o sangue; todos tocavam suas vidas adiante, atarefados, esquecendo, querendo esquecer.

"Como é o Cairo?"

"O Cairo e bom", respondi, limpando um pigarro. "Sim, o Cairo é bom, eu estou bem."

"Certo", disse Karim, e sua voz se retraiu. "Talvez viajemos até aí para visitá-lo, um dia desses."

"Sim."

"Siham adora o Cairo, pelo que vê nos filmes."

"Sim. Eu gostaria, eu gostaria muito, Karim."

Pouco depois, eu soube que minha mãe havia mentido. Papai morreu de um ataque cardíaco de fato, mas foi na hora do almoço, enquanto tomava a sopa — essa é a segunda morte —, naquela mesma mesa de café-da-manhã na nossa cozinha, e não "sem sofrer". Esperneou tão furiosamente quanto as pernas de Ustath Rashid sobre o Estádio Nacional de Basquete, com as mãos agarradas à mesa, sem mim, sem as minhas mãos, meus braços agora adultos, fortes o bastante para erguê-lo, para apertá-lo contra o meu peito, para dizer todas as pobres coisas que as pessoas dizem em tais momentos. Eu soube a verdade por intermédio de tio Khaled, o poeta. Ao voltar do enterro, ele passou pelo Cairo antes de retornar para os Estados Unidos. Havíamos nos encontrado assim antes, sempre encontros breves, sempre em trânsito. Sinto que ele me culpa por ter partido, por abandonar meus pais, mas isso é um sinal de loucura, eu sei, julgar que se sabe o que passa no coração de outro homem. Jamais contei a ele que foi a sua irmã que me mandou embora, porque eu sabia o que tio Khaled ia dizer: "Mas você teve muitas oportunidades para voltar", e ele teria razão. E por isso eu era cauteloso com ele.

Em geral, encontrávamo-nos no Groppi, o café na praça Talaat Harb, no centro do Cairo. Ele sempre precisa passar na Madbouli, uma livraria no mesma praça. Esses encontros não raro me trazem à memória a história que mamãe contava da Cafeteria Italiana e, ao recordar o sofrimento dela, eu sentia minha pressão sangüínea aumentar. Nunca perguntei a ele sobre os seus filhos — todos com nomes como Ed e Amy —, e ele se contenta em saber que estou bem. Mas quando nos abraçamos, meus olhos ardem de lágrimas.

25.

É dezembro, e a rodoviária de Alexandria está cheia como Meca nos dias do *hajj*. Fico sentado em meu carro por um momento para tomar coragem. Avalio a opção de não procurá-la, de esperar aqui até que ela me ache. Em seguida, abro a porta e fico de pé junto ao carro.

Tenho vinte e quatro anos e ainda moro no Cairo, a cidade para onde ela me mandou, e como um cão fiel continuo a esperar, confiante de que seu dono virá para recuperá-lo. E ela afinal está vindo. Em razão do embargo aéreo, viajou de ônibus. Com os controles de fronteira, a viagem provavelmente levou vinte e quatro horas. Vai chegar cansada. Terá de ficar aqui durante um mês, pelo menos. Um mês! Eu me pergunto como esse tempo vai passar. Não consigo nem lembrar o seu rosto. E se eu não a reconhecer?

Baixo os olhos para as minhas pernas, minhas pernas adultas, em calças de adulto, lã escura para o inverno, passadas a ferro, com um vinco no meio. Você é um homem, digo a mim mesmo. E ela vem para ver você, para ver o que foi feito do seu menino querido, seu filho único. Como estará ela? Mais envelhecida, na certa. Com um véu, também. O que vai pensar de mim?

Vários ônibus entram e saem da rodoviária. Não tenho a menor idéia de qual é o dela. Continuo do lado de fora do meu carro. Então a vejo. Está de pé, junto à mala, feito uma garota que chega à cidade pela primeira vez. Sem véu. Nenhum cabelo grisalho na cabeça. De repente me dou conta de como minha mãe é jovem. Ela tinha vinte e quatro anos quando fui mandado embora, a mesma idade que tenho agora; tinha quinze anos quando me deu à luz, o mesmo número de anos que vivi longe dela. No fim, tudo o que resta são números, a medida das distâncias, a quantidade das coisas. Trinta e nove. Ela só tem trinta e nove anos. O que ela espera da vida agora, eu me pergunto. Como cai bem vê-la assim em Alexandria, a cidade da graça decaída. Começo a caminhar em sua direção. Ainda não me viu. A mãe que tentou nunca ter este filho, a mãe que jamais escolheu isto, a mãe que resistiu de todas as formas que conhecia. Estou com a mão para cima, penso em chamá-la, mas não consigo pronunciar a palavra. Então, de súbito, ela vem: "Mãe", digo, e digo de novo, e mais uma vez, até que ela me vê. "Mãe! Mãe!" Quando a alcanço, ela beija minhas mãos, minha testa, minhas bochechas, penteia meu cabelo com os dedos, ajeita meu colarinho.

Agradecimentos

O poema de Sidi Mahrez foi tirado do livro *Líbia: As cidades perdidas do Império Romano*, de Robert Polidori, Antonino Di Vita, Ginette Di Vita-Evrard e Lidiano Bacchielli, publicado por Konemann Verlagsgesellschaft mbH, Bonner Str. 126, D-50968 Colônia, 1999.

A citação do Corão foi extraída da tradução de Muhammad Marmaduke Pickthall intitulada *O sentido do glorioso Corão*, publicado por Dar Al-Kitab Allubnani, Caixa-postal 3176, Beirute, Líbano.

As primeiras três citações de Salah Abd al-Sabur foram extraídas do poema "Noite e dia"; a quarta, do poema "Conto do menestrel triste". Todas foram traduzidas do árabe pelo autor.

Glossário

ALIF primeira letra do alfabeto árabe

AFANDI (*ou efêndi*) cavalheiro. Na Turquia, título dos dignitários civis e religiosos e dos sábios, o qual é posposto ao nome próprio

EID festa ou festival religioso, em árabe. Entre elas, destaca-se o Aid al-Fitr, festa que assinala o fim do mês sagrado de Ramadã

FÁTEHA capítulo de abertura do Corão, recitado na celebração de noivados e outros eventos importantes

HARISA pasta de pimenta típica da culinária tunisiana, usada também na cozinha de outros países magrebinos

HAJJ peregrinação a Meca

HARAM algo proibido (pela religião)

JALLABIA veste longa de lã ou algodão, com mangas largas, usada por homens e mulheres árabes. No Magrebe, em geral possui capuz. Deu origem à palavra "djelaba", em português

LÁM décima segunda letra do alfabeto árabe

MASHAA ALÁ expressão de admiração comum entre os muçulmanos

QANUN espécie de cítara árabe

SLOOMA saudação ou interjeição de incentivo comum no Magrebe

UDE (*ou ud*): alaúde

YA SATIR uma das formas de dizer "Ó Deus"

ESTA OBRA FOI COMPOSTA PELA SPRESS EM ELECTRA E IMPRESSA
EM OFSETE PELA RR DONNELLEY MOORE SOBRE PAPEL PÓLEN SOFT DA SUZANO PAPEL E
CELULOSE PARA A EDITORA SCHWARCZ EM MARÇO DE 2007